엽기의 말로

엽기의 말로

猟奇の果

에도가와 란포 지음

이종은 옮김

도서출판 b

• 차례 •

엽기의 말로

猟奇の果

1930년 1월부터 12월까지 『문예구락부』에 연재하였다. 「어둠 속에서 꿈틀대다」나 초기 단편들의 연장선상에서 시작한 작품이었지만 우여곡절 끝에 후반부를 『거미남』 같은 모험활극으로 바꾸기로 하고 아케치 고고로를 투입하여 겨우 완성할 수 있었다. 후편 「흰박쥐」 뒤에 수록된 「또 하나의 결말」은 1946년 닛세이쇼보 출간 『엽기의 말로』에 후편 「흰박쥐」 대신 수록된 결말이다. 작품 속 사건은 1928년 10월 말에 발생하여 1929년 8월 말에 종료된 것으로 추정된다.

전편 엽기의 말로

서문

그는 지독히도 권태를 참지 못하는 데다가 지나친 엽기자였다.

어느 탐정소설가(그 역시 너무 권태로운 나머지 탐정소설이 세상에 남은 유일한 자극제라 생각해 탐정소설을 쓰기 시작한 사람이다)가 피비린내 나는 범죄를 다루다 보니 소설로는 만족할 수 없어 실제로 죄를, 그것도 살인죄를 저지를까 두렵다고 했는데, 이 이야기의 주인공은 그 탐정소설가가 두려워하던 것을 정말 실행하고 말았다. 엽기가 지나쳐 결국 무서운 죄를 저지르고 만 것이다.

엽기의 사도들이여, 경들은 지나치게 엽기에 경도되지 말지어다. 이 이야기야말로 좋은 경고이다. 엽기의 말로가 얼마나 무서운지에 대한 경고 말이다.

이 이야기의 주인공은 나고야名古屋시 어느 자산가의 차남으로 이름은 아오키 아이노스케青木愛之助. 당시 서른 살 남짓 된 청년이었다.

그는 빵을 위해 노동할 필요가 없었고 용돈과 정력은 남아돌았다. 사랑 역시 아름다운 연인을 아내로 맞이한 지 3년이 지나니 그 미모가 무감각하게 느껴질 정도였다. 다시 말해 무엇 하나 부족한 것 없는 처지였지만 그런 까닭에 그는 권태로웠다. 그래서 이른바 엽기의 사도가 되고 만 것이다.

그는 온갖 방면의 **별종**을 섭렵하기 시작했다. 보는 것도 듣는 것도 먹는 것도 그리고 여자까지도. 하지만 어떤 것도 그의 근원적인 권태를 치유해줄 힘은 없었다.

그는 그런 사람이었기에 당연히 문학 중에서도 **별종**으로 취급받는 탐정소설을 탐독했다. 그는 범죄가 흥미로웠다. 그리고 엽기의 사도들이 범죄 바로 전 단계의 자극제로서 즐겨 시험하는, 엽기클럽이라는 별난 유희도 체험해보았다. 하지만 이런 것들도 결국 그의 권태를 구제할 수 없었다. 자극이 강해질수록 자극을 느끼는 신경 역시 마비되었기 때문이다.

하지만 범죄 이외의 자극제로는 이 엽기클럽이 최후의 수단이었다.

엽기클럽에서는 생각할 수 있는 온갖 기괴한 유희행각이 벌어졌다. 파리의 그랑기뇰[1]처럼 유혈낭자하고 음란한 소극,

....
1_   Grand Guignol. 살인이나 폭동을 선정적으로 다룬 단막극으로 19세기 말부터 20세기 초반까지 프랑스 파리에서 유행했다. 당시 유행했던 손가락 인형극

각종 담력시험 이벤트, 범죄 무용담 등등. 회합 때마다 당번도 정했다. 그날 당번이 된 사람은 자못 심각하게 '나는 방금 사람을 죽이고 왔다'와 같은 고백을 해야 했다. 그 이야기를 듣고 회원들이 경악과 전율에 휩싸여 비명을 지를 만한 아이디어를 짜내야 했던 것이다.

하지만 점차 소재가 떨어지자 급기야는 회원들을 정말로 전율시키는 사람에게 거액의 현상금을 주기로 합의했다. 아오키 아이노스케는 거의 혼자서 그 자금을 제공했다.

하지만 아이디어에는 한계가 있었다. 아오키 아이노스케가 아무리 자극을 갈망한다 해도, 그리고 아무리 상금을 많이 내건다 해도 그건 돈만 있으면 되는 일이 아니었다.

아이디어가 떨어지기 무섭게 한두 사람씩 빠져나가더니 결국은 엽기클럽도 해산되고 말았다. 그 후로 아이노스케에게는 전보다도 견디기 힘든 권태만 남게 되었다.

작가가 생각하기에 그런 귀결은 당연했다. 엽기자가 엽기자인 이상 엽기심을 충족시키는 것은 영원히 불가능하다. 엽기자는 어디까지나 제3자이자 방관자이기 때문이다. 범죄 무용담을 이야기하거나 듣는 것만으로는 절대 진정한 공포와 전율을 맛보지 못한다. 만약 그런 것을 맛보고 싶으면 스스로 범죄

'기뇰'과 내용이 비슷해서 붙여진 이름이라는 설이 있다. 1897년 파리 샤프탈가에 M.모레가 전문극장을 세우면서 '어른을 위한 구경거리'라는 뜻으로 그 이름을 사용했다고 한다. 그랑 기뇰 극장은 당시 전속작가 A. 로르드가 에드거 앨런 포의 작품을 각색한 작품들을 공연하여 큰 인기를 모았다.

당사자가 되는 길밖에 없다. 극단적인 예이지만 누군가에게 살해당하거나 누군가를 죽이는 것 외에는 방법이 없는 것이다.

그것이 엽기의 말로다. 그러나 아무리 자극을 갈망하는 엽기의 사도라 할지라도(우리의 아오키 아이노스케든 누구든) 스스로가 진짜 범죄자로 전락해서 '엽기의 말로'를 택할 용기는 없는 법이다.

시나가와 시로, 곰 아가씨 구경에 넋을 잃다

아오키 아이노스케는 도쿄에도 집이 따로 있었다. 보통 한 달에 한번쯤 상경해서 친구를 만나거나 연극이나 경마를 구경하며 일주일이나 열흘 정도 체류했다. 사랑하는 아내 요시에芳江를 동반할 때도 있었고 혼자 올 때도 있었다.

일단 발단은 도쿄에서 일어난 사건이었다.

대학 시절부터 친구였던(아이노스케는 도쿄대를 나왔다) 시나가와 시로品川四郎라는 남자가 있었다. 그는 가난한 집 자식이었기에 대학을 졸업하자마자 바로 직장을 구해야 했다. 그래서 통속과학잡지사에 들어갔는데 어느덧 회사를 소유하고 자기 뜻대로 잡지를 발행할 수 있게 되었다. 수익도 꽤 괜찮은 듯했다.

직업이 직업인지라 시나가와도 엽기를 좋아하긴 했다. 하지만 굳이 따지자면 그는 정상적인 사람이라 아오키의 무분별한 생활을 비난했다. 엽기클럽에 대해서는 특히 반대했으며 그런 어처구니없는 짓을 하더라도 권태가 치유되지는 않을 거라고 경멸했다. 그는 현실주의자였다.

시나가와에게 엽기는 현실적인 이야기였다. 그는 아오키와 레스토랑에서 밥을 먹을 때면 최근에 조사한 범죄사건에 대해 이야기하곤 했다.

반면 아이노스케는 시나가와의 현실적인 면을 경멸했다. 범죄 실화 같은 건 지루하니 집어치우라고 말했다. 그리고 자신이 좋아하는 꿈같이 황당무계하고 기괴한 이야기를 했다.

그들은 서로 경멸했지만 어딘가 맞는 면도 있어 계속 어울렸다.

그런데 여기 그런 속성을 가진 두 사람이 몹시 흥분하며 몰두할 만한 기이한 사건이 일어났다. 아오키는 그 사건의 신비하고 기괴한 면에 끌렸다. 시나가와는 현실에서 벌어진 생생한 사건이라 마음을 빼앗겼다. 희한하게도 그 사건은 지극히 현실적이었지만 동시에 탐정소설가의 꿈보다도 더 기괴했다.

일단 순서대로 이야기해보자.

초혼제라서 구단九段의 야스쿠니 신사靖国神社가 구경거리 천막으로 꽉 찼던 가을 오후였다.

아오키 아이노스케는 별종을 좋아하는 사람답게 무슨 일이 있어도 초혼제 때는 꼭 구단에 가는 사람이었다(구단의 구경거리를 보는 것이 그의 상경 스케줄에 포함되어 있을 정도였다). 무더운 계절이었고 먼지도 가득해 날씨가 좋지 않았지만 그는 지팡이에 연한 인버네스[2]를 차려 입고 전차에서 내려 구단자카九

段坂 언덕을 올라갔다.

여담을 좀 하자면 그는 구단자카에 유달리 관심이 많았다. 그가 매우 좋아하는 화가 중에는 무라야마 가이타[3]라고 이미 고인이 된 화가가 있었다. 그 가이타가 세 편의 탐정소설을 남겼는데, 그중 한 편의 주인공이 육식동물처럼 돌기가 있는 혀를 가진 괴상한 남자였다. 그가 돌담의 돌을 빼고 안에 유언장을 숨겨 놓은 후 그 장소를 암호로 써서 누군가에게 전해주는 내용이었다.

아오키는 구단자카를 오를 때면 가이타의 소설을 떠올리곤 했다. 지금은 그때와 풍경이 완전히 달라지긴 했어도 도로 옆의 돌담을 바라볼 때마다 이상한 기분이 드는 것은 어쩔 수 없었다.

'이 돌의 형태가 다른 것들과 좀 달라 보이는데 혹시 지금도 그 뒤에 뭔가 숨겨져 있는 거 아닐까.'

아이노스케는 사실과 소설을 혼동하여 그런 망상을 즐기는 사람이었다.

구경거리가 즐비한 구단의 풍경을 모르는 사람은 없을 것 같아 자세한 설명은 필요 없겠지만, 일본 구석구석을 찾아다니며 요즘은 한물가서 벽촌에서나 겨우 명맥을 유지하고 있을

2_ inverness. 기장이 긴 케이프 모양의 남자 외투. 명칭은 스코틀랜드 인버네스 지방에서 유래했으며 메이지 중기에 유행하였다. 톰비라고도 부른다.

3_ 村山槐多 1896~1919. 일본의 서양화가이자 작가. <장미와 소녀バラと少女> <호수와 여인湖水と女> 등 포비즘의 영향을 받은 화풍으로 주목받았다. 사후 시와 산문을 모은 유고집 『가이타가 읊다槐多の歌へる』(1920)가 출간되었다. 본문에 설명된 소설은 단편 「악마의 혀悪魔の舌」이다.

법한 고풍스런 구경거리들을 모아놓은 듯한 분위기였다.

지옥극락 가라쿠리 인형[4], 오에야마大江山의 슈텐동자酒呑童子 전기인형[5], 칼춤 추는 여자女劍舞, 공타기 곡예玉乘り, 원숭이극장猿芝居, 곡마曲馬, 인가모노,[6] 곰 아가씨熊娘, 소 아가씨牛娘, 뿔 달린 남자角男 등등 볼거리가 가득했고, 천막들 사이에는 오뎅집, 빙수집, 청량음료, 박하음료, 1전 균일 장난감 가게, 풍선 가게 등의 가판대가 떼를 지어 모여 있었다. 도쿄 곳곳에서 온 사람들은 무슨 생각을 하는지 먼지를 잔뜩 마셔가면서도 상기된 얼굴로 그곳을 우왕좌왕 돌아다녔다.

인가모노를 공연하는 천막은 막이 올라갈 때마다 안이 슬쩍 들여다보였기에 사람들이 떼로 몰렸다. 구경하려는 줄이 맞은편 먹거리 가판대까지 죽 늘어서 있어 그쪽 길은 겨우 한 사람이 지나갈 공간밖에 없었다. 그 틈을 사람들이 좌우로 어깨를 부딪치며 끊임없이 지나다녔기에 과히 쾌적하지는 않았다.

아오키 아이노스케가 오야시라즈[7] 같이 좁은 그 길을 빠져나가려 할 때였다.

희한하게도 먼지가 뿌연 인파 속에서 신사복 차림의 시나가와

....

4_ 地獄極楽からくり人形. 지옥극락 그림을 배경으로 일본의 전통 자동인형인 가라쿠리 인형을 움직이도록 만든 디오라마. 사원에서 승려가 대형 지옥극락 그림을 놓고 해설하던 것을 구경거리로 발전시켰다.

5_ 동자 가라쿠리 인형으로 술을 따르면 얼굴이 붉어진다.

6_ 因果物. 장애인을 소재로 한 구경거리.

7_ 親不知. 니이가타新潟현 서쪽 끝의 이토이가와糸魚川시에 위치한 절벽이다. 아버지는 아들을, 아들은 아버지를 돌아보지 못할 정도로 절벽이 가파른 데서 유래한 이름으로 정식명칭은 오야시라즈코시라즈親不知子不知이다.

시로가 보였다. 검은 중절모를 뒤로 젖혀 쓰고 있었는데, 벌겋게 상기되어 땀으로 번들거리는 얼굴을 하고 인파에 이리저리 밀려다니고 있었다.

희한하다고 한 이유는 시나가와 시로는 결코 아이노스케처럼 **별난** 구경거리를 찾아다니는 사람이 아니었기 때문이다. 그는 이런 구식 구경거리에는 관심이 없었다. 독신이어서 아이를 데리고 왔을 리 없었다. 또한 편집자를 동행하지 않은 걸 보면 잡지 취재거리 때문에 온 것도 아닌 듯했다. 사장이 직접 취재거리를 찾을 리도 없었다.

더욱 놀라운 점은 시나가와 시로가 곰 아가씨 구경에 정신이 팔려 있었다는 것이다. **구시마키**[8] 머리에 도잔[9] 천으로 된 한텐[10] 차림을 하고 얼굴이 시뻘게진 채 목에 핏대를 세우며 해설하는 추레한 중년여자의 언변에 완전히 빠져 있었다. 희한한 일도 다 있었다.

다시 보아도 사람을 착각한 것이 아니었다.

과학잡지사 사장이 소매치기를 하다

....
8_ 櫛巻. 끈으로 묶지 않고 빗으로 감아 틀어 올린 머리 모양.
9_ 唐桟. 감색 바탕에 빨강이나 담황색의 세로 줄무늬를 넣어 짠 고급 면직물.
10_ 半纏. 하오리 비슷한 짧은 겉옷. 옷고름이 없고 깃을 뒤로 접지 않아 활동적이어서 작업복이나 방한복으로 입는다.

아오키 아이노스케는 그런 상황에서 순순히 상대를 부르는 사람이 아니었다.

그는 시나가와가 이 인파 속에서 무슨 짓을 할까 몰래 지켜볼 요량이었다. 엽기심에서 비롯된 악한 소행이었다.

그 후 거의 반나절이나 써가며 그는 탐정처럼 시나가와를 미행했다. 꽤 끈기가 필요한 일이었지만 엽기자답게 그런 끈기 정도는 갖추고 있었다.

아무것도 모르는 시나가와 시로는 인파를 누비며 걸었다. 전기인형 앞에서도 지옥극락 앞에서도 칼춤 추는 여자 앞에서도 오랫동안 시골사람처럼 멍하니 서 있었다.

'이 친구, 몰래 **별난** 구경거리를 찾아다니다니 꼴불견이네. 부끄러운 취미니까 내게도 비밀로 했나보군. 잘난 척하더니 너도 별수 없이 같은 부류잖아.'

아이노스케는 친구의 약점을 잡은 것 같아 즐거웠다.

시나가와는 대부분 구경거리 앞에서 설명만 듣고 그냥 지나쳤지만, 가장 큰 천막의 여성 곡마단 공연은 입장료를 내고 들어갔다.

그는 비좁은 돗자리 좌석에서 옴짝달싹 못 하고 시골 남정네들의 정강이와 아낙들의 엉덩이에 부대껴가며 한바탕 곡마와 곡예를 관람하고 나갔다. 아오키 아이노스케도 눈에 띄지 않게 그와 행동을 같이한 것은 말할 필요가 없었다.

그곳에서 나오니 벌써 저녁 무렵이었다. 구경거리 천막들에 달콤한 향이 나는 아세틸렌 가스등이 켜지니 마치 낮과 밤의 경계처럼 일루미네이션과 태양의 잔광이 뒤섞여 사람들의 얼굴이 점차 아련해졌다. 꿈처럼 아름다운 한때였다.

시나가와 시로는 **별난** 구경을 하는 것도 지쳤는지 구단자카를 내려갔다.

언덕 중간쯤에 달을 보여주는 망원경 가게가 영업을 하고 있었다. 네덜란드에서 건너온 듯한 싸구려 천체 망원경을 가져다놓고 한 번 들여다보는 데 10전이라며 호객을 했다. 어느새 중천에는 타원형 달이 모습을 드러내고 있었다.

시나가와는 사람들 앞에서 발길을 멈췄다. 그리고 잠시 망원경 가게의 선전을 듣다가 갑자기 이상한 행동을 했다.

망원경 가게 바로 뒤에는 돌담이 있었다. 가이타 소설 속의 주인공이 유언장을 숨긴 돌담 말이다. 그 주변은 인파가 많아더 어두웠는데, 시나가와가 갑자기 돌담을 마주보고 주저앉았다.

'뭐야, 몰래 소변이라도 보는 건가. 점점 가관이군.'

아오키는 그런 생각을 하며 조용히 지켜보았다. 시나가와는 주저앉은 채 두리번두리번 주위를 둘러보았다. 마침 그림자로 가려진 곳인 데다가 지나가는 사람이 없으니 마음이 놓였는지 양손을 돌담에 가져가 돌 하나를 살며시 **뺐**다. 담에는 어둠 속에서도 확실히 알아볼 수 있을 정도로 시커먼 구멍이 생겼다. 가로세로 대여섯 치[11]는 될 듯했다.

....

11_ 약 15~18cm. 1치寸=3.03cm.

그는 꿈을 꾸고 있는 것 아닌가 의심했다. 시나가와 시로로 말할 것 같으면 버젓한 과학잡지사 사장님이다. 그런 시나가와가 석양을 등지고 사람들 뒤에 숨어 도둑처럼 주위를 살피며 구단자카 돌담에서 돌을 빼다니 도저히 믿기지 않는 광경이었다.

"아, 그런가? 그런 거였나?"

아오키는 속으로 이상한 말을 중얼거렸다.

"가이타의 소설이 정말이란 말인가. 돌 뒤에 뭔가 숨겨져 있었나. 시나가와가 그 장소를 발견하고 지금 뭔가 빼내려는 건가."

물론 그의 순간적인 망상이었다. 그런 어처구니없는 일이 일어날 리 없다. 게다가 시나가와는 무엇을 빼내려는 것이 아니라 반대로 빼낸 돌담 구멍에 무언가를 집어넣고 재빨리 돌을 원위치에 돌려놓았다. 그리고 아무 일도 없었던 것처럼 빠른 걸음으로 언덕길을 다시 내려갔다.

그는 시나가와를 계속 미행하고 싶었지만 불끈 솟아오른 호기심이 악한 마음을 눌렀다. 게다가 상대는 이미 돌아가는 중이었다.

아오키 아이노스케는 뛰다시피 언덕을 내려가 시나가와를 따라잡았다. 그리고 그의 등을 두드리며 말을 걸었다.

"시나가와 군 아닌가?"

상대가 깜짝 놀라 뒤를 돌아봤다. 가까이서 봐도 틀림없이 시나가와 시로였다. 하지만 그는 영문을 모르겠다는 표정을 지을 뿐 대답이 없었다.

"어떻게 된 거야? 구경나온 거야?"

아이노스케가 다시 말을 걸었다.

그런데 시나가와는 이번에도 의아한 얼굴로 주위를 두리번거렸다. 그리고 이상한 말을 했다.

"누구세요? 지금 시나가와라고 하셨는데 난 그런 사람이 아닙니다."

아이노스케는 입이 떡 벌어졌다.

그 틈에 상대는 "사람 잘못 보셨나 봅니다. 실례하겠습니다." 라는 말을 남기고 성큼성큼 걸어갔다.

'역시 내가 꿈을 꿨나.'

그런 생각이 들 정도로 아이노스케는 깜짝 놀랐다. 생전 겪어본 적 없는 희한한 경험이었다.

단언컨대 사람을 잘못 본 것이 아니었다. 한참을 미행했는데 닮은 사람이었다면 그전에 알아차렸을 것이다. 하지만 본인이 시나가와 시로가 아니라고 단호히 말하는 걸 보면 그만큼 확실한 것도 없었다. 이상했다.

이런 기묘한 일을 겪다니 어쩐지 가슴이 두근거렸다.

'그렇군. 돌담을 조사해보자. 뭔가 알아낼 수 있을 거야.'

엽기자는 드디어 자신이 평소 열망했던 엽기의 세계에 한 걸음 들어놓은 듯했다.

아오키는 황급히 아까 그 망원경 가게로 돌아가서 사람들 눈에 띄지 않게 주의하며 돌담의 돌을 이리저리 건드려보았다.

움직이는 것은 하나밖에 없었다.

그는 양손으로 돌을 빼서 시커먼 구멍 속에 조심스레 손을 집어넣었다. 예상대로 손에 잡히는 것이 있었다.

그것들을 끄집어냈다. 하나 둘 셋…… 지갑이 모두 여섯 개나 들어 있는 것 아닌가. 하나하나 열어보니 안이 전부 비어 있었다.

아이노스케는 허둥지둥 지갑을 원상복구 해놓고 돌을 다시 끼워 넣었다. 그리고 자신이 도둑인 양 흠칫흠칫 주위를 둘러보았다.

지갑을 이 속에 숨긴 걸 보면 좀 전의 그 사람(시나가와를 꼭 닮은 남자)은 소매치기다. 빈 지갑까지 주도면밀하게 처리한 걸 보면 꽤 베테랑이다. 공중변소에 버리지 않고 절대 발견될 위험이 없는 돌담 안에 숨길 정도니 초보가 우발적으로 한 행동은 아닌 듯했다. 몇 백 엔을 벌었는지 모르지만 지갑이 여섯 개였다.

그러면 그렇지. 녀석은 사람 많은 곳만 골라 다녔다. 구경거리에 정신이 팔린 척하며 실제로는 주변 사람들의 지갑을 노린 것이다.

'정말 웃기는군. 시나가와 이 녀석, 좀 골려줘야겠어. 내가 너와 착각해서 말을 건 놈이 소매치기였다고 말해야지. 얼굴이나 모습이 너와 한 치도 다르지 않은 소매치기였다고 사람들이 착각해서 체포할지도 모르니 준비해두라고 해야지.'

아이노스케는 구경거리 외에 예기치 않은 수확까지 얻자

신이 나서 정류장으로 걸어갔다.

'잠깐, 이게 무슨 일이야?'

그는 문득 어떤 생각이 떠올라 멈춰 섰다.

'어처구니가 없군. 매컬리[12] 소설도 아니고 그렇게 영락없이 닮은 사람이 이 세상에 또 존재할 수 있나? 시나가와 시로가 쌍둥이라는 이야기는 들어본 적 없는데. 이 녀석 혹시?'

그는 친구의 악행을 즐기며 사악한 미소를 지었다.

'역시, 그 녀석은 시나가와 시로가 틀림없어. 잡지사 사장이라고 소매치기를 하지 말란 법도 없지. 시나가와란 녀석 성자聖者인 척하더니 사실은 병이 있는지도 모르겠네. 하긴, 한밤중에 등유를 핥는 공주님도 있다는데. 그러고 보니 가난했던 시나가와가 잡지사를 운영하는 것도 이상하군. 어마무시한 곳에서 자금이 나온 거 아냐? 녀석, 소매치기뿐 아니라 더 나쁜 짓을 했을지도 모르잖아.

그래, 맞다. 그 병을 내게 들킨 것 같으니 자식, 시침 뚝 떼고 얼굴이 닮은 다른 사람 행세를 한 거였네. 도둑질을 할 정도니까 물론 연극도 잘하겠지.'

아이노스케는 그런 결론을 내렸다. 하지만 그걸로 시나가와를 비난할 마음은 없었다. 평범하고 상식적인 사람이라고 경멸

12_ Johnston McCulley[1883~1958]. 신문기자 출신의 미국 소설가. 쾌걸 조로 시리즈로 폭발적인 인기를 얻었다. 여기서 말하는 소설은 『복수의 쌍둥이 *The Avenging Twins*』로 1955년 란포가 『암흑가의 공포』라는 제목의 아동용 도서로 각색하기도 했다.

했는데 전과는 달리 그가 대단한 사람처럼 여겨졌다.

아오키, 시나가와와 닮은 사람을 변두리 활동사진관에서 보다

그 후 특별한 일 없이 한 달이 지나갔다.

물론 아오키는 시나가와에게 구단자카 사건을 이야기하지 않았다. 결론을 내리긴 했지만 아직은 의혹이 남아 있었기에 나고야로 돌아가기 전에 시나가와를 만나 보았다.

구단자카 사건이 일어난 지 사흘 후였다.

"어때, 요즘도 여전히 권태로운가?"

시나가와는 격의 없이 쾌활하게 이야기했다.

아무래도 이상했다. 이렇게 쾌활하고 평범한 사람이 음지에서 그런 악행을 저지르다니 연기력이 너무 뛰어나 무서울 정도였다.

잠시 이야기를 나누다가 아이노스케는 불쑥 이런 말을 꺼냈다.

"저번 일요일에 구단 축제를 보러 갔었거든. 여성 곡마단 구경을 했어."

그는 말하면서도 상대의 표정을 주시했다.

시나가와는 놀랍게도 눈 하나 깜짝하지 않고 태연하게 대답했다.

"아, 그렇군. 그때가 초혼제 기간이었지. 그 별난 구경거리들? 참 오랜 만에 듣는 얘기군."

결국 아오키는 의혹을 풀지 못했다. 유야무야 작별을 고한 후 바로 나고야로 돌아갔다.

구단자카 사건 이후 한 달쯤 지난 어느 날이었다. 상경한 아오키 아이노스케는 다음날 물건을 사러 백화점에 갔다. 백화점은 크리스마스 용품 판매로 몹시 복잡했다.

그는 구입한 물건을 집으로 배달시킨 후 1층으로 내려가려고 엘리베이터를 탔다. 보통보다 서너 배가 큰 엘리베이터는 이 백화점의 자랑거리였다.

"사람이 많으니 다음 엘리베이터를 이용해주십시오."

엘리베이터 보이가 밀려드는 승객을 밀어낼 정도로 만원이라 꼼짝달싹할 수 없었다.

그런데 그 인파 사이로 또 시나가와 시로가 눈에 띄었다.

그는 엘리베이터 안쪽 구석에서 뚱뚱한 신사와 신여성 사이에 비좁게 끼어 있었다.

아이노스케는 지하철에서 샘을 발견한 크래독 형사[13]처럼 눈이 휘둥그레졌다.

그는 사람들 뒤에 얼굴을 숨기고 시나가와가 눈치채지 못하게

....
13_ 존스턴 매컬리의 연작 단편 지하철 샘 시리즈의 주인공. 1919년 『디텍티브 스토리 매거진 *Detective Story Magazine*』에 처음 발표된 이후 총 183편을 발표했다. 1922년부터 『신청년』에 다수가 번역 게재되어 인기를 모았으며 일본에서는 매컬리의 대표작인 쾌걸 조로 시리즈보다 더 유명하다.

살며시 그의 거동을 살폈다. 딱하게도 뚱뚱한 신사가 당하는 듯했다.

　1층에 도착하자 인파에 밀려 엘리베이터 밖으로 나왔다. 아이노스케는 괜히 뒤를 돌아보다가 얼굴이라도 마주치면 시나가와가 곤란해 할까 봐 모른 척하며 출구 쪽으로 걸어갔다.

　그러자 뒤에서 누가 그의 이름을 불렀다.

　"거기 아오키 군 아닌가? 아오키 군."

　뒤돌아보니 뻔뻔하게도 녀석 아닌가. 시나가와 시로가 실실 웃으며 저쪽에 서 있었다.

　"아, 시나가와 군이었나."

　아오키는 이제야 알아차린 척하며 약간 비꼬듯이 말했다.

　"너무 복잡하지?"

　"자네 잘 만났어. 자네한테 꼭 보여주고 싶은 게 있었거든. 자네 전문이야. 실은 자네를 찾아가려 했는데 소재를 확실히 몰라서."

　아오키와 나란히 출구 쪽으로 걸어가면서 느닷없이 시나가와가 그런 말을 꺼냈다.

　"그래? 대체 뭔데?"

　아이노스케는 기가 막혔다. 시나가와가 자신을 우습게 여기는 것 같았다.

　"그건 보면 알 거야."

　시나가와는 이어 말했다.

　"사실은 놀랄 만한 사건이야. 내가 생각한 대로라면 전대미문의 참사지. 하지만 내가 오해한 걸 수도 있어서 자네한테 확인해야겠다고 생각했어. 같이 가주겠나? 좀 먼 곳이라서."

처음에는 시나가와가 겸연쩍어서 그러는 줄 알았다. 하지만 시나가와의 태도가 너무 진지했다. 게다가 내용도 몹시 궁금증을 자아내는지라 그의 엽기심이 자극되었다.

"무슨 일인지 모르지만 먼 곳이라니 그게 어디쯤인데?"

아이노스케는 되물을 수밖에 없었다.

"도쿄는 도쿄야. 변두리긴 하지만. 혼조本所의 호라이칸宝来館이라는 활동사진관."

점점 뜻밖의 대답을 했다.

"무슨 얘기야? 활동사진관에 뭐가 있는데?"

"뭐가 있긴 활동사진이지."

시나가와는 웃으며 말했다.

"활동사진은 활동사진인데 그게 좀 이상하단 말이야. 닛카쓰日活 영화사의 현대극인데 <괴신사>[14]라는 그저 그런 추격물이거든."

"괴신사라면 탐정극이군. 그게 뭐 어쨌다는 거야."

"보면 알아. 예비지식 없이 보는 게 나을 것 같아서 말이야. 그래야 정확한 판단을 하지. 같이 가주겠나? 이런 상담을 해줄 사람이 자네밖에 없어."

....
14_ 뤼팽이 등장하는 영화 중 <괴신사>라는 제목의 영화는 없다. 이는 1918년 호시노 다쓰오保篠龍緒가 번안한 『괴도신사 아르센 뤼팽Arsène Lupin gen-tlman-cambrioleur』의 일본어 제목이었다.

엽기자 아오키 아이노스케는 이미 가고 싶어 몸이 근질근질했다.

두 사람은 시나가와가 부른 택시를 타고 혼조의 호라이칸으로 가면서 다음과 같은 대화를 나누었다.

"자네가 활동사진에 흥미가 있는 줄 몰랐네."

아오키가 신기하다는 듯이 말했다. 사실 시나가와 시로는 소설이나 연극 같은 것에 관심이 없는 사람이었다.

"그게 아니라 어떤 사람이 알려줘서 오랜만에 봤지. 자네는 실제 사건이 따분하다는 말을 자주 하지만 이걸 보면 자네도 분명 놀랄 거야. 실제가 소설보다도 더 기묘하다는 내 지론을 뒷받침해줄 사건이지."

"활동사진의 내용이 그런가 보군."

"뭐 보면 알 거야. 그런데 활동사진을 보기 전에 자네의 기억을 확인해야겠네. 자네, 올해 8월 23일에 분명 도쿄에 있었지?"

시나가와는 점점 이상한 이야기를 했다.

"8월이라, 8월은 20일까지 벤텐지마弁天島에 있었어. 벤텐지마에서 바로 도쿄로 왔지. 그리고 10일 정도 머물렀으니 23일에는 물론 도쿄에 있었지."

아이노스케는 시나가와가 무슨 말을 하는지 잘 몰랐지만 어쨌든 대답을 했다.

"심지어 23일에는 나랑 만났잖아. 일기장을 보니 그렇던데. 우리는 그날 데이코쿠帝国 호텔 그릴에서 식사를 했어. 자네가 나를 다음 날 공연장으로 끌고 갔잖아."

"맞아, 그랬지. 첼로 연주를 들었던 것 같은데."

"그렇지. 혹시 몰라 내가 23일 일을 호텔에 문의해서 확인했으니 그건 확실해."

아오키 아이노스케는 슬슬 호기심이 발동했다. 시나가와는 대체 무슨 일 때문에 8월 23일을 이토록 중요하게 생각하는 걸까.

"그럼 이걸 좀 읽어 보겠나."

시나가와는 주머니에서 편지 한 통을 꺼내 아이노스케에게 건네주었다.

편지를 펴보니 다음과 같은 내용이었다.

시나가와 시로 님께

안녕하십니까.

문의하신 장소는 교토京都 시조四条 거리입니다. 촬영일은 8월 23일입니다. 이는 촬영일지를 보고 답변하는 것이니 틀림없습니다.

사이토 구라오斎藤久良夫

"사이토 구라오라면 닛카쓰 감독이 분명하군. 자네도 알겠지?"

아이노스케는 시나가와에게 편지를 돌려주며 말했다.

"그렇지. 알다마다. 〈괴신사〉를 만든 감독이지. 불쑥 편지를 보내 물어봤는데도 고맙게도 바로 답장을 주었어. 이 편지가 증거 제2호지. 다시 말해 이 편지로 <괴신사>의 한 장면이 8월 23일에 교토 시조 거리에서 촬영되었다고 확인된 거야."

시나가와는 완전히 판사 내지는 탐정처럼 말했다. 8월 23일의 일을 온갖 방면으로 연구해서 꼼짝 못하게 물고 늘어졌다. 하지만 대체 무엇을 위해서 그러는 걸까.

"점점 흥미 있어지는군."

아이노스케는 어렴풋이 사정을 깨달았다. 역시 시나가와가 말한 대로 변고가 틀림없었다. 그의 호기심은 터질 듯이 부풀어 올랐다.

"그런데 8월 23일에 자네와 호텔에 간 것은 점심시간이 좀 지나서였지? 2시쯤이었나."

시나가와는 아직도 8월 23일에 집착했다.

"응. 그때쯤이었지."

"그리고 저녁도 같이 먹었으니까 헤어졌을 때는 해가 진 다음이고."

"그래, 해가 진 다음이었지."

"그 사실을 잘 기억해두게. 그 시간 관계가 매우 중요하니까. 그리고 혹시 몰라 하는 말인데 교토와 도쿄 사이를 운행하는 가장 빠른 기차가 특급이야. 특급도 열 시간 이상 걸리지."

상황을 파악한 아오키는 시나가와의 이런 장황한 설명이 귀찮았다. 그보다는 빨리 문제의 <괴신사>를 보고 싶어 견딜 수 없었다.

"아, 여기다. 여기."

시나가와가 차를 세웠다. 차에서 내려 보니 텅 빈 대로에 시골에서나 볼 법한 허름한 활동사진관이 있었다.

두 사람은 1등석 표를 구입해 2층 다다미석으로 가서 눅눅해진 방석을 깔고 앉았다. 다행히 문제의 <괴신사>가 막 시작하려는 참이었다.

상영이 시작되었다. 아사쿠사 개봉관에서는 이미 2주 전에 개봉했던 활동사진이었다.

탐정극은 변변치 않았다. 주인공 괴신사, 그러니까 뤼팽이 연미복을 입은 학생처럼 보였다. 그는 형사와 함께 빤한 활극을 펼쳤다.

물론 아이노스케는 활동사진의 내용 같은 건 안중에 없었다. 스토리는 신경 쓰지 않은 채 화면만 봤다. 언제 교토 시조 거리의 풍경이 나타날까, 그것만 숨죽여 기다렸다.

"이제 잘 보게나."

옆 좌석에서 시나가와가 아이노스케의 무릎을 치며 신호를 보냈다.

뤼팽을 추격하는 장면이었다. 두 대의 자동차가 교토 거리를 질주했다. 뤼팽이 자동차에서 뛰어내려 형사를 따돌리려 했다. 연미복 차림의 뤼팽이 한 손에 지팡이를 짚고 백주의 거리를 달렸다. 배경으로 보이는 곳은 전에 본 적이 있는 미나미자南座였다. 시조 거리인 것이다.

자동차가 달렸다. 점원들의 자전거가 달렸다. 보도에는 평소처럼 시민들이 지나갔다. 그 사이를 누비며 수상한 괴한이 뛰어다녔다.

그런데 갑자기 화면 오른쪽 구석으로 뒷걸음치는 오뉴도大入道[15]가 보였다. 활극을 구경하던 한 시민이 무심코 카메라 앞에 얼굴을 내민 모양이었다.

아이노스케는 어떤 예감이 들어 가슴이 두근거렸다. 마침내 그 오뉴도가 뒤를 돌아 카메라를 보았다. 스크린 4분의 1 크기쯤 되는 한 남자의 얼굴이 관객들을 쏘아본 것이다.

정말 찰나의 순간이었다. 방해가 된다고 누가 주의를 주었는지 관객 쪽을 바라보던 그의 얼굴이 금세 화면에서 사라졌다.

그 순간 아이노스케는 깜짝 놀라 숨을 죽였다. 대충 예상했음에도 불구하고 옆에 앉아 있던 시나가와 시로의 얼굴이 전면 스크린에 대문짝만하게 보이니 정말 기분이 이상했다.

때마침 〈괴신사〉 화면에 얼굴을 드러낸 구경꾼이 바로 시나가와 시로였던 것이다.

세상에는 두 명의 시나가와 시로가 존재한다

그 장면은 8월 23일 교토 시조 거리에서 촬영된 것이 사실로 밝혀졌다. 그리고 바로 그날 시나가와는 도쿄 데이코쿠 호텔에

15_ 大入道. 스님의 외양을 한 커다란 몸집의 도깨비. 밤중에 혼자 걷고 있는 사람 앞에 나타나 사람을 놀라게 한다고 전해진다.

서 아이노스케와 함께 점심을 먹었다. 둘 다 틀림없는 사실이었다. 그러면 시나가와 시로는 그날 도쿄와 교토에 모두 있었던 셈이 된다. 하지만 두 도시는 특급을 타도 열 시간이나 걸리는 거리다. 교토 거리에서 촬영을 구경한 후 그날 바로 도쿄에 돌아와 점심식사를 한다는 것은 절대 불가능했다.

그렇다면 일본에 시나가와와 꼭 닮은 사람이 한 명 더 존재한다는 결론이 나온다. 구단에서 소매치기를 한 것도 틀림없이 또 다른 시나가와 시로일 것이다.

"자네는 어떻게 생각하는가. 나는 저걸 보고 세상에 별일도 다 있다는 생각을 했네."

활동사진관을 나와 이름도 잘 모르는 변두리 마을을 걸으며 시나가와 시로가 어찌해야 할지 모르겠다는 듯이 아이노스케에게 말했다.

"그에 관해 짚이는 것이 있는데, 자네는 올해 가을 구단 초혼제를 보러 오지 않은 거지?"

아이노스케는 혹시 몰라 다시 확인을 했다.

"안 갔지. 나는 그런 거에는 별로 흥미가 없잖아."

예상대로 지난번 구단에서 본 사람은 시나가와가 아니었다. 아이노스케는 소매치기 건을 자세히 들려준 후 마지막으로 이런 말을 덧붙였다.

"아무리 봐도 자네 같았거든. 솔직히 나는 자네가 소매치기를 했다고 의심했네. 하하하하. 말도 안 되는 일이지만 말이야. 자네를 생각해서 나중에 만났을 때도 일부러 그 이야기를 안

했거든."

"그래? 그런 일이 있었군. 그럼 정말로 또 다른 내가 있다는 거네."

시나가와는 약간 두려워진 모양이었다.

"쌍둥이인지도 모르지. 자네는 모르지만 아기 때 헤어진 쌍둥이 형제가 있는 거 아냐?"

"말도 안 돼, 그런 일이 있을 리가. 우리 집에 그런 비밀 같은 건 없어. 쌍둥이였으면 벌써 예전에 알았겠지. 게다가 쌍둥이라 해도 그렇게 똑같을 수 있을까?"

"쌍둥이가 아니라면 생판 모르는 남이겠지. 결국은 쌍둥이 이상으로 닮은 사람이 이 세상에 존재할 수 있냐는 문제네."

"하지만 나는 그런 건 믿을 수 없네. 똑같은 지문이 있을 수 없는 것처럼 똑같은 사람이 또 있을 리 없잖아."

시나가와 시로는 어디까지나 현실주의자였다.

"자네가 아무리 믿을 수 없다고 해도 부정할 수 없는 증거가 있으니 도리가 없지 않나. 소매치기 건과 방금 본 활동사진 건 말이야. 나는 그런 게 완전히 불가능하다고는 생각하지 않네. 꿈같은 이야기지만 나도 서생 시절에 그런 경험이 있었어."

드디어 그토록 갈망하던 괴이한 일이 생긴 것이다. 아이노스케는 뛸 듯이 기뻤다.

"대학 근처의 와카다케테이若竹亭 있잖아, 공연장 말이야. 학생 때 나는 거기 자주 가곤 했거든. 그런데 거기 가면 꼭 보는 신사가 있었어. 지정석같이 구석 자리에 똑바로 앉아 공연을 보곤 했지. 동행 없이 늘 혼자였어. 그런데 그 신사의 얼굴 생김새나 모습이…… 폐하의 사진과 판박이인 거야. 헤어스타일에서 콧수염, 야윈 볼까지 완전히 꼭 빼닮았더라고. 가끔 그런 생각이 들더군. 궁중생활 같은 건 우리가 전혀 짐작할 수 없겠지만 의외로 일본에도 스티븐슨[16]의 「자살클럽」이나 마크 트웨인의 『왕자와 거지』 같은 일이 일어날 수도 있지 않을까. 혹시 그 신사는 폐하가 잠복 나온 것 아닐까. 그런 생각도 했지. 그래서 나는 위쪽 좌석에서 그 신사의 움직임만 뚫어지게 살폈거든. 물론 내 망상이고 분명히 많이 닮은 다른 사람일 수도 있지. 그런데 폐하와 그렇게 쏙 빼닮은 사람도 있는 걸 보니 세상에 얼굴이 완전히 똑같은 사람이 없다고 단언할 일은 아니라는 생각이 드는군."

"그렇게 말한다면 나도 실은 그런 경험이 없는 건 아냐."

시나가와 시로는 다소 창백해진 볼을 비벼가며 비밀이야기를 하듯 나직하게 말했다.

"벌써 3년 전 일인가 오사카의 도톤보리道頓堀에서 인파에 밀려 걷고 있는데 뒤에서 누가 어깨를 두드리는 거야. 그리고는 누구누구 씨 아니세요? 오랜만이네요 하더라고. 물론 내 이름이 아니었어. 그런데 사람 잘못 보신 것 같다고 해도 알아듣질 못하는 거야. 어느 어느 회사에서 근무할 때 옆자리였잖아요, 라고 하질 않나. 그런데 아무리 생각해봐도 그런 회사는 금시초

....
16_ Robert Louis Stevenson[1850~1894]. 『지킬박사와 하이드 씨』와 『보물섬』 등으로 명성을 날린 스코틀랜드 출신의 작가.

문인 거야. 결국 영문을 모르고 헤어졌는데 역시 세상 어딘가에 내가 한 명 더 있었나 보네."

"그런 일이 있었군. 만약 그렇다면 그 사람도 분명 구단에서의 나처럼 틀림없이 이상한 기분이었을 거야."

당사자인 시나가와는 풀이 죽어 있었지만 아오키 아이노스케는 몹시 즐거운 기색이었다.

"자네한테야 속 편한 얘기일 테지만 나는 꽤 불쾌하다고. 생각해봐. 나와 꼭 닮은 놈이 세상 어딘가에 또 있다니 정말 싫다고. 만약 그놈과 마주치면 다짜고짜 패고 싶은 심정이네. 그뿐만 아니야. 더 두려운 게 있어. 자네 얘기대로라면 놈은 나쁜 놈인 거잖아. 소매치기 정도면 모를까 더 끔찍한 범죄, 이를테면 살인이라도 저지른다고 생각해봐. 나는 그놈과 똑같이 생겼으니 나도 모르는 사이에 혐의를 받을 거 아냐. 그놈의 범죄를 막을 수 없을 뿐더러 전혀 예상도 못하는 거잖아. 그러면 내가 알리바이를 증명하지 못할 수도 있을 거란 말이야. 생각할 수록 무서운 일이야. 상대가 누군지 알 수 없으니 그만큼 무서운 거지.

그리고 이런 경우도 생각해봐야 해. 나는 그 사람을 모르지만 그 사람이 나를 아는 경우 말이야. 나는 잡지에 사진이 나가니까 상대는 나를 훨씬 쉽게 알아볼 수 있는 처지잖아. 게다가 그놈은 악인이야. 악인이 자신과 꼭 닮은 사람을 발견했을 때 뭘 생각하겠어. 무시무시한 일을 생각하지 않겠나. 자네, 무슨 말인지 알겠지? 그놈은 만약 나한테 아내가 있다면 아내를 **빼앗을**

수도 있을 걸세."

두 사람은 차를 잡는 것도 잊은 채 이야기에 정신이 팔려 정처 없이 변두리 마을을 걸었다.

시나가와 시로는 그렇게 하나둘씩 떠오르는 불안한 생각을 이야기하다 보니 차츰 '두 명의 시나가와 시로'가 존재한다는 기괴한 사실이 매우 엄청난 사건임을 깨달은 듯했다. 그는 괴담을 듣는 사람처럼 미궁에 빠진 눈빛을 보였다.

아이노스케, 사기꾼 같은 이상한 신사를 만나다

아오키도 시나가와도 이 기묘한 사건에 완전히 빠져들었다. 전에도 말했듯이 엽기자 아오키의 경우, 엽기클럽에서도 경험할 수 없었던 생생하고 기괴한 사건이었다. 그리고 현실주의자 시나가와에게 이 사건은 현실 속의 미스터리이기도 했지만 자기 자신의 문제였다.

그들은 가능하다면 또 다른 시나가와 시로를 찾아내고 싶었다. 하지만 그건 불가능했다. 신문에 현상광고를 내볼까 생각했지만 소매치기를 저지르는 범죄자가 광고를 보면 오히려 경계할 것이 분명했다.

"자네, 만약 다음에 그놈과 마주친다면 미행해서 주소를 알아내 주게. 나도 물론 신경 쓰겠지만."

"물론이지. 자네를 위해서가 아니라 내 호기심 때문에라도 반드시 그러겠네."

결국은 번화가를 다닐 때 주의를 게을리 하지 않고 지나다니는 사람들을 찬찬히 관찰하는 것밖에는 방법이 없었다.

완전히 뜬구름 잡는 이야기였다. 그러나 독자 여러분, '세상은 넓고도 좁다'는 말이 있다. 그로부터 두 달쯤 지난 어느 날, 드디어 그들은 또 다른 시나가와 시로를 발견할 수 있었다. 그뿐 아니라 두 시나가와는 너무도 이상한 상황에서 대면했다 (이 얼마나 기괴하기 짝이 없는 대면이었나).

하지만 그 이야기를 하기 전에 여담이지만 (나름 흥미 있는 이야기일 테니) 일단 아오키 아이노스케가 겪은 괴이한 경험에 지면을 할애하는 것을 양해해주시길.

사건은 그들이 호라이칸에서 <괴신사>를 관람한 다음 달인 12월, 아이노스케가 우연히 긴자 뒷골목의 음침한 카페에 들른 때부터 시작된다.

어느덧 슬슬 추워지는 계절이었기에 그는 상경할까 말까 망설였다. 하지만 예감이 이상했다고 할까. 갑자기 도쿄가 사뭇 그리워져 결국 상경했다. 그때 도쿄에 머무는 중 일어난 일이다.

연말이라 화려하게 장식된 긴자 밤거리를 돌아다니다 보니 새삼 희한하다는 생각이 들었다.

'이런 별 볼일 없는 거리에 매일 밤 젊은 남녀들이 산책을 나온단 말이지.'

아오키 아이노스케는 엽기자답게 뒤쪽으로 가면 어스름한 구석에 뭔가 숨겨진 것이 있지 않을까 미련을 버리지 않은 채 어두운 뒷골목만 찾아 이리저리 헤매고 다녔다.

어느 뒷골목을 걷는데 작은 카페 하나가 눈에 띄었다. 눈에 띄었다고는 하지만 근사하거나 화려했기 때문이 아니었다. 딱히 눈길을 끄는 특징도 없었고, 큰길가의 유명한 카페와는 달리 존재감 없이 너무 스산하고 음침했다.

몹시 풀이 죽은 듯한 카페의 모습이 측은해보여 아무 생각 없이 뚜벅뚜벅 걸어 들어간 것이다. 10평 남짓한 봉당[17]에 테이블 서너 개가 띄엄띄엄 놓여 있었고 그 사이사이에 커다란 상록수 화분이 야와타八幡의 대숲처럼 마구 엉켜 있었다. 전등은 한창 유행하는 적색이나 자색 빛이 아니라 거슬리지는 않았는데 촛불처럼, 아니 그보다는 오히려 사방등四坊燈처럼 어스름했다. 괴괴하게 조용한 가운데 손님은 한 명도 없었고 카운터에도 종업원들이 보이지 않았다. 묘지 같은 카페였다. 그래도 난방장치는 가동하는지 따뜻한 기운이 돌아 몸서리칠 정도로 춥지는 않았다.

아오키는 큰 소리로 종업원을 부르는 것도 좀 촌스러운 것 같아 일단 의자에 앉으려고 화분에 가려진 구석 자리로 갔다. 자리에 앉으려는데 그 테이블에는 먼저 온 손님이 있었다. 어두운 카페 내에서도 가장 어두운 구석인 데다가 손님이 워낙 조용히 앉아 있었기 때문에 금방 알아보지 못한 것이다.

"실례했습니다."

....
17_ 土間. 마루를 깔지 않고 흙바닥을 그대로 둔 곳.

사과를 하고 다른 자리로 가려 했지만 손님이 아오키를 붙잡으며 말했다.

"아닙니다. 그냥 앉으셔도 돼요. 나도 마침 상대가 필요하던 참이었으니까요."

자세히 보니 양복차림의 중년신사로 사람이 그리운 듯했다. 게다가 비싼 고급 맞춤 양복을 입고 있었다. 아오키는 부르주아 답게 그런 것으로 상대의 신분을 짐작하고는 그와 상대해도 되겠다고 생각했다.

잠시 후, 없는 줄 알았던 종업원이 어디선가 그림자처럼 나타나 주문을 받고 음식을 가져다주었다. 결코 맛없는 요리가 아니었다. 괜찮은 술도 갖추고 있었다. 게다가 앞에는 낯을 가리지 않는 말상대까지 있으니 아이노스케는 마냥 신났다.

"꽤 괜찮은 카페네요."

"그렇죠? 나는 여기가 아주 마음에 들어요."

그렇게 시작된 두 사람의 대화는 점점 활기를 띠었다. 아이노스케는 술이 그리 세지는 않았다. 홀짝홀짝 마신 위스키 두 잔에 기분 좋게 알딸딸해진 모양이었다. 그는 여느 때처럼 '권태' 에 관해 이야기했다.

"네, 그렇죠." 신사는 동감이라는 듯 연신 그의 말에 고개를 끄덕였다. 그러더니 잠시 후 완곡하게 아이노스케의 신상을 물었다. 술에 취한 아오키는 어느덧 상대에게 말려들어 자신의 신상을 이야기했다. 하지만 금방 그 사실을 깨닫고 의아한 표정으로 물었다.

"저런, 내 이야기만 떠들었네요. 이제 당신 차례예요. 하하하하. 어떤 일을 하시나요?"

그러자 신사는 잠깐 점잔을 빼더니 의외의 대답을 했다.

"저는 말하자면 샌드위치맨[18]이죠. 지금부터 당신에게 전단지를 드릴 건데요."

무슨 이런 근사한 샌드위치맨이 있단 말인가.

"절대 농담하는 거 아닙니다."

신사는 말을 이어갔다.

"저는 사실 카페 같은 곳을 돌아다니며 당신 같은 엽기……, 그러니까 호기심이 풍부한 사람들을 찾는 역할이죠. 그것만 해도 월급을 받을 수 있어요. 근사하게 차려입은 샌드위치맨입니다. 좀 바꿔 말하면."

그는 비밀이야기를 하듯 말했다.

"결국 유곽 삐끼인 셈이죠."

신사가 말하는 내용이 너무 이상했다. 당황한 아오키는 그의 얼굴을 찬찬히 살펴보았다.

"비밀의 집이 있어요."

신사가 설명했다.

"거기에서는 상류사회 분들, 부호나 고관대작, 그리고……조차도 (남자분 여성분 모두) 은밀히 출입하십니다. 그렇게 말하면 대충 아시겠죠. 이런 중개는 보통 옴팡눈을 한 노파나 노상에서

18_ 가슴과 등에 커다란 홍보물을 붙이고 길가에서 호객을 하는 사람.

손님을 기다리는 인력거꾼이 하죠. 하지만요, 상대가 매춘부가 아니라 신분이 높은 부인이잖습니까. 그러니까 삐끼가 이런 모습을 하고 있는 거죠. 하하하하하. 비밀의 집은 그저 장소를 제공하고 사례를 받는 곳이지만 철저히 안전이 보장됩니다. 대신 사례금도 싸지 않죠. 그래서 손님을 선별하려면 이렇게 수고도 해야 하고요. 무슨 이야기인지 아시겠죠? 실례지만 당신이라면 충분히 자격이 있습니다. 풍채나 신분도 그렇고, 드물게도 심지어 엽기자니까요."

아이노스케는 듣다 보니 술이 확 깼다. 세상의 무서운 이면 때문이 아니었다. 아주 기묘한 삐끼 신사를 우연히 만난 기쁨 때문이었다.

그는 진지하게 무릎을 맞대고 세세하게 담판을 지었다.

단층집 2층에 다다미방이 있다

상대가 어떤 인물인지 미리 알 수 없었다. 서로의 이름이나 나이, 신분을 알지 못한 채 그날 밤 우연히 만난 사람들이 한 쌍이 된다. 하루에 한 쌍 이상의 만남은 절대 허용되지 않았다. 방값은 하룻밤에 50엔이고 상대와 반씩 부담했다(바로 이 반씩 부담한다는 데 의의가 있었다. 상대도 거금을 지불하는 것이다). 두 번째부터는 같은 상대를 선택하든 새로 제비를 뽑든 각자 자유였다. 이상이 삐끼 신사가 말해준 이른바 '비밀의 집'의

규정이었다.

그 집에는 여자 삐끼도 있어 여자 손님들을 데려온다고 했다.

"그럼 안내를 부탁드리지요."

아이노스케는 취한 김에 용감하게 나왔다.

"알겠습니다. 그런데 인정머리 없어 보일 수 있지만 방값은 선불로 부탁드립니다. 결코 당신을 의심해서가 아니라 형사가 변장하고 떠보는 걸 피하려는 거죠. 형사들 주머니 사정으로는 방값을 선불로 내기가 좀 부담스러우니까요."

"그렇군요. 세세한 것까지 주의하시는군요."

아이노스케는 정해진 금액을 지불했다.

카페에서 자동차로 20분 정도 가니 목적지에 도착했다. 뜻밖에도 고지마치麹町의 조용한 주택가였다. 두 정[19]이나 앞서 차에서 내려 인적 없는 스산한 거리를 걸어갔다.

"여기예요."

신사가 가리키는 곳을 보니 대문이 조그마한 중류주택이 있었다. 방값을 받아 생활하는 모양이었다. 대문에서 현관까지 한 간[20]이 채 안 되는 듯했다. 집은 구식 단층집이었다.

삐끼 신사는 그 문 앞에 서서 좌우를 두리번거리더니 지나는 사람이 없는지 확인했다. 그리고 "얼른요"라며 아이노스케를 현관으로 밀어 넣듯 들여보냈다.

"어서 오세요."

....
19_ 약 200m. 1정町=109m.
20_ 약 2m. 1간間=1.8m.

여주인으로 보이는 사람이 현관 마루에서 손을 가지런히 모은 채 맞이하고 있었다. 마루마게[21] 머리를 한 품위 있는 사십대 부인이었다. 여주인은 찬합 같은 나무상자를 들고 있었는데 아오키가 현관 마루로 올라오자 재빨리 그의 게다를 상자에 넣은 후 한쪽 팔에 끼고 앞장섰다.

방 두 개를 지나자 응접실 같은 방이 나왔다. 여주인은 아무 말 없이 그 방 벽장문을 열었다. 안에 비밀의 방이라도 있을 줄 알았는데 그건 아니었다. 그냥 보통 벽장이었고 고리짝이 들어 있었다.

그녀는 벽장문을 열어놓았다. 그리고 신호인지 좀 수상한 헛기침을 했다. 그런데 이게 웬일인가. 벽장 천장에 구멍이 뻥 뚫리면서 거기로 새빨간 전등불이 비쳤다. 평범한 천장처럼 보였지만 사실은 끼웠다 뺐다 할 수 있는 판자였던 것이다.

'하지만 이 집은 단층집인데 2층이 있을 리가.'

그런 생각을 하던 중 천장에서 밧줄 사다리가 늘어뜨려지고 거기로 한 소녀가 내려왔다. 하녀인 듯했는데 그에게 인사를 하고 자리를 떠났다.

"불안하시겠지만 여기로 오르시지요."

여주인의 말대로 아오키는 그 밧줄 사다리에 발을 디뎠다.

올라가보니 기묘한 방이 있었다. 바닥은 다다미였지만 천장이나 벽 네 면은 모두 판자였다. 창문도 장식단[22]도 벽장도

21_ 丸髷. 둥글게 틀어 올린 머리로 20세기 초까지 기혼 여성의 대표적인 헤어스타일이었다.

없어 마치 되박을 뒤집어놓은 것 같았다. 방 가운데는 새 이불이 깔려 있었다. 또한 커다란 원형 통 안에는 사쿠라佐倉 숯이 붉게 타고 있었으며, 은빛 주전자의 물이 끓었다. 천장에는 소형이지만 호화스런 장식등이 달려 있었다. 그 전등 빛이 피처럼 새빨갰는데 뭔가 이유가 있는 듯했다.

아, 알았다. 단층집 천장 위에 밀실을 따로 만든 것이다. 정말 좋은 아이디어였다. 밖에서 보면 평범한 단층집이니까 아래층 방에 무슨 문제가 생기지 않는다면 이곳을 검문하지 않을 것이다. 설마 천장 위에 창문 없는 방이 있으리라고 누가 생각하겠는가. 게다가 위로 올라오는 통로는 좀 전에 보았듯이 경계가 철저했다.

"이 정도면 안전은 철두철미하네요."

아오키가 인사치레를 하자 뒤따라 올라온 여주인이 상냥한 미소를 지으며 속삭였다.

"그런 일이 있으면 안 되지만 혹시 모르니까요. 여기 비밀문이 있습니다."

그리고 한쪽 벽을 밀자 삐걱거리는 소리와 함께 **쪽문**처럼 앞으로 열렸다.

"이 안에 저음 전자벨 장치가 있습니다. 만약 무슨 일이 생겼을 때 아래서 이 벨을 누르면 지직 소리가 들릴 테니 옷가지를 챙겨 이 안에 숨어 계십시오. 아뇨, 그런 일이 생길 리 없습니다만,

....
22_ 床の間. 다다미방에서 바닥을 한층 높게 만든 곳. 주로 벽에는 족자를 걸고 인형이나 꽃꽂이로 장식한다.

만일의 사태를 준비해두자는 거죠."

불필요하다 싶을 정도로 세심하게 경계하는 것을 보고 아오키는 몹시 탄복했다.

"그럼 잠깐 기다리세요. 곧 오실 거예요. 이 밧줄 사다리는 위에서 당기시고 천장 널빤지를 원래대로 돌려놓아주세요. 도착하시면 아래에서 아까처럼 기침을 할 거예요."

차를 내놓은 여주인은 그 말을 남기고 아래층으로 내려갔다. 아오키는 여주인의 말대로 천장 판자를 원상복구 해놓고, 화려한 이불 머리맡 쪽에 놓인 방석에 앉았다.

아오키는 여자에 관해서도 **별난** 경험을 꽤 많이 했다. 항구도시의 외국인 여자, 담배 가게 2층의 순박한 아가씨, 꼿꼿이 장인의 어린 제자. 소개한 사람들은 모두 그럴싸한 감언이설로 천하의 풍류객들을 유혹했지만 겉으로는 아닌 척해도 대부분은 닳고 닳은 매춘부에 지나지 않았다.

'오늘 밤도 또 그런 여자일까.'

한편으로는 그런 생각이 들었지만 밀실 **장치**가 주도면밀하니 삐끼 신사의 말을 한번 믿어보기로 했다. 적어도 오늘 밤처럼 치밀한 경계는 처음이었다. 삐끼 신사의 당당한 풍채로 보나, 이 집의 고급스런 모습으로 보나, 주의를 거듭한 밀실 장치로 보나 예전 경험과는 달랐다.

그 신사는 '부호나 고관, 그리고……'가 손님이라고 했다. 그러면 한편으로는 부호의 부인이나 고관의 딸, 그리고…… 이 의미하는 바가 분명하다고 생각하니 그 나이에도 가슴이 떨려 주체할 수 없었다.

얼마 기다리지 않았는데 아까 그 수상한 기침소리가 들려왔다.

'왔구나.'

그 생각을 하니 별안간 일련의 두려움이 그의 마음을 서늘하게 했다. 하지만 여기까지 와서 망설일 수는 없었다. 아이노스케는 빼고 낄 수 있는 판자 쪽으로 머뭇머뭇 다가갔다. 그는 판자를 확 들어 올린 후 눈을 감다시피 하고 밧줄 사다리를 던졌다.

아래에서도 머뭇거리는 낌새였다. 그러자 뒤에서 여주인이 나직이 용기를 북돋아주었다.

잠시 후 밧줄 사다리가 팽팽해졌다. 올라오는 것이다. 여자의 몸으로 밧줄 사다리를 타다니. 나중에 알고 보니 호화로움에 익숙한 상류계급 사람들은 남자 여자 할 것 없이 이 야만스런 밧줄 사다리가 모험의 상징인 양 무척 좋아했다.

가장 먼저 깔끔하게 빗질을 한 마루마게 머리가 보였다. 그리고 피부가 반들거리는 붉은 얼굴(전등 빛이 붉었기 때문이다), 성숙한 중년여인의 가슴, 등등등등…….

아이노스케, 어둠의 밀실에서 기묘한 발견을 하다

그 사람이 어떤 인품을 가졌는지, 어떤 신분이었는지 처음 만난 사람과 무슨 이야기를 나누었는지, 붉은 전등 빛이 거울로

된 벽보다도 얼마나 효과적이었는지 등등. 그런 이야기들은 본론과는 상관없고 삼가야 할 부분도 많아 모두 생략한다. 다만 그날 밤은 아오키 아이노스케가 여느 때와 달리 실망하지 않았다는 점만 말해둔다.

그래도 그날 밤 늦게 우연히 벌어진 전기벨 사건에 대해서는 순서대로 기술하지 않으면 안 된다.

그들이 흥분에 지친 나머지 깜빡깜빡 꿈길로 들어섰을 때 갑자기 판자벽 뒤에 설치된 전자벨이 해저에서 나는 소리처럼 지지직 불안하게 울려 퍼졌다. 위험신호였다.

아이노스케는 깜짝 놀라 얼른 벌떡 일어났다. 경찰의 내습을 받고 경악하는 범죄자 같았다.

"야단났다. 옷을 챙겨야 해……, 아무것도 남기지 말고……, 숨겨야 해."

그는 매몰차게 상대를 흔들어 깨웠다.

아무리 연애유희에 대담하더라도 양가집 규수는 이런 일에 익숙하지 않은지라 무척 꼴불견이었다. 맨살을 다 드러내고 속옷차림으로 마구 기어 다녔다. 너무 당황스럽게 부산을 떨다 보니 벗어놓은 옷을 찾지 못하는 듯했다. 평소에 그런 모습을 봤다면 너무 우스꽝스러워 웃음을 터뜨리거나 반대로 구미가 당겼을지도 모르지만 지금은 그럴 여유가 없었다. 그는 황급히 여자의 옷을 집어 자신의 옷가지와 함께 들었다. 그리고 여자의 손을 잡아끌다시피 해서 비밀 문을 열고 어둠 속으로 도망쳤다.

안에는 천장도 없이 거미줄투성이의 굵은 들보가 아래로

비스듬히 뻗어 있었다. 도저히 서서 걸을 수 없었다. 게다가 마루는 칠도 하지 않은 기다란 판자를 못으로 고정해 놓았을 뿐이었다. 바닥에 쥐똥과 먼지가 수북이 쌓여 있어 너무 지저분 했지만 위험과 맞바꿀 수는 없었기에 비밀 문을 닫고 가급적 안쪽으로 기어들어가 몸을 웅크렸다.

암흑이었다. 두 사람은 밀담을 나눌 기운조차 없었다. 상대의 거친 심장박동 소리만 들렸다.

언제 들이닥칠지 모를 괴물을 기다리는 심정은 실로 무시무시 했다.

1분, 2분. 어둠과 침묵이 흐르는 가운데 때가 임박한 듯했다. 지금이라도 당장 누가 들이닥치는 것 아닌가 벌벌 떨고 있는데 귓가에 희미한 기침소리가 들렸다. 주의하라는 신호가 틀림없었 다. 두 사람은 단단히 몸을 움츠렸다. 여자가 떠는 것이 확실히 느껴졌다.

두세 번 더 기침소리가 났다. 둘 다 숨바꼭질을 하는 것처럼 몸을 더 움츠렸다. 그런데 이상하게 인기척이 나지 않았다. 밧줄 사다리를 위에서 거뒀기 때문인가. 사다리가 없더라도 올라올 방법이 있지 않을까 생각하는데 천장 판자에서 쿵쿵 소리가 났다. 마치 아래에서 막대기로 치는 듯한 소리였다. 천장 판자가 열린 모양이다. 이제 아래에서 밧줄 사다리를 끌어 당기는 소리가 날지도 모른다. 예상대로 잠시 후 밧줄 사다리를 오르는 소리가 났다.

아이노스케는 고통을 견딜 수 없었다. 심장이 파열될 것 같았다. 그는 막다른 곳에 몰린 야수처럼 어둠 속에서 힐끔힐끔 시선을 움직였다. 칠흑 같은 어둠 속에 새빨간 끈처럼 얇은 광선이 보였다. 다시 확인해보니 널빤지 벽에 작은 옹이구멍이 있었는데 거기로 붉은 전등 빛이 새어 들어온 것이다.

아이노스케는 본능적으로 그쪽으로 기어가서 옹이구멍에 눈을 댔다. 지금 누가 올라오는지 살피기 위해서였다. 한편 천장에서 나던 쿵쿵 소리가 멎었다. 사다리를 다 올라온 모양이다. 그렇다면 이미 널빤지 벽 안쪽에 사람이 있는 것이다. 하지만 옹이구멍이 작아 그 주위까지 시선이 닿지 않았다. 안쪽 널빤지 벽의 일부만 둥글게 보일 뿐이었다.

사람이 가까이 다가온 듯했다. 판자벽에 음산한 그림자가 비치고 기모노의 어깻죽지가 보이더니, 마침내 여자의 상반신이 클로즈업되었다. 이 집 여주인의 얼굴이었다.

"손님, 이제 나오셔도 됩니다. 정말 죄송합니다. 큰일이 생긴 줄 알고 걱정했어요. 하지만 신경 쓰지 않아도 되는 사람이었습니다. 안심하세요."

"무슨 일이야. 어리석게. 그러면 조금 전 기침은 단순히 밧줄 사다리를 내린다는 신호인가?"

흥이 깨지는 사건 때문에 두 사람은 왠지 부끄러운 마음이 들어 다시 자리에 들고 싶지가 않았다. 그들은 어둠이 걷힐 때까지 기다리지 못하고 헤어졌다.

잠깐의 실패담에 불과한 이야기였다. 하지만 인과관계상 무슨 일과 연관되는지 따져보니 참으로 희한했다. 이 어리석은 실수가 결국 두 시나가와가 대면하는 실마리가 된 것이다. 만약 아이노스케가 그 삐끼 신사를 만나 비밀의 집으로 가지 않았더라면, 그리고 우연히 전기벨 사건을 겪지 않았더라면 도저히 그렇게 빨리 또 다른 시나가와 시로를 발견하지 못했을 것이다. 전기벨 사건이 있어났기에 그가 비밀의 문 안쪽에 있던 암실로 들어갈 수 있었고, 암실로 들어갔기에 그가 작은 옹이구멍을 발견하고 거기에 야릇한 흥미를 느낄 수 있었던 것이다.

하지만 그가 기묘한 발상을 떠올린 것은 사건이 일어난 후 사흘이 지나서였다. 정말 우스운 일이다. 하지만 생각해보니 근래에 드문 수확이었다. 공포 때문에 어둠 속에서 식은땀을 흘리며 벌벌 떤 경험만으로 25엔의 가치는 있었다. 더군다나 그 집의 치밀한 구조는 또 어떤가. 꼭 탐정소설 같다고 즐겁게 반추하던 중 문득 떠오른 생각이 있었다. 그 야릇한 발상 때문에 그는 주체할 수 없는 기쁨을 느꼈다.

"좋았어, 몹시 재미있어지는군."

아이노스케는 서둘러 외출 준비를 마치고 비밀의 집으로 차를 달렸다. 혹시 몰라 삐끼 신사처럼 두 정 앞에서 내려 지나가는 사람이 없을 때까지 기다렸다가 안으로 들어갔다.

여주인은 그를 보고 깜짝 놀랐다.

"어머, 벌써 약속을 하셨습니까?"

오늘 여기서 지난번 그 부인과 만나기로 약속했냐는 의미였다.

"아뇨, 그런 게 아닙니다. 오늘은 당신과 좀 이야기하려고요."

아이노스케는 그렇게 말하고 히죽 웃었다.

그들은 안방으로 통하는 맹장지[23]를 꽉 닫고 마주앉았다.

"부인, 이런 일은 돈 때문에 하시는 거죠?"

아이노스케는 몇 마디 나눈 후 본론으로 들어갔다.

"그렇죠? 그러면 현재의 방값을 몇 배로 뛰게 할 만한 묘안이 있습니다. 어때요, 제 묘안을 들어보시지 않겠습니까?"

"그거 참 귀가 솔깃하네요. 하지만 철저한 비밀이라는 걸 내세워 보통보다 더 높은 방값을 받는 것이잖아요. 그렇게 욕심을 부리다가 혹시 비밀이 새어나가면."

여주인은 경계했다.

"아뇨, 비밀과는 관계없어요. 그 비밀의 문 바깥쪽이 어둡잖습니까. 사실 그 어둠으로 돈을 벌 생각입니다. 오해하지 마세요. 나는 이 묘안을 전수해주고 배당금을 받으려는 게 아니니까요."

"네? 어둠으로 돈을 번다고요?"

"모르시겠습니까? 그 밀실에 두 사람, 문 바깥의 암실에 한 사람, 동시에 세 사람의 손님을 받는 거지요. 무슨 말인고 하니 판자벽이요, 거기 눈에 띄지 않는 옹이구멍이 있더군요. 이제 알아들으시겠습니까?"

"아, 그런 뜻이군요."

여주인은 기가 찬 표정이었다.

"그렇게 놀랄 일은 아닙니다. 외국에서는 그런 걸로 돈을

....
23_ 襖. 방과 방 사이에 칸을 막아 끼우는 문.

버는 가게가 많아요."

아이노스케는 외국의 사례를 상세히 설명했다.

"방 안의 분들이 눈치채면 큰일이잖아요."

"괜찮습니다, 그 옹이구멍은 아주 작거든요. 보기에는 좀 불편하지만 더 크면 위험할 테니 그대로가 딱 좋아요. 한번 해보죠. 내가 첫 손님이 될 테니까. 그렇게 웃을 일이 아니에요. 내가 먼저 해보고 상황이 별로면 더 이상 안 하면 되잖습니까. 농담이 아닙니다. 증거로 암실 이용료를 지불하죠. 하룻밤치 여기 있습니다. 나쁘지 않죠?"

아이노스케는 지폐 몇 장을 여주인의 무릎 앞에 내밀었다.

아이노스케, 두 시나가와의 대면을 계획하다

결국 여주인은 아오키의 말에 설득당하고 말았다.

즉, 돈을 지불한 아오키는 붉은 방 안에 있는 다른 두 손님의 야릇한 동작을 문 바깥쪽 암실에 숨어 몰래 훔쳐볼 수 있었다.

아오키 아이노스케가 그곳에서 어떤 놀라운 광경을 보았는지, 또 어떤 건전치 못한 열락에 심취했는지는 비밀에 부치겠다. 본격적인 이야기는 아오키가 천장 위의 방에서 첫 번째 밤을 경험한 후 한 달쯤 지나(그 사이에 나고야에 한 번 다녀왔다) 시나가와 시로를 방문한 시점에서 시작된다.

독자 여러분도 알다시피 활동사진이라든가 몇몇 뜻밖의 사실 때문에 통속과학잡지사 사장 시나가와 시로는 자신과 한 치도 다르지 않게 똑같이 생긴 사람이 이 세상에 한 명 더 존재한다는 것을 믿지 않을 수 없었다.

이런 일은 시나가와와 아오키 두 사람만의 비밀이었지만, 그 무렵 잡지사 편집자들도 사장인 시나가와 시로가 평소와 좀 다르다는 것을 눈치챘다.

"잡지를 접으려는 것 아닐까? 사장이 요즘 영 열의가 없네."

"사장은 잡지 같은 건 생각하지 않고 있어. 뭔가 다른 데 마음을 빼앗긴 것 같아. 여자 때문인지도 모르지."

그렇게 쑥덕거릴 정도였다.

잡지사는 간다神田 도아빌딩 3층의 사무실 몇 개를 빌려 썼다. 시나가와는 점심때나 되어야 겨우 출근했다. 평소처럼 무뚝뚝하게 아무 말도 하지 않고 사장실에 들어간 시나가와는 회전의자에 앉아 뭔가를 또 골똘히 생각했다.

그곳으로 간만에 아오키 아이노스케가 찾아간 것이었다.

아오키는 창백한 얼굴이었지만 몹시 흥미로운 표정을 지으며 자리에 앉았다. 그리고 뒤편 편집실과 사장실 사이의 문을 신경 쓰며 안절부절 물었다.

"저쪽에 들리는 건 아니겠지?"

시나가와도 아오키가 들어오는 걸 보고 깜짝 놀랐는지 핏기 없는 입술로 말했다.

"괜찮아. 유리문인데다가 밖에 전차와 자동차 소리가 시끄러워 안 들려. ……그런데 대체 무슨 일이야?"

나직한 목소리였다.

"자네, 지난 15일 밤에 어디서 잤는지 기억하지?"

아오키는 이상한 질문을 했다.

"15일이면 지난주 토요일이군. 어디서 자긴 어디서 자. 도쿄에 있었으니 당연히 집에서 잤지."

"확실하지? 이상한 곳에서 묵은 건 아니고?"

"확실하고말고. 그런데 왜 그런 건 물어."

"그럼 어젯밤 말이야. 어젯밤에 자네는 어디 있었나. 11시에서 12시 사이에."

"11시에는 내 방 이불 속에 있었지. 그때부터 아침까지 죽."

"설마 자네가 거짓말을 할 리는 없을 테고."

아오키는 아직 의혹이 풀리지 않았다는 듯 말했다.

"그러면 물어 보겠네. 자네는 고지마치 미우라三浦 집을 모르나? 그 집 천장 위의 붉은 방을 몰라?"

"몰라. 그곳에서 자네가 그 녀석을 만났다는 건가?"

시나가와 시로는 눈 딱 감고 그 말을 했다. 말이 끝나자 얼굴이 창백해졌다. '그 녀석'은 말할 것도 없이 또 다른 시나가와 시로였다.

"만났어. 게다가 아주 이상하게 만났지."

"이야기해주게. 그 자식은 도대체 어디 사는 누구야. 그곳에서 뭘 했는데?"

시나가와는 서슬이 퍼레져 아오키의 팔이라도 움켜쥘 듯이 다그쳤다.

아오키는 안달하는 시나가와를 제지하고 나서 요전날 밤 삐끼 신사를 우연히 만나 옹이구멍을 발견하기까지 겪은 희한한 일을 간략하게 설명했다.

"나는 여주인을 설득했어. 붉은 방 바깥에 어두운 공간이 또 있거든. 당장 그 어두운 밀실의 손님이 되겠다고 했지. 그리고 오늘까지 도합 다섯 쌍을 본 거야. 어느 누구도 직업적인 사람들이 아니고 처음 만나는 신사 숙녀라 굉장했어. 말로 표현하기는 힘들지만 말이야, 그들이 맨 처음에 어색함을 어떻게 푸는지, 그리고 마지막에는 얼마나 염치없이 대담해지는지, 사람의 마음이 어떻게 변하는지 그 추이를 보는 것이 어떤 리얼한 소설을 읽는 것보다도 훨씬 무시무시했거든. 나는 그런 의미로도 몇 십 엔의 가치는 충분히 뽑았다고 생각하네."

"그래서 그놈이 붉은 방에 나타났나?"

시나가와는 느긋하게 그런 이야기를 들을 여유가 없었다.

"어젯밤이 내가 엿보기를 한 지 닷새째거든. 내 흐릿한 시야에 자네 얼굴이 드러났을 때는 그만 소리를 지를 뻔했네."

"그러면 그놈도 역시 다른 사람들과 마찬가지로 행동했나?"

시나가와는 순진한 어린애처럼 수염 난 얼굴을 새빨갛게 붉히며 더듬더듬 말했다.

무슨 이런 일이 다 있는가. 자신과 꼭 닮은 사람이 자신과 절친한 친구 앞에서 규방의 유희장면을 적나라하게 보인 것이다. 자신과 꼭 닮은 사람이 말이다. 시나가와가 얼굴을 붉히는 것도 무리는 아니었다.

"그렇군. 심지어 그것도 보통 유희가 아니었어."

아오키는 심술궂게 상대의 얼굴을 빤히 쳐다보며 말했다.

"자네는 자신의 추태를 엿볼 용기가 있나? 만약 있으면 오늘 밤에도 볼 수 있을 것 같은데."

사실 아오키는 그 말을 하고 싶어서 일부러 여기에 온 것이었다. 심술이 아니었다. 엽기자 아오키는 두 시나가와 시로의 기괴한 대면을 상상만 해도 구미가 당겨 군침이 흐를 정도였다.

"오늘 밤, 그놈이 그 집에 올까?"

시나가와는 당사자였다. 아오키처럼 속 편할 수는 없었다. 그는 입술을 핥아가며 쉰 목소리로 말했다.

"그럴 걸. 그 녀석이 다시 올 때까지 기다릴 수 없어 주인 여자에게 물었어. 물론 그 녀석이 어디 사는지 이름이 뭔지는 알 수 없었지만. 알리지 않는 게 영업방침이라더군. 언제부터 왔는지 물으니 이번 달 15일에 처음 왔다더군. 어젯밤이 두 번째고, 오늘도 또 온다는 약속을 했다고. 자네는 나와 함께 그곳에 갈 용기가 있나? 오늘 밤 그 녀석을 미행해서 사는 곳과 이름을 알아낼 생각인데."

시나가와는 한참을 대답하지 않았다. 하지만 오래 망설인 끝에 가까스로 결심을 하고 큰 소리쳤다.

"가자고. 나도 그놈의 정체를 확인해야겠네."

둘이 함께 기묘한 곡마를 엿보다

그날 밤 12시쯤 아오키와 시나가와는 미우라의 붉은 방 바깥쪽 어두운 밀실에 숨어 있었다. 여주인은 두 사람이 들어가면 위험하다며 쉽사리 승낙하지 않았지만 아오키가 지폐를 건네며 가까스로 설득했다. 시나가와는 선글라스와 수염으로 변장했다. 똑같이 생긴 손님이 또 오면 여주인이 의심하기 때문이었다.

아오키는 하나밖에 없는 작은 옹이구멍에 눈을 대고 등장인물이 언제 나타날까 초조하게 기다렸다. 시나가와는 그곳을 엿볼 용기가 없었다. 그래서 먼지가 자욱한 바닥 한구석에 쪼그리고 앉아 검은 자루처럼 미동도 하지 않았다.

아오키의 눈앞에는 새빨간 환등기 화면을 보는 것처럼 방의 일부가 동그랗게 보였다. 건너편 판자벽을 뒤덮은 자잘한 무늬의 벽지를 배경으로 원통 오동나무 화로와 요부의 입술처럼 두툼하게 부풀어 오른 비색緋色 비단이불이 시야에 들어왔다. 화로 위의 은주전자에서 끓어오른 하얀 김이 부옇게 벽지 무늬를 가렸다.

"자네, 어떤 괴상한 모습을 봐도 절대 소리를 내서는 안 되네. 상대가 눈치채면 큰일이거든. 그것만 주의해주게."

아오키는 혹시 몰라 재차 확인했다. 시나가와는 들릴까 말까 한 소리로 "응응" 대답하며 고개를 끄덕였다.

잠시 후 밧줄 사다리를 오르는 소리가 들렸다.

남자인가 여자인가. ……아오키는 숨이 멎은 것처럼 꼼짝 않고 기다렸다. 심장 고동이 무척 크게 들렸다. 그 모습을 본 시나가와도 칠흑 같은 어둠 속에서 몸이 한층 굳었다.

시야에 드러난 사람은 전에 본 부인이었다. 30대쯤 되는 듯했는데 몸집이 크고 잘 발달된 육체였다. 검은 금실로 짜인 옷이 끈끈하게 몸에 달라붙어 있었다. 윤기가 흐르고 풍성한 서구식 머리에 긴 눈, 낮은 코, 두텁고 반질반질한 입술, 그렇다고 결코 추녀는 아니었다. 어딘지 모르게 이색적인 매력이 있는 얼굴이었다. 취한 듯 헤프게 웃고 있었다.

그녀는 바닥에 털썩 주저앉았다. "아이, 더워." 무척 추운데도 화로에 손도 쬐지 않고 혼잣말을 하며 반짝거리는 반지를 낀 양손으로 찰싹찰싹 볼을 두드렸다.

피곤해진 아오키는 구멍에서 눈을 떼고 허리를 폈다. 아무런 변화도 없으리라 예상은 했지만 곧바로 원래 자세로 돌아갔다. 10분, 20분, 기다리기 힘든 시간이 지나갔다.

드디어 계단 아래에서 신호의 기침소리가 들렸다. 순간 시야에서 부인의 모습이 사라지고 천장 판자가 열렸다. 그리고 밧줄 사다리를 내리는 소리가 나더니 이윽고 누군가 올라오는 기척이 났다.

아오키는 어둠 속에서 왼손을 뻗어 망설이는 시나가와의 어깨를 살짝 두드렸다. 지금 누가 온다는 신호였다. 시나가와는 흠칫 놀라 몸이 경직되었다.

일단 아오키의 시야에는 부인이 다시 돌아와 있었다.

"오래 기다리셨습니다."

이런, 시나가와 시로의 목소리 아닌가.

"그 정도는 아니에요."

부인의 입술이 움직였다. 토키talkie 같았다.

외투를 획 내던졌는데 칼라 부분만 시야에 들어왔다. 검정 양복 팔이 아오키 앞에서 활모양을 그렸다. 마침내 남자의 전신이 보였다. 그도 취했는지 휘청거리며 자세가 흐트러졌다. 얼굴은 보이지 않았지만 어젯밤 그 남자, 즉 또 다른 시나가와 시로가 틀림없었다.

아오키 역시 한층 가슴이 두근거렸다. 오늘이야말로 두 시나가와가 이색적인 대면을 하는 것이다.

그는 슬며시 눈을 떼고 어둠 속을 더듬었다. 그리고 시나가와의 팔을 찾아 살짝 잡아당겼다. 하지만 시나가와는 덜덜 떨며 일어서려 하지 않았다. 아오키는 우물쭈물하지 말라고 질타하듯 움켜쥔 손끝으로 시나가와를 마구 끌어당겼다. 질질 끌려온 시나가와는 옹이구멍 앞에 얼굴을 들이대게 되었다. 땀범벅이 된 그의 이마에 순간적으로 새빨간 광선이 비스듬하게 그어졌다. 그리고 마침내 그의 눈은 빨려들어가듯 작은 구멍에 바짝 달라붙었다.

아오키는 어둠 속에서 전방을 응시했다. 그리고 점차 거칠어지는 시나가와의 호흡을 상대가 혹시나 알아채지 않을까 조마조마한 마음으로 귀를 기울였다.

판자벽 건너편에서 나직하게 속삭이는 목소리와 몸을 움직이는 소리가 들렸다.

잠시 후 시나가와의 가쁜 호흡이 딱 멈췄다. 아, 드디어 건너편

시나가와의 얼굴을 본 모양이었다. 두 시나가와가 정면으로
마주보고 있는 것이다.

시나가와의 오른손이 아오키의 어깻죽지를 꽉 움켜쥐었다.
봤다는 신호였다. 죽은 듯 멈춰 있던 시나가와의 호흡이 원래대
로 돌아오자 아까보다 훨씬 호흡이 거칠어지고 온몸이 물결치듯
휘청거렸다.

아, 이렇게 이상한 대면이 세상에 또 있을까. 시나가와 시로는
지금 한 간도 떨어지지 않은 곳에서 새빨간 환등기 같은 동그란
시야를 통해 자신의 모습을 응시하고 있었다. 게다가…….

그는 풀칠이라도 한 듯 옹이구멍에서 떨어지려 하지 않았다.
아오키의 어깻죽지를 움켜쥐고 있는 그의 손가락만 잘 관찰해
도, 그리고 그의 숨소리만 듣고 있어도 직접 눈으로 보는 것
이상으로 판자벽 건너편의 광경을 상상할 수 있었다. 상상이기
에 실제보다 더 자극적이었다. 그런 간접적인 엿보기가 매력적
이라는 것을 처음 알게 되었다.

길고 긴 시간이었다. 점점 깊어가는 겨울밤의 어두운 천장
위였지만 그들은 추위를 느낄 수 없었다. 이상한 흥분이 그들을
거의 무감각하게 만들었다.

마침내 구멍에서 눈을 뗀 시나가와는 아오키의 어깨를 잡아당
겼다. 자기 대신 보라는 신호였다. 그는 더 이상 자신의 괴상한
동작을 지켜볼 수 없었던 것이리라.

자리를 바꾸니 아오키의 눈앞에는 다시 빨갛고 둥근 환등기
화면이 나타났다. 하지만 이건 또 무슨 뜻밖의 광경이란 말인가.

곡마단 여자처럼 비늘이 번쩍이는 의상을 걸친 귀부인이 시나가와 시로의 등 위에 올라타 있는 것 아닌가. 말은 물론 벌거벗고 있었다. 말 위에 탄 귀부인도 말이 의상이지 최근 유행하는 레뷔[24]의 무희처럼 전신이 다 드러나 보였다.

게다가 놀랍게도 말이 된 시나가와 시로는 귀부인을 기수로 태운 채 고개를 늘어뜨리고 빙글빙글 방 안을 기어 다녔다.

말의 입에 물린 새빨간 허리띠가 고삐였다. 기수는 고삐를 잡아당기며 이랴 이랴 허리로 장단을 맞췄다. 대단한 조련사였다.

그러는 동안 가련한 말은 결국 힘이 다 빠졌는지 다다미 위에 쓰러졌다. 말에서 내린 기수는 그 모습을 보고 한바탕 호탕하게 웃더니 쓰러진 말 위에서 잔혹하게 춤을 췄다. 흠씬 짓밟히고 발에 차여 말은 초주검이 되었다. 아까부터 고개를 숙이고 있어 말의 표정을 볼 수 없었지만 힘없이 바르작거리는 손발을 보노라니 그의 심정을 미루어 짐작할 수 있었다.

여자는 남자의 어깨와 엉덩이를 양손으로 짚고 보기 좋게 큰대자로 물구나무서기를 했다. 점차 몸이 흔들리는 것이 보여 이제 쓰러지는 줄 알았는데 별안간 몸을 휙 뒤집은 여자가 엎드려 있는 남자의 머리 위에 올라가더니 태엽장치처럼 기이한 동작을 했다.

....
24_ Revue. 19세기 프랑스를 시작으로 영국과 미국 등에서 인기를 끌었던 버라이어티쇼. 춤과 노래, 시사풍자 등을 엮어 구성한 가벼운 콩트다. 뮤지컬과는 달리 줄거리는 없지만 주제가 있다는 점에서 보드빌과 구별된다.

새빨간 광선에 비쳐 복숭앗빛으로 보이는 두 사람의 그림자는 온갖 자세를 취하며 끊임없이 환상적인 듀엣을 연출했다.

자동차 안에 있던 수상한 남자가 연기처럼 사라지다

"다음은 언제예요?"

옷을 입고 매무새까지 다듬은 부인이 응석을 부리듯 물었다.

"다음 주 수요일. 문제없지?"

옹이구멍의 시야 밖에 있던 남자도 외투를 입으며 대답했다.

"그럼 꼭 봐요. 시간은 오늘 밤 정도로."

부인이 이미 사다리에 발을 내디뎠는지 사다리를 내려가는 특유의 소리가 들렸다.

두 사람이 아래로 내려가자 잠시 후 안주인의 기침소리가 어렴풋이 들렸다. 돌아갔으니 내려와도 된다는 신호였다.

아오키와 시나가와는 아래층으로 내려가서 안주인에게 인사를 하는 둥 마는 둥 황급히 대문을 나섰다. 말할 필요도 없이 또 다른 시나가와 시로를 미행하기 위해서였다.

남자는 그 집으로부터 반 정 떨어진 마을 어귀에서 여자와 헤어졌다. 남자는 오른쪽으로 여자는 왼쪽으로 걸어갔다. 들키지 않게 뒤따라 가보니 남자는 가까운 전찻길로 나갔다. 벌써 2시가 넘었는데 전차가 있을 리 없었다. 이따금 밤새 영업하는 1엔 택시[25]가 넓은 길을 거침없이 쌩쌩 달렸다. 남자는 그중

한 대를 잡아탔다.

설마 미행을 눈치챘을 리 없다고 생각했지만 숨어 있던 아오키와 시나가와는 그의 민첩한 동작에 깜짝 놀라 얼른 전찻길로 달려 나갔다. 다행히도 거기에는 빈 자동차가 한 대 있었다. 두 사람은 얼른 그 자동차에 탔다.

"앞의 차. 저 차를 놓치지 말고 끝까지 미행해주시오."

운전사에게 말했다.

"문제없습니다. 이런 늦은 밤에는 다른 차가 없으니까 놓칠 일도 없어요."

운전사는 잘 알겠다는 표정을 지으며 출발했다.

심야의 대로에는 두 줄의 흰 광선이 그려졌다. 추격전이었다.

아오키와 시나가와는 엉거주춤한 자세로 곁눈질도 하지 않고 전방만 응시했다. 몇 간 앞에 그 녀석이 탄 차가 달렸다. 창문 너머로 그의 중절모가 흔들렸다.

"이거 큰일이다. 녀석이 눈치챈 것 같은데."

시나가와가 소리쳤다. 중절모가 불쑥 뒤를 돌아본 것이다. 하얀 얼굴이 희미하게 보였다. 그리고 갑자기 앞차가 속력을 냈다. 순식간에 두 차 사이의 거리가 다섯 간 열 간으로 벌어졌다.

"뒤쫓아. 이 속력으로 되겠나?"

"네, 저런 고물차는 문제없습니다. 이 차는 신형 6기통이니까

....
25_ 시내 어디를 가든지 요금이 1엔 균등인 택시. 1914년 오사카에서 처음 등장했으며, 1926년 도쿄에 도입된 후 전국적으로 확대되었다. 1937년경 미터제가 적용된 이후 한동안 명칭만 남아 있었다.

요."

달리고 달렸다. 천지가 폭음으로 가득했다.

10분쯤 전속력으로 달리니 이제 대항할 수 있을 듯했는데 앞의 차가 정차했다.

"여기가 어디지?"

"아카사카赤坂 산노시타山王下입니다. 내리시겠습니까?"

"내려주게."

앞차에서 내린 남자가 요금을 내고 뒷골목으로 들어가는 것이 보였다. 물론 아오키와 시나가와는 자동차에서 내려 남자 뒤를 쫓았다.

남자가 뒷골목으로 들어가는 걸 보고 미행할 생각으로 모퉁이를 돌았다. 그런데 바로 그곳에 남자가 두 사람을 바라보며 서 있었다. 정말 뜻밖이었다.

깜짝 놀란 두 사람은 멈칫했다. 그 모습을 보고 남자가 말했다.

"당신들, 내게 무슨 볼일이 있으십니까. 아까부터 뒤를 쫓는 것 같은데요."

말도 안 되게 괴상한 일이었다. 자세히 보니 그들이 사람을 착각했다. 상대의 얼굴은 시나가와 시로와 조금도 닮지 않았다. 하지만 미우라 집을 나온 이후 한 번도 놓친 적이 없는데 어느새 사람이 바뀌었단 말인가. 여우에 홀린 것 같았다. 할 수 없이 사과를 하고 다시 확인하기 위해 아까 그 자동차에서 내렸는지 물었다. 그렇다는 대답이 돌아왔다.

"이상하네. 마법이라도 썼나."

"아무리 변장을 하더라도 저렇게 얼굴이 다른 수 없을 테고, ……복장은 어떻지? 붉은 방에서 입었던 옷이 저거였나?"

"확실치 않네. 붉은빛인 데다가 작은 옹이구멍으로 봤잖아. 비슷한 것 같긴 한데 저런 오버코트 색깔은 비슷한 게 많을 테니까."

남자와 헤어진 후 두 사람은 그런 이야기를 하면서 아까 지나온 전찻길을 걸었다. 의문의 남자를 태우고 왔던 자동차는 먼저 출발해 반정 이상 앞서가고 있었다.

"이런, 당했다."

갑자기 시나가와 시로가 외쳤다.

"거기 자동차, 거기 서."

시나가와가 뛰어나가자 아오키는 영문도 모른 채 그를 따라 소리 지르며 뛰었다. 다른 차로 추격하려 해도 방금 그들이 탔던 차는 아까 출발해서 문제의 차보다도 더 앞에 달리고 있었다.

결국 열 간도 못 가서 포기할 수밖에 없었다.

"그 차는 왜 쫓아갔는데?"

이미 거리는 훨씬 멀어져서 작게 보이는 후미등을 눈으로 쫓으며 아오키가 물었다.

"운전사의 얼굴을 보려고 했지."

시나가와가 대답했다.

"그렇게 한순간도 남자에게 눈을 떼지 않았는데 다른 사람으로 변하다니 말도 안 되잖아. 만약 나와 얼굴이 비슷한 남자가 자리를 바꿔 방금 그 차의 운전사인 척하고 도망간 것 아닌가 생각한 거지. ……하지만 설마 그런 활동사진 같은 흉내를 내진 않았을 거야. 딱히 우리가 두려워 도망칠 이유는 없을 텐데."

결국 이 추적은 요령부득으로 끝났다. 그들이 자동차를 잘못 보았는지, 아니면 그 남자가 고의로 속임수를 써서 그들을 따돌렸는지 단정할 수 없었다. 그들은 여우에 홀린 듯했다. 그날 밤에 일어난 모든 일들이 어처구니없는 환영이 아닐까 생각될 지경이었다.

시나가와 시로, 어두운 공원에서 밀회를 즐기다

아오키 아이노스케는 그 후로도 일주일쯤 더 도쿄에 있었지만 또 다른 시나가와 시로의 정체를 밝히지 못한 채 귀향할 수밖에 없었다.

아오키는 붉은 방에서 남자가 여자에게 '다음 수요일'이라고 약속한 것을 기억하고 수요일까지 기다렸다가 일부러 미우라 집에 가보았지만 어찌 된 일인지 남자도 여자도 얼씬하지 않았다. 안주인은 "오늘 밤에 약속을 하긴 했는데"라며 확실한 대답을 피했다.

"역시 그 녀석은 그때 그 자동차를 타고 있었나 보군. 운전사를 대신 내보냈을 거라는 자네 상상이 맞았는지도 모르겠네. 녀석, 설마 자신과 얼굴이 같은 사람이 쫓고 있을 줄은 몰랐겠지만 하여간 나쁜 짓을 저지르는 건 분명해. 녀석은 위험하다고 생각하고 그 집에 오는 걸 미룬 거겠네."

아오키가 그렇게 말하자 소심한 시나가와는 매우 걱정스러운 얼굴로 이야기했다.

"그런 거면 괜찮은데…… 만약 녀석이 우리의 존재를 알게 된 거면 어쩌지. 그때 뒤쫓던 사람이 자신과 구별이 안 될 정도로 많이 닮은 사람이라는 사실을 알아챘을 수도 있잖아. 만약 그렇다면 쓸데없이 긁어 부스럼 낸 꼴이군. 상대는 악인이야. 나인 척하며 계략을 꾸밀 수도 있어. 나는 그 생각만 하면 말도 못하게 기분이 이상하단 말이야. 두려워."

두 사람은 그런 대화를 주고받았다. 하지만 시나가와의 염려가 결코 기우는 아니었다는 것이 나중에 밝혀졌다.

어쨌든 그 뒤로 두 달쯤은 아무 일 없이 흘러갔다. 그동안 아오키는 일주일에 두 번쯤 상경했는데 또 다른 시나가와 시로는 어디에도 모습을 드러내지 않았다. 그런 기이한 인물이 이 세상에 존재한 것이 꿈 아니었나, 그런 생각이 들 정도였다. 하지만 시나가와는 그와 반대로 생각했다. 지금이 시나가와라고 사칭할 수 있는 절호의 기회라 생각하고 그 남자가 어느 구석에서 엄청난 악행을 계획하고 있지는 않을까 걱정했다.

그러던 3월 어느 날, 아오키 아이노스케가 살고 있는 나고야에서 일어난 일이었다. 완전히 잊고 있던 그 남자가 그 앞에 또다시 모습을 드러냈다.

그는 밤늦게 친구와 카페에서 헤어져 돌아가는 길이었다.

쓰루마이鶴舞 공원 뒤쪽에 있는 아오키의 집은 교외 같은 느낌이 드는 곳이었다. 그 계절치고는 따뜻한 밤인 데다가 취기가 올라 아오키는 차를 타지 않고 일부러 나무가 많은 공원으로 우회하여 유유히 걸었다.

분수 쪽을 지나 언덕 안쪽 길로 걸어가니 숲이라고 해도 될 만큼 나무들이 크고 무성하게 자라 있었다. 그 막다른 길 끝에 대여섯 평쯤 되는 공터가 휑하게 있고, 언덕을 지나는 사람들이 쉴 수 있게끔 벤치가 두세 개 놓여 있었다. 사방이 숲으로 둘러싸인 공원 안 비밀 장소였기에 젊은이들의 밀회 장소로 안성맞춤이었다. 엽기자 아오키도 과거 그곳에서 사악하게 남의 밀회를 몰래 엿보며 즐긴 경험이 있다.

좀 전에 말한 대로 공터는 막다른 길 끝에 있었기에 귀가할 때 지나는 곳이 아니었다. 하지만 얄궂은 운명의 신이 그에게 계시를 내린 것일까. 아오키는 문득 공터 쪽으로 가보고 싶어졌다.

벌써 12시가 다 된 늦은 밤이라 공원에 들어가니 사람들이 거의 없었다. 텅 빈 어둠밖에 없다고 생각했다. 하지만 어둠의 매력이, 그리고 혹시 무언가 굉장한 발견을 할지도 모른다는 호기심이 그를 그곳으로 이끌었다.

그런데 언덕을 다 올라가보니 이게 웬일인가. 나무 사이로 사냥감이 보였다. 이 근방 담당 형사는 공원 안의 일정한 장소로 가서 무성한 그늘에 드러누워만 있어도 매일 밤 한두 커플의 밀회는 쉽게 검거할 수 있다고 했다. 아오키는 역시 경험자는 다르다는 생각을 하며 형사가 말한 대로 큰 나무 줄기를 방패삼아 어둠 속에 있는 사람의 윤곽을 응시하며 귀를 기울였다.

문득 두 사람의 얼굴이 어렴풋이 보였다. 하지만 복장도 얼굴 생김새도 잘 안 보였다. 다만 손에 잡힐 듯이 목소리만 들렸다. 주위에 사람이 없다고 안심한 그들은 평소처럼 이야기하고 있었다.

"그럼 잠시 이별이군요. 오늘 밤 도쿄로 돌아가면 당분간 못 올 테니."

남자가 말했다.

"숙소에서 하신 말씀 잊지 못할 거예요."

여자는 응석을 부렸다.

"그 집으로 편지를 주세요. 편지라도 가끔 보내주시지 않으면 전 견딜 수 없단 말이에요."

"될 수 있는 대로 많이 보내죠. 당신도 잊지 말아요. 그럼 이제 헤어져야죠. 곧 기차시간이니까."

갑자기 희뿌연 얼굴이 서로 가까워지더니 척 달라붙었다. 아주 오랫동안 그런 자세로 있더니 겨우 떨어졌다.

"전 집에 돌아가는 것이 어쩐지 무서워요⋯⋯."

"그 사람에게 미안해서 그런 거겠죠. 또 시작이군요. 괜찮아요. 절대 모를 겁니다. 그 양반 내가 나고야에 온 걸 알 수 없을 테니까요. 게다가 오늘 밤은 늦게 귀가하는 것도 아니잖아요. 자, 어서 돌아갑시다. 그 사람보다 먼저 돌아가 있어야 합니다."

불량 청년이 아니었다. 말하는 것을 보면 어엿한 신사였다. 상대 여자도 결코 이런 곳에서 밀회를 할 만한 사람은 아니었다. 여자가 '숙소'라고 했다. 거기서 만난 후 남자가 여자를 데려다주러 온 것인지 여자가 남자를 배웅하러 나온 것인지 모르겠지만 (지리를 따져보면 아마도 전자일 것이다) '숙소'에서 헤어지기 힘들었던 모양이다.

'그 사람한테 미안해서'라는 걸 보니 여자에게는 남편이 있는 걸까. '그 집으로 편지를 보내세요'라는 걸로 보아 자택으로 편지가 오면 안 되는 사정이 있는 듯했다. 어떻게 생각해도 유부녀의 간통이었다. 심지어 남자는 도쿄에서 일부러 왔다.

'거참, 보통 사이가 아니군.'

아직 아무것도 눈치채지 못한 아오키는 예상치 못한 수확에 몹시 즐거워했다. 하지만……

드디어 남녀가 헤어졌고, 남자가 먼저 그가 있는 쪽으로 내려왔다. 아오키는 그 모습을 보고 깜짝 놀라 자신도 모르게 십여 걸음 뒤로 물러섰다. 때마침 남자가 상야등常夜燈 밑에서 뒤를 돌아본 것이다. 전등이 남자의 얼굴을 가까이서 비추고 있어 확실히 알아볼 수 있었다. 너무 의외였다. 당연히 도쿄에 있을 거라 생각했던 시나가와 시로였다.

"시나가와 군."

무심코 그를 부르고 말았다.

"네?"

상대도 멈춰 섰다. 그리고 이상한 얼굴로 아오키를 뺀히 바라보았다. 거북해서 그런가 싶어 아오키는 아무것도 보지 못한 척했다.

"어떻게 된 거야. 이 시간에 이런 곳에 있다니."

그렇게 말했는데도 상대는 여전히 굳은 얼굴로 이상한 말을 했다.

"누구십니까? 사람 잘못 보신 듯합니다."

"나? 자네 친구 아오키잖아. 똑똑히 보게."

"대체 당신은 나를 누구라고 생각하시는 겁니까?"

"말할 필요도 없잖은가. 시나가와 시로지."

말하다 말고 아오키는 갑자기 입을 다물었다. 한동안 잊고 있었던 엄청난 일이 생각났기 때문이었다.

"시나가와 시로? 처음 듣는데요. 나는 그런 사람이 아닙니다. ……그럼 바빠서 이만."

소매를 터는 시늉을 하며 사라지는 상대의 뒷모습을 지켜보며 아오키는 망연자실 서 있었다.

그놈이다. 두 달 전 차 안에서 마술을 부리듯 사라졌던 또 다른 시나가와 시로였다. 이런 의외의 장소에서 재회를 하다니.

아오키는 거의 무의식적으로 그 남자의 뒤를 밟았다. 언덕을 올라가 분수 주변까지 가보았다.

생각해보니 그 남자는 도쿄로 돌아갈 것이다. 분명 역으로 갔을 것이다. 하지만 아오키가 아무리 엽기자라도 지금 이 차림 으로 도쿄까지 미행할 용기는 없었다. 게다가 가진 돈도 부족했 다. 시계를 보니 지금 헐레벌떡 뛰어가면 그가 탔을 것이 분명한 도쿄행 급행 발차 시간에 겨우 맞출 수 있을 듯했다. 집에 돌아가서 여장을 꾸릴 여유는 없었다.

아오키는 단념했다. 별 소용없는 미행은 하지 않기로 하고 터벅터벅 집으로 발길을 돌렸다.

공원을 나가 넓은 신작로를 5~6정쯤 걸으면 그의 집이 나올 것이다. 하지만 이 생각 저 생각하며 반쯤 왔을 때 갑자기 무시무시한 생각에 휩싸였다. 그는 깜짝 놀라 가던 길을 멈췄다.

너무 뜻밖의 해후였기 때문인가. 그때까지 아오키는 그 남자의 목소리를 잊고 있었다. 하지만 모습을 보지 않더라도 분명 그 목소리는 붉은 방에서 들었던 또 다른 시나가와 시로의 목소리였다. 진짜 시나가와와 매우 비슷하지만 어딘지 좀 다른 그 목소리가 틀림없었다. 왜 미처 그 생각을 못했을까. 이어서 상대 여자의 목소리도 갑자기 생각났다.

"어, 그 목소리도 귀에 익은걸."

순간 전율할 만한 생각이 번개같이 그의 머릿속을 스쳐지나갔다.

"말도 안 돼. 그런 일이 있을 리가. 내가 대체 무슨 생각을 한 거야. 아라비안나이트처럼 황당무계한 망상이지."

생각을 고쳐먹었지만 아까 여자가 응석부리던 목소리가 귀에서 떠나지 않았다. 설마 했던 시나가와 시로도 공원의 어둠 속에서 나타나지 않았는가. 그가 전혀 알 수 없는 음지의 세계에서 어떤 의외의 사건이 벌어지고 있는지 알 수 없었다.

아오키는 뛰다시피 빨리 걸었다. 멀리 보이는 그의 집 양관

2층을 응시하고 숨을 헐떡이며 걸었다. 어둠 속에서 돌부리에 걸려가면서 무서운 기세로 걸었다.

석간 사진에 나란히 실린 두 시나가와 시로

아오키 아이노스케는 그즈음 악몽에 시달렸다. 친구인 과학 잡지사 사장 시나가와 시로의 혼이 분리되어 여기저기 존재했다. 게다가 얼굴이나 모습뿐 아니라 목소리까지 한 치도 차이 나지 않는 두 사람이 같은 방에서 서로 대면하기도 했다. 그는 시나가와 시로와 함께 또 다른 그를 추격했지만 상대는 괴물처럼 감쪽같이 변신해 모습을 감췄다. 아오키도 시나가와도 몇 달 동안 지긋지긋하게 그자를 찾아다니는 형편이었다.

하지만 지금까지는 크게 해를 끼치지 않았다. 무척 으스스하긴 해도 직접적인 공포를 느낄 정도는 아니었다. 하지만 최근 들어 섬뜩할 정도로 어처구니없는 일이 생겼다. 어느 날 밤 아오키 아이노스케가 나고야의 쓰루마이 공원에서 또 다른 시나가와와 어느 집 부인이 은밀히 이야기하는 장면을 목격한 것이다. 부인의 얼굴은 확실히 보지 못했으나 목소리가 아무래도 귀에 익었다. '만약'이긴 했지만 새파랗게 질린 아오키는 진위를 확인하기 위해 집으로 마구 달려갔다.

하지만 그의 아름다운 부인은 딱히 이상한 기색 없이 웃는 얼굴로 그를 맞이했다. 현관으로 들어가 외투를 입은 채 작은 홀에서 가슴을 졸이며 서성이는데 저쪽에서 방문이 열리고 밝은 전등 빛이 새어나오더니 작고 예쁜 요시에의 머리가 보였다.

"어머, 무슨 일 있어요?"

오히려 그녀가 새파랗게 질린 아오키를 의심스럽게 생각했을 정도다.

아오키는 조용히 방으로 들어가 소파에 깊숙이 앉았다.

그는 매달 도쿄에 갔고 세 번에 한 번쯤은 아내를 동반했기 때문에 아내와 시나가와는 농담 정도는 주고받는 사이였다. 시나가와가 나고야 집을 방문한 적도 두세 번 있었다. 따라서 또 다른 시나가와 시로가 그것을 이용하여, 즉 오랜 친구인 시나가와 시로인 척 요시에에게 다가가 그녀를 심연에 빠뜨렸을지도 모른다는 상상이 전혀 불가능하지는 않았다.

아내라서 무덤덤해졌지만 객관적으로 그녀는 충분히 미인이었다. 그 정체 모를 유령남이 자신과 똑같이 생긴 시나가와 시로의 존재를 알고 그걸 이용해 뭔가 나쁜 짓을 꾸미려 한다면 아오키의 아내는 틀림없이 가장 매력적인 먹잇감이었다.

요시에의 입장에서도 전혀 불가능한 일은 아니었다. 아오키는 그의 엽기 취향 때문에, 그리고 싫증을 잘 내는 성격 때문에 아내의 존재를 무시하며 살아왔다. 한 달에 열흘 정도는 도쿄에 가 있었고, 나고야에 있을 때도 대부분 밤늦도록 밖에서 시간을 보냈기 때문에 아내와 다정하게 이야기할 기회도 별로 없었다. 요시에가 사랑을 갈구하는 것도 당연했다. 게다가 그녀는 결코 고지식한 옛날 여자가 아니었다. 다시 말해 그녀에게도 충분히 틈이 있었다. 악마의 손길만 있으면 되는 것이었다.

아이노스케는 소파에 몸을 묻은 채 가급적 요시에 쪽을 보지 않고 다시 한 번 생각해보았다. 그녀는 어쩜 이렇게 태연한 걸까.

"당신, 말도 안 하고 왜 그렇게 가만히 있어요? 화났어요?"

요시에는 너무 순진무구해 보였다.

"그런 거 아니야. 하녀들은 벌써 자나?"

"네, 좀 전에요."

"당신 오늘 밤에 어디 외출했어?"

"아뇨, 아무 데도 안 갔는데요."

그녀는 그렇게 대답하고 테이블 위에 덮어놓은 붉은 표지의 소설책에 눈길을 보냈다. 정말 자연스러웠다. 아이노스케는 자신의 아내가 이렇게 연기를 잘하다니 도저히 믿겨지지 않았다.

'내가 뭐하는 거지. 터무니없는 망상에 빠져서. 아까 그 남자가 정말로 시나가와 시로와 같은 얼굴이긴 했나.'

생각할수록 점점 모호해졌다.

"오늘 공원에서 시나가와 시로 군을 만났어."

그는 그 말을 하고 요시에의 태도를 살폈다.

"시나가와 시로 씨요? 도쿄에 계신?"

그녀는 정말로 놀랐다.

"집에 같이 오지 그랬어요."

물론 그녀는 기이한 제2의 시나가와 시로에 대해서는 아직 아무것도 몰랐다.

잠시 이야기를 나누고 나니 아이노스케는 마음이 놓였다. 이런 무구한 여자에게 무슨 일이 있으랴 싶었다. 스스로 경멸하고 싶을 정도였다.

별다른 일 없이 한 주가 지났다. 그동안 요시에와 관련해서 새로운 의혹이 생길 만한 일은 일어나지 않았다. 늘 주의를 기울였지만 그 남자의 편지도 오지 않은 듯했다.

그러던 어느 날이었다. 다소 압박감이 들 정도로 봄기운이 완연하고 화창한 날, 아이노스케는 요시에와 도쿄행 특급열차에 올랐다. 오후 기차는 먼지도 자욱하고 무더운 데다가 지루하기까지 했다. 전형적인 농가와 밭, 숲과 입간판이 지긋지긋할 정도로 계속 이어졌다. 아내도 별로 말이 없었다.

누마즈沼津에서 도쿄판 석간신문을 샀다. 2면에 큰 사진이 있었다. 도쿄역에 도착한 S박사와 환영하러 나온 몇몇 인사들이 보였다. S박사는 일본에서 유명한 독일 과학자로 여행 중이었다. 상하이에서 오사카를 경유해 오늘 아침 도쿄에 도착했고, 오늘 밤 강연회가 있다고 쓰여 있었다. 아이노스케는 백발의 박사에게는 별로 관심이 없었다. 하지만 환영 나온 인사들 맨 구석에 모닝코트 차림의 과학잡지사 사장 시나가와 시로가 찍혀 있어 자세히 들여다보았다. 시나가와는 강연회 통역을 맡은 듯했다.

'참 활동적이네.'

이죽거리며 사진을 보고 있는데 이상한 점을 발견했다.

'시나가와 녀석, 욕심도 많지. 얼굴이 두 번이나 나왔네.'

아이노스케는 깜짝 놀랐다. 사진 한 장에 동일인이 두 번 찍힌 것이 아니었다. 그 유령남이었다. 사진에는 박사를 마중 나온 사람들 외에도 뒤쪽에 관계자가 아닌 일반 군중의 얼굴도 보였는데 그 가운데 또 다른 시나가와 시로가 웃고 있었다.

유령남은 시나가와 시로의 존재를 알고 그의 뒤를 따라다니는 모양이다. 뭔가 나쁜 일을 꾸미는 것이다.

"요시에, 잠깐 이것 좀 봐봐."

아직도 아내에 대한 의심이 완전히 풀리지 않은 아오키는 심술궂게도 이 사진으로 그녀를 시험해보면 되겠다는 생각이 떠올랐다.

"시나가와 씨네요. S씨 통역을 하나 보죠?"

"그건 그렇고 뒤에서 슬쩍 보는 이 얼굴 좀 봐봐."

그는 손가락으로 유령남을 가리켰다.

"그러고 보니 시나가와 씨랑 **빼닮**았네요. 진짜 많이 닮았어요."

그런데 아오키는 뭐가 그렇게 신났을까.

"사실은 시나가와 시로와 한 치도 다르지 않은 남자가 있어(게다가 악인이지). 나는 그 녀석과 몇 번 마주친 적이 있어."

그는 이 기회를 틈타 독자들도 알고 있는 이야기를 요시에에게 대략 들려주었다. (붉은 방에서 몰래 엿본 사실은 사정상 생략했지만.)

해가 저물어 차창 밖이 잿빛으로 변했다. 오뉴도 같은 나무들이 차창 밖으로 줄지어 스쳐지나갔다. 천장의 전등이 바깥의 어둠과 뒤섞여 묘하게 검붉은 톤으로 보였기에 차 안에 탄 사람들의 얼굴에 이상한 그늘이 졌다. 그런 상황에서 아오키는 한껏 위협적으로 언뜻언뜻 요시에의 눈을 지그시 바라보며 이야기했다.

"기분 나쁘군. 뭔가 일을 꾸미는 거 아닐까."

요시에는 얼굴이 좀 창백해졌다. 하지만 누가 들어도 무서운 이야기였다. 얼굴이 좀 창백해진 것 때문에 그녀를 의심할 필요는 없었다.

그녀가 만약 모르고 제2의 시나가와 시로와 밀회를 했다면 당황한 기색을 숨기지 못할 것이다. 여우 다다노부忠信[26]의 정체를 알게 된 시즈카고젠静御前처럼 깜짝 놀랄 수밖에 없을 것이다. 하지만 그런 기색은 보이지 않았다.

'역시 내가 잘못 생각했나? 이거 참.'

아이노스케는 깊이 안도했지만 이 안도가 과연 정말 안도로 끝날 수 있을 것인가.

아오키와 시나가와, 실물환등을 보고 두려워하다

....
26_ 조루리浄瑠璃「요시쓰네센본자쿠라義経千本桜」제4막에 나오는 등장인물. 본래 여우이지만, 북의 가죽으로 쓰인 부모를 잊지 못해 사토 다다노부의 모습으로 변신하여 북을 소유한 요시쓰네의 첩 시즈카고젠을 지킨다.

아이노스케는 도쿄에 도착하자 역에서 S박사의 강연회장으로 전화를 걸어 시나가와에게 사건의 경과를 알렸다. 그리고 시나가와가 일이 끝나는 시간을 확인하고는 그날 밤 늦게 그의 집을 방문했다.

"나는 전혀 몰랐어. 하지만 자네 전화를 받고 깜짝 놀라 그 신문사의 아는 기자에게 전화로 부탁했거든. 사진 복사본을 지금 막 받았어. 신문 사진만으로는 진짜인지 알 수 없으니까."

아이노스케가 안으로 들어가니 8조짜리 손님방에서 기다리던 시나가와가 말했다. 자단紫檀 책상 위에는 환등기같이 생긴 이상한 기구와 대지臺紙에 붙이지 않은 번쩍번쩍 빛나는 사진이 한 장 있었다. 자세히 보니 아까 석간신문에 난 사진과 같은 것이었다.

"이 기구는?"

"에피디어스코프epidiascope라고 하는 건데 불투명한 것을 크게 확대해서 볼 수 있는 실물환등기야. 이 사진에 나온 그 녀석을 확대해보려는 거지."

잡지사에서 대행 판매하는 실물환등기였다.

그런 것까지 동원해 확인할 필요는 없었지만 둘 다 환등기 같은 기구에 사족을 못 쓰는 사람들이라 확대된 얼굴의 주름 하나하나까지 세세히 주의를 기울였다.

전등을 끄고 무늬 없는 담황색 맹장지에 사진 속 두 시나가와의 얼굴 부분만 흠칫 놀랄 정도로 크게 영사했다.

진짜 시나가와는 진지한 얼굴이었고, 또 다른 시나가와는 히죽 웃고 있었다. 보정하지 않아 여기저기 반점이 있는 그림자가 어둠 속의 두 사람을 향해 다가올 것 같았다.

"내가 한번 웃어볼 테니 저 사진의 얼굴과 비교해보게."

시나가와는 그렇게 말하고 기계 뒤편의 광선이 새어나오는 곳으로 가서 자신의 얼굴을 들이대고 괴담 공연물에 나오는 괴물처럼 이를 드러내며 히죽 웃었다.

"판박이인데. 그러고 있는 자네의 얼굴이 앞에 있는 맹장지에 그대로 비춘 것 같아."

아이노스케는 말을 하면서도 오싹했다. 목뒤가 서늘해졌다.

"자네. 이제 그만하게. 왠지 이상한 기분이 들어서."

아이노스케는 환등기로 보는 이미지에 항상 이상한 공포를 느꼈다. 게다가 이미지와 실물을 모두 합하면 세 명의 똑같은 시나가와 시로가 앞에 있는 것이었다. 그가 아이처럼 벌벌 떠는 것도 무리는 아니었다.

전등을 켜보니 당사자인 시나가와도 얼굴이 새파랗게 질려 있었다.

"그 녀석, 내 그림자같이 항상 따라다니다니 불쾌해. 그렇게 생각할 수밖에 없잖아."

"처음에는 멀리 있다가 서서히 조금씩 가까이 오는 느낌이야."

"그렇지? 놀랄 수밖에 없지?"

시나가와는 자기도 모르게 바르르 떨며 말했다.

"아직 크게 해를 끼치지는 않았지만 더 이상 그냥 내버려둘 수 없어. 몹시 위험하다는 생각이 들거든. 무슨 일을 꾸밀지 모르잖아. 게다가 상대가 어디 사는 누구인지 정체를 확실히 알 수 없는 만큼 더 무시무시하거든. 나는 내 잡지에 그 일을 광고해볼까 생각 중이야."

"광고라고?"

"이 사진을 실을 거야. 이런 식으로 나와 꼭 닮은 사람이 있다. 나는 제2의 나 때문에 매우 위험을 느낀다. 누군지 나서주 길 바란다. 또한 이 인물을 아는 사람도 알려주길 바란다. 이런 내용을 대대적으로 내는 거지. 그러면 어느 정도 예방할 수 있지 않을까?"

"자네 잡지 기사로 안성맞춤이기도 한 걸. 하지만 자네가 걱정하던 위험은 이미 시작되었는지도 몰라. 무슨 말이냐 면……."

아이노스케는 단호하게 어젯밤 쓰루마이 공원에서 목격한 일을 이야기해주었다.

"그럼 자네는 여전히 부인을 의심하는 건가?"

이야기를 들은 시나가와는 부끄러움인지 공포인지 모를 기묘 한 표정을 지으며 물었다.

"아니, 지금은 전혀 의심하지 않아. 아마 다른 여자일 거야. 하지만 우리 집 바로 근처였거든. 무슨 의미가 있는 것 같기도 해."

시나가와는 갑자기 입을 다물고 생각에 빠지더니 중얼거렸다.

"만약에 말이야."

그는 불쑥 일어서서 방을 나갔다. 그리고 편지 한 통을 들고 돌아왔다.

"이걸 좀 읽어보게."

이상한 말을 한다 생각하면서도 아이노스케는 태연히 봉투를 받아 편지를 꺼내 펼쳤다. 편지에는 다음과 같은 내용이 여자 필체로 적혀 있었다.

도리가 아닌 줄 알지만 그런 까닭에 더욱 뛸 듯이 기뻤습니다. 그날 밤 당신의 몸짓과 말, 그리고 세세한 것 하나하나까지 계속 마음속에 떠올라 그때마다 새삼 얼굴이 발그레해지고 가슴이 뜁니다. 아마 웃으시겠지요.

그날 밤 이전에는 그와 같은 사랑을 꿈도 꿀 수 없었기 때문입니다. 마치 다시 소녀가 된 양 정말 꿈결 같사옵니다. 하지만 언제 또 뵐 수 있을지, 동쪽과 서쪽에 서로 떨어져 있는 이상 당신은 바쁘신 몸이고, 도리가 아닌 슬픈 사랑은 저를 님의 곁으로 갈 수 없게 하여 괴로울 따름입니다. 난생처음 사랑의 고통을 절절히 알게 되었습니다. 제 마음을 아시겠지요. …….

아이노스케는 엄청난 속도로 편지를 읽었다. 그러나 읽기가 괴로운 나머지 말미의 서너 줄을 뛰어넘어 누가 보냈는지 보았다.

시로 님 전 상서

당신의 그녀 올림

이렇게 적혀 있었다. 분명 남편 있는 여자가 시나가와 시로에게 보낸 연서이다.

"나는 전혀 짐작이 가지 않아. 하지만 봉투에 적힌 수취인은 분명 나야. 전혀 짚이는 바가 없어. 누군가가 악질적인 장난을 한 줄 알았는데 자네 이야기를 들어보니 이 편지에는 더 무시무시한 의미가 내포되어 있을지도 모른다는 생각이 드는군. 그러니까 그 쓰루마이 공원에서 대화를 나누던 여자가 가짜 시나가와 시로에게 보낸 편지가 진짜 나에게 온 건지도 몰라. 왜냐하면 이걸 보게. 발신인의 주소도 이름도 없지만 소인은 분명 나고야 거든. ……자네는 어떻게 생각하나?"

아이노스케는 입술이 파리해지고 턱 주변에 소름이 돋았다. 하지만 아무 말도 하지 않았다.

"이 편지를 봐."

"……."

"어찌 된 일일까. 자네, 필체를 보는 거지?"

"비슷하잖아. 슬프게도 이 사랑이라는 글자의 특이한 필체가 눈에 익는걸."

"자네 아내가 쓴 건가? ……하지만 여자들 필체는 대체로 비슷하잖아. ……여학교 교본을 따라 쓰니까."

시나가와는 더 이상 할 말을 찾지 못했다. 늦은 밤 두 사람은 8조 다다미방에서 우두커니 서로 마주보고만 있었다.

"나는 그만 돌아가겠네."

아이노스케가 몹시 퉁명스럽게 말하며 일어섰다.

"그러겠나?"

시나가와도 입에 발린 위로의 말은 하지 않았다.

현관으로 내려와 게다를 신은 아이노스케는 불쑥 뒤를 돌아보았다. 배웅하러 나온 시나가와는 장지문에 기대 있었다.

"자네한테 좀 물어봐야겠는데."

아이노스케가 무표정한 얼굴로 얼토당토않은 질문을 했다.

"자네, 진짜 시나가와 시로지?"

깜짝 놀란 시나가와는 자신도 모르게 뒤를 돌아보았다. 그리고 공허하게 웃었다.

"하하하하하, 무슨 말을 하는 거야? 농담도 참."

"그렇지? 자네는 시나가와 군 맞지? 또 다른 그 남자가 아닌 거지?"

아이노스케는 그렇게 말하고 격자문 밖으로 휙 나갔다.

악몽을 꾸는 사람처럼 그의 다리는 흐느적흐느적 갈지자를 그렸다.

지병인 권태가 씻은 듯이 날아가다

도쿄 집에 돌아가 보니 요시에는 구석구석 청소를 마친 아담한 집에서 할멈과 함께 조신하게 빈집을 지키고 있었다.

집이 협소해서 부부의 침실은 맹장지를 가운데 두고 마련되어 있었다. 2층의 8조짜리 손님방에 아이노스케의 침상을 봐놓았고, 요시에의 요는 6조짜리 거실에 깔아놓았다.

아이노스케는 침상에 누워 담배를 피우고 있었다. 할 이야기가 있는지 요시에가 베갯맡 화로 쪽으로 바짝 다가왔다.

그녀는 주로 도쿄 체류 중에 무슨 구경을 할지에 관해 이야기했다. 오랜만에 가부키 구경을 하고 싶다든가, 나카무라 후쿠스케[27]를 빨리 보고 싶다든가, 어느 음악회는 모 씨의 피아노가 가장 들을 만하다든가, 여자답지 않게 도쿄식 쇠고기전골 요리를 빨리 먹고 싶다든가, 쾌활하게 그런 수다를 떨었다.

요시에는 화려한 기하치조[28] 하오리[29]를 입고 있었다. 여행에 가져올 만큼 그녀가 좋아하는 실내복이었다. 웨이브가 자연스럽게 흐트러진 서양식 헤어스타일 아래로 미끈한 목덜미가 드러났다.

사실 그 사건 이후 아이노스케는 아내에 대한 관심이, 아니 그보다는 애착이 나날이 깊어졌다. 단지 그것 때문이 아니라도 눈앞에 두고 보면 이토록 무구한 여자가 부정을 저지를 리 없다고 생각했다.

"있지, 잠깐 펜과 종이를 가져와봐."

아이노스케는 문득 그 생각이 떠올랐다.

....

27_ 中村福助1900~1933. 가부키 배우로 여자 역할을 하는 오야마로 유명했다.

28_ 黃八丈. 노란 바탕에 줄무늬를 넣은 비단으로 하치조시마의 특산물.

29_ 羽織. 긴 옷 위에 덧입는 짧은 겉옷.

"뭐 하려고요. 편지 쓰려고요?"

"일단 가지고 오라고."

요시에가 만년필과 편지지를 가지고 왔다.

"거기에 사랑이라고 써봐."

아니, 이렇게 순진할 수가. 요시에는 자신을 시험한다고는 꿈에도 생각하지 않은 채 그 말을 듣고 부끄러워했다. 그녀는 눈가를 붉히며 남편에게만 보이는 특유의 요염한 웃음을 지었다.

"호호호호호, 어색해요. 당신 왜 그러는 거예요."

"그냥 써봐."

"호호호호호, 선생님 앞에서 글씨를 쓰는 것 같네요."

요시에는 고분고분 펜을 들고 '사랑하는'이라고 썼다. 그리고 펜을 놓고 아이노스케를 올려다보며 또 그런 웃음을 보였다.

"다음에는 뭐라고 쓸까요?"

그녀가 그렇게 고분고분한 것은 아이노스케의 사랑을 갈구했기 때문이었다. 오랜만에 부부 사이의 유희를 즐긴다고 생각한 것이다. 하지만 심술궂은 대답이 돌아왔다.

"시로 님께"

"뭐예요?"

깜짝 놀란 요시에는 심각한 표정을 지었다. 그리고 순간 눈빛이 흐려졌다. '시로 님'의 의미가 무엇일까 머릿속이 혼란한 모양이었다.

'확실히 아닌가 보네. 아무리 그래도 연극을 이렇게 감쪽같이

할 수 없을 거야.'

아이노스케는 마음을 푹 놓았다. 사랑이라는 글자의 특이한 필체는 비슷했지만 의미 없는 우연의 일치에 불과했다. 시나가 와가 말한 대로 우연히 같은 교본으로 연습한 것이리라.

"시로 님이라니 대체 누구를 말씀하시는 거예요?"

얼굴이 다소 창백해진 요시에가 따지듯 물었다.

"아니야, 됐어. 이제 다 확실해졌어. 시로 님이야 어디에든 널려 있지, 소학교 독본에도 말이야."

아이노스케는 기분이 상쾌해졌다.

잠시 후 아이노스케는 전차를 탔다.

전차는 만원이었다. 그는 꼼짝달싹 못 하고 손잡이에 매달려 있었다. 신사, 장사꾼, 사모님, 가게 여주인, 아가씨 할 것 없이 무수한 얼굴이 뒤섞여 어수선하게 눈앞에 밀려들었다. 그런데 그들 사이로 시나가와 시로의 얼굴이 언뜻 보였다.

"시나가와 군. 자네 시나가와 군이지."

아이노스케가 큰 소리로 불렀다.

그러자 상대는 대답하는 대신 머리를 숙이고 인파 속으로 숨었다.

"그놈이다, 유령남. 여러분 좀 비켜주세요. 저놈을 꼭 잡아야 합니다."

하지만 꼼짝도 할 수 없었다.

"잡아라. 저놈 잡아라."

아이노스케가 예의 없이 큰 소리를 내자 무슨 일인가 싶어

차 안에 있던 얼굴이란 얼굴들이 모두 그를 향했다. 어수선하게 서로 뒤엉켜서 모두 아이노스케를 바라보았다. 게다가 그 얼굴들이 소름끼치게도 전부 시나가와 시로로 보였다.

그가 비명을 지르며 도망치려 하자 무언가 걸리적거리는, 부드럽고 무거운 것이 가슴 위에 묵직하게 올라왔다. 치워버리려는데 고무처럼 탄력 있게 되돌아왔다. 정신을 차려보니 따뜻한 요시에의 팔이었다.

"왜 그래요? 괴로워 보여요."

"아냐, 꿈을 꿨어. ……당신이 가슴 위에 손을 올려놓아서 그런가 봐."

그러니까 그녀는 거실에 깔아놓은 이불에서 자지 않은 것이다.

하지만 한 시간쯤 지났을까 아이노스케가 갑자기 요시에를 뿌리치더니 방구석으로 피했다.

요시에는 180도 돌변한 남편의 태도를 이해할 수 없어 멍하니 쪼그리고 앉아 있었다. 그녀는 창백해진 남편의 얼굴에서 섬뜩한 적의를 보았다. 핏발이 선 눈에는 분노가 불탔다.

그녀는 모욕감을 참을 수 없어 부들부들 떨며 엎드려 통곡했다.

아이노스케는 요시에를 달래지도 않고 급히 옷을 입었다. 이미 새벽이 밝아오는데도 가련한 아내를 혼자 남겨놓고 밖으로 나갔다.

그는 인적이 끊겨 폐허가 된 듯한 동네를 무턱대고 걸었다.

'분명해, 분명히 여자는 인종이 달라. 어딘가 요괴 나라에서 사자使者로 보낸 동물일 거야. 거짓말을 할 때도 정말 얼굴색 하나 변치 않던 걸. 울고 싶은 마음이 들면 언제라도 눈물이 펑펑 나오는 게지.'

새삼 그런 생각이 들었다.

'하지만 무심코 꼬리를 보이고 만 거야. 그런 행위는 분명히 내가 가르쳐준 게 아냐. 나는 그런 피학적 색정자가 아니거든. 유령남에게 배운 거지. 아내도 어느새 사디즘을 즐기게 된 거고.'

결코 그의 망상이 아니었다. 빼도 박도 못할 증거가 있었다. 그는 붉은 방에서 유령남과 어떤 여자가 벌인 유희를 똑똑히 기억했다. 오늘 밤 요시에는 그 장면과 조금도 다름없는 모습을 보였다. 그녀는 말을 타듯 그에게 올라탔다. 그리고 고삐 대신 붉은 허리띠를 그의 목에 감으려 했다. 아이노스케가 새파랗게 질려 구석으로 도망간 것도 무리는 아니었다.

제아무리 엽기자 아이노스케라도 전혀 권태를 느낄 겨를이 없었다. 그러나 그 일로 그가 아내에게 질렸다고 생각하면 오산이다. 그는 오히려 마음 속 깊이 그녀를 사랑한다는 사실을 깨달았다. 이런 마음의 변화는 꽤 의외였다. 불륜의 상대가, 그러니까 유령남이 이토록 증오스럽다니 정말 이상했다.

'망할 놈 같으니라고.'

그는 난봉꾼 내지는 불한당 같은 남자를 찢어발겨 피가 마구 솟구치는 것을 속으로 상상하면서 목적지도 없이 서둘러 걸었다.

자칭 기적의 브로커라는 잘생긴 청년

집을 뛰쳐나간 아이노스케는 다시 돌아가지 않았다. 친구 집을 방문하고, 클럽에 가서 당구도 치고, 아사쿠사 공원의 인파에 섞여 활동사진관 거리도 돌아다녔다. 마음은 몹시 초조했지만 겉으로는 아무렇지도 않은 척 느긋이 돌아다니다 보니 어느덧 해가 졌다.

그날 밤 10시부터 다시 이야기를 시작하겠다.

그때, 걷다가 지친 아이노스케는 아사쿠사 공원 연못가에서 등나무 넝쿨 기둥에 몸을 기댄 채 연못에 비친 일루미네이션을 멍하니 바라보고 있었다. 등나무 넝쿨 아래 나란히 놓인 벤치들에는 부랑자들이 그림자처럼 소리 없이 얌전히 앉아 있었다. 굶주린 나머지 구걸할 힘도 없는 듯 모두들 체념하고 늘어져 있었다.

그들 중에는 주위의 부랑자들과 확연히 구별되는 번듯한 풍채를 가진 청년도 섞여 있었다. 아사쿠사보다는 오히려 긴자 쪽 분위기라 아이노스케의 주의를 끌었다. 그렇게 보면 아이노스케도 아사쿠사 족속[30]은 아니었다. 등나무 넝쿨 같은데서

....
30_ 번화가였던 아사쿠사 일대를 어슬렁거리는 사람들. 긴자나 신주쿠와는 달리 학생이나 점원, 장인들이 대부분이었다. 다소 고루하고 유행에 뒤처진 분위기였지만 즉각적이고 솔직한 반응을 보였기에 아사쿠사의 공연 문화 발달에

멍하니 서 있는 모습도 어울리지 않았다. 그런 연유로 두 사람, 즉 아이노스케와 긴자풍의 청년은 우연히 서로의 존재를 의식하게 되었다.

아이노스케는 문득 떠오른 생각이 있었다. 그가 전부터 알고 있던 아사쿠사 스트리트 보이에 관한 것이었다. 엽기자인 그가 그런 사람들의 존재를 모를 리 없었다.

아이노스케는 12층[31]도 에가와江川의 공을 타는 아가씨[32]도 없이 그저 드넓기만 한 아사쿠사에는 전혀 흥미가 없었다. 굳이 따지자면 야스기부시,[33] 모쿠바칸[34]이나 수족관[35] 2층의 별난 구경거리, 공원 부랑자들, 그리고 스트리트 보이 정도가 아사쿠사의 몇 안 되는 기이한 매력인 듯했다. 그런 것들이 자아내는

....

　　일조하였다. 전쟁으로 공연장이 소실되고 예능인들이 흩어짐에 따라 점차 아사쿠사 족속도 사라지게 되었다.

31_ 정식명칭은 료운가쿠凌雲閣. 1890년에 전망대용으로 지은 12층짜리 고층 건축물. 아사쿠사의 명물이었지만 1923년 간토 대지진 때 붕괴되었다.

32_ 도쿄 아사쿠사 롯쿠六区의 상설극장 다이세이칸大盛館에서 흥행했던 곡예. 막부 말부터 활동하던 곡예사 에가와 사쿠조江川作藏가 공을 타는 곡예를 딸에게 전수해 공연하게 해서 크게 인기를 모았다.

33_ 安来節. 시마네島根현 야스기安来시의 전통 민요를 기반으로 발전시킨 종합 예능으로 중간에 나오는 '도조 도오리'라는 해학적인 춤이 유명하다. 1920년 대 오사카에서 요시모토 흥업의 공연이 큰 인기를 거둔 후 전국적으로 확산되었고, 도쿄의 경우 아사쿠사 공원 일대의 극장가에서 성황을 이루었다.

34_ 木馬舘. 아사쿠사의 대중공연장. 1907년 개관 당시에는 교육용 곤충 전시관이었지만 1922년 회전목마를 설치하고 야스기부시 등 대중적인 흥행물을 공연하는 극장으로 변모하였다. 초기에는 회전목마의 배경음악을 악대가 직접 연주했으나 점차 녹음된 음악을 재생하는 방식으로 바뀌었다.

35_ 도쿄 아사쿠사 공원의 효탄이케와 센소지 사이에 있는 수족관을 말한다. 2층을 공연장으로 개조하였지만 롯쿠에서 떨어져 있어 관객이 늘지 않자 레뷔 극단 '카지노 폴리'가 공연을 했다.

분위기 때문에 그는 두 달에 한번쯤은 아사쿠사를 찾았다.

청년은 지긋이 아이노스케를 바라보았다. 그는 남색 봄 양복에 학생모 모양의 같은 색 헌팅캡을 쓰고 있었는데, 깊은 차양 그림자 아래로 선이 유연한 흰 얼굴이 또렷이 보였다. 아름다운 젊은이였다.

아이노스케는 결코 페데라스토[36]가 아니었기에 과히 반갑지는 않았지만 그렇다고 딱히 불쾌하지도 않았다.

"뱀처럼 동면할 수 있으면 좋을 텐데."

갑자기 가까이에서 힘없는 목소리가 들렸다. 자세히 보니 바로 앞 벤치에 영양실조에 걸린 듯한 일용 노동자가 옆에 있던 나이 든 거지에게 하는 말이었다.

"동면이라니 그게 뭐야."

일자무식인 거지가 힘없는 목소리로 물었다.

"겨울에 땅속에 들어가 아무것도 먹지 않고 잠자는 거."

"아무것도 먹지 않는다고?"

"그치. 뱀의 몸은 그런 구조로 되어 있으니까."

그러고 나서 두 사람 모두 입을 다물었다. 조용한 연못에 조약돌 하나를 퐁당 던진 듯한 대화였다.

연못 건너편의 수풀에서는 끊임없이 모쿠바칸의 19세기 악대 소리가 울렸다. 바람의 방향에 따라 엄청 크게 들리기도 했고, 또 희미하게 들리기도 했다. 노점상들이 호객하는 소리까지

....
36_ pederast. 동성애자.

섞여 진타[37]의 큰북 소리만 들릴 때도 있었다. 뒤쪽의 공터에서는 쇼세이부시[38]와 바이올린 연주, 그리고 맹인 거지들의 나니와부시[39]가 들렸다. 각각 벌떼같이 몰려든 청중들에 둘러싸여 있었는데, 두 소리가 한데 섞여 별난 이중창처럼 들리기도 했다. 그렇게 치면 공원 전체가 하나의 오케스트라나 다름없었다. 진타 악대, 야스기부시의 큰북, 쇠고기전골집 신발지기의 호객 소리, 쇼세이부시, 걸인 나니와부시, 아이스크림 사라고 외치는 소리, 바나나집의 고함, 고무풍선 피리 소리, 군중들의 게다 끄는 소리, 술주정 소리, 아기 울음소리, 연못에서 잉어 뛰어오르는 소리. 천차만별의 악기가 내는, 볼품없지만 어린 시절의 달콤한 추억이 떠오르는 오케스트라였다.

"여보세요!"

갑자기 누군가 귓가에 속삭이는 듯 예스런 말투로 그를 불렀다. 뒤돌아보니 아까 그 아름다운 청년이었다. 어느새 그의 곁에 와 있었다.

아이노스케는 당황해서 어찌할 바를 몰랐다. 일전에 아사쿠사 우르닝[40]의 유혹 때문에 진저리 친 적이 있었기 때문이었다.

....

37_ 메이지·다이쇼기에 주로 군악대 출신자들이 조직했던 직업 취주악대吹奏樂隊. 초기에는 각종 행사에 동원되었으나 점차 각종 선전이나 곡마단 등을 위해 연주하거나 활동사진 반주를 맡았다.

38_ 書生節. 메이지 초기의 유행가로 첫 구절이 '서생 서생하며 멸시하지 말아라'로 시작해서 그런 이름이 붙었다.

39_ 浪花節. 메이지 초기부터 시작된 대중연회로 사미센 반주에 맞춰 독특한 창을 부르며 연기를 한다.

40_ urning. 독일어로 남성 동성애자를 의미한다.

"왜 그러시는지요?"

청년은 기묘하게 여자 같은 말투로 반문했다. 마치 매춘부와 이야기를 나누는 기분이었다.

"저기요, 실례지만 무슨 곤란한 일이라도 있으세요? 부득이한 일이 있으신 거 아니에요? 하지만 그건 어떻게든 해결할 수 있을 거예요. 기적을 만드는 곳이 있거든요. 당신이 필요하신 게 있다면, 그렇겠네요, 아마 만 엔쯤 내면 되겠네요. 그러면 편의를 제공해드릴 수 있을 듯한데요."

청년은 수수께끼 같은 말을 속닥였다. 게다가 만 엔이라니 엄청난 금액이었다. 가엾게도 제정신이 아닌 사람인지 청년의 얼굴을 찬찬히 살펴보았다.

연못에 비친 활동사진관 일루미네이션이 턱 아래쪽에서 청년의 얼굴을 환히 비췄다. 아름다웠다. 하지만 이상한 아름다움이었다. 노[41] 가면처럼 좌우 균형이 완벽해서 왠지 인공적인 데다가 표정이 없어 오싹한 기운이 깊은 곳에서 배어나오는 듯했다. 역시 정신 나간 사람 같았다. 오싹한 기운이 느껴졌다.

"아, 저는 그런 사람 아닙니다. 여자가 아닙니다."

청년은 아이노스케의 생각을 알아차리고 웃으면서 말했다.

"그보다 훨씬 가치가 있는, 당신이 상상도 못할 일을 하고 있습니다. 예로부터 신조차 할 수 없었던 일이지요. 저는 엄청난 기적을 만드는 브로커예요. 저기요, 지금 곤란하지 않으세요?

....
41_ 能. 가부키歌舞伎, 분라쿠文楽와 함께 일본 3대 전통 연극 중 하나. 음악을 동반한 무용극으로 주로 가면을 쓰고 연기를 한다.

기적이 필요하지 않으세요?"

"기적이라니 무슨 말입니까?"

스트리트 보이가 아니어서 안심했지만 그의 이야기는 전혀 이해가 가지 않았다. 가만히 보니 정신도 멀쩡한 것 같았다.

"기적에 대해 질문하셨나요? 당신은 기적이 필요하지 않은가 봐요. 정말로 원하는 분은 그런 식으로 말씀하시지 않거든요. 안녕히 계세요."

청년은 휘청거리며 부랑자들 사이로 되돌아갔다.

아사쿠사 같은 번화가에는 종종 이런 이상한 사람들이 있다. 아사쿠사는 도쿄라는 도시의 피부에 돋아난 독한 종기꽃이다. 정상이 아닌 모든 것들이 아사쿠사에 우글우글 모여든다. 하지만 아이노스케도 이토록 이상한 사람을 만난 것은 처음이었다. 아름답지만 어딘지 모르게 섬뜩한 노 가면 같은 얼굴이 깊숙이 각인되어 눈앞에서 사라지지 않았다.

그 청년은 누구일까. 아무 의미 없이 나타났다 사라진 인물은 아니다. 이야기가 후반에 이르면 그가 다시 한 번 독자들 앞에 모습을 드러낼 것이다. 그때야말로 독자 여러분도 그가 말하는 기적이 무엇을 의미하는지 확실히 알게 될 것이다.

아이노스케는 어쩐지 두려움이 느껴져 등나무 넝쿨을 빠져나왔다. 그리고 밝은 활동사진관 거리를 정처 없이 걸었다.

놀라움은 벗을 부르는 법인가. 인파에 밀려 화려하게 채색된 스틸 사진이 전시되어 있는 쇼윈도 앞을 걷고 있는데, 밀려드는 인파 속에서 깜짝 놀랄 만한 얼굴을 발견했다. 다름 아니라 바로 시나가와 시로였다.

아이노스케는 그가 눈치채지 못하게 인파를 헤치고 뒤를
밟았다. 분명히 진짜 시나가와 시로는 아니었다. 과학잡지사
사장이 그런 양복을 입은 모습은 본 적이 없다. 게다가 이 시간에
시나가와 시로가 아사쿠사 거리에 있는 것도 이상했다. 가짜가
틀림없었다. 그런 생각이 들자 아이노스케는 벌써부터 가슴이
두근거렸다. 이번에는 절대 놓치지 않으리라.

사람들 사이를 누비며 좁은 길로 계속 돌던 유령남은 마침내
가미나리몬雷門 전찻길로 나갔다.

1엔 택시가 줄지어 있었다. 남자는 그중 한 대를 골라 차
안으로 모습을 감췄다. 아이노스케도 얼른 한 대를 잡아탔다.
또다시 자동차 추격전이 벌어졌다. 하지만 이번에는 아카사카
미쓰케赤坂見附에서처럼 실수는 하지 않을 것이다. 그는 날카로운
눈으로 앞의 차를 감시했다.

목이 잘려 피투성이가 된 머리를 가지고 노는 남자

거의 한 시간 가까이 달렸다. 남자의 자동차는 교외인 이케부
쿠로역池袋駅에서 10정이나 떨어진 한적한 공터에 멈췄다. 차에
서 내린 것은 분명 그 녀석이었다. 드디어 성공한 것이다. 아이노
스케는 차에서 내려 어둠을 헤치며 남자 뒤를 밟았다.

공터 한구석에는 검은 집 한 채가 울창한 나무들로 둘러싸여

빼꼼히 보였다. 2층짜리 양옥집 같았는데 석조 대문이었다.

대문 안으로 들어간 남자는 열쇠를 꺼내 현관문을 열더니 얼른 집안으로 모습을 감췄다. 그의 행동을 보니 집 안에 아무도 없는 듯했다. 유령남은 괴물의 집 같은 이곳에 혼자 사는 걸까.

잠시 기다렸지만 창에는 등불 그림자조차 비치지 않았다. 쥐 죽은 듯 조용했다. 집안에서 전혀 인기척이 나지 않았다. 이놈이 불도 켜지 않고 그대로 잠자리에 들었나 싶어 아이노스케는 마당으로 들어가 집 주위를 돌며 안을 엿볼 수 있는 곳을 찾았다.

창문이 있었지만 내부가 컴컴해서 얼굴을 바짝 들이대도 전혀 보이지 않았다. 여기저기 찾다가 뒤돌아보니 희한하게도 마당의 나무 중 일부가 부옇게 보였다. 그리고 어딘가에서 아주 어스름한 빛이 비쳤다. 맞다, 저기군. 2층인 것 같아 건물에서 약간 뒤로 물러나 위를 올려다보니, 아니나 다를까 2층 유리창 하나가 불그스레하게 보였다. 하지만 빛이 꽤 어두웠다. 전등이 아니다. 아마도 촛불일 것이다.

전등도 없는 것을 보니 역시 빈집인 듯했다. 유령남은 어떻게 집 열쇠를 가지고 있는 걸까. 그는 빈집에서 촛불을 켜고 무엇을 하고 있는 걸까.

생각해보니 유령남에게 지극히 어울리는 은신처였다. 이 녀석, 사람들 눈을 피해 괴물이 나올 것 같은 이런 집에 숨어 있었군. 그러다가 예기치 않은 장소에 몰래 나타나 이런저런 나쁜 짓을 하는 거였어. 슬슬 시나가와의 예측이 적중해가는구

나. 이 괴물 같은 놈, 이 괴물의 집에서 시나가와라는 분신을 이용해 무슨 전율할 만한 음모를 꾸밀지 모른다.

밤의 어둠과 이례적인 고요함, 고풍스런 양옥과 촛불로 인해 그는 문득 이상한 연상을 하게 되었다. 지킬박사와 하이드 씨! 시나가와 시로는 통속과학잡지사라는 착실한 직종에 종사하는 근면성실해 보이는 사람이지만 그의 마음 한구석에 악마가 살고 있어 때때로 하이드 씨로 변하는 것 아닐까. 아무리 생각해봐도 시나가와가 그런 무시무시한 사람 같지는 않았지만 오히려 그게 더 안 좋았다. 지킬박사도 나무랄 데 하나 없고 덕이 높은 학자였다. 하지만 내면에 있는 하이드 씨가 일단 모습을 드러내면 아무런 관계도 없는 길거리의 어린아이를 칼로 찔러 쓰러뜨리고 머리를 짓밟아 마치 파리나 개미를 죽이듯 살인을 저지르는 흉악무도한 괴물로 변하지 않았나.

아이노스케는 어둠 속에서 자기도 모르게 부르르 떨었다.

'멍청하게 난 지금 뭐하고 있는 건가, 겁쟁이야. 그런 일은 소설가의 병적인 공상세계에나 있는 거다. 첫째, 유령남과 시나가와 시로가 동일인이라는 게 과학적으로 말이 안 되잖아. 동일인이면 어떻게 사진에 두 사람 얼굴이 나란히 나올 수 있겠는가.'

또한 데이코쿠 호텔에서 식사한 날, 그 남자는 교토의 시조 거리를 걸었다. 인간은 그런 신출귀몰의 곡예를 할 수 없다. 비행기. ……아, 비행기가 있다. 하지만 만약 여객기를 이용했다 해도 데이코쿠 호텔에서 다치카와立川까지, 그리고 오사카 공항에서 교토 시조까지의 여정을 생각해보면 동일인물이 하루

동안 도쿄에 있다 교토에 나타나는 건 불가능했다. 게다가 아이노스케가 호텔에서 시나가와와 함께 식사한 때는 점심시간이 지나서였기에 더더욱 그런 곡예는 불가능했다.

아니다. 그런 일까지 구구하게 따질 필요가 없었다. 실제로 고지마치의 붉은 방에서 시나가와가 유령남과 석 자[42]도 안 떨어져 대면하는 신기한 장면을 목격하지 않았나.

어두운 마당을 서성이던 아이노스케는 머리로는 바쁘게 그런 생각을 하며 2층을 향해 귀 기울이는데 갑자기 놀라운 소리가 났다.

처음에는 사람 목소리인지 아닌지도 판단할 수 없었다. 하지만 두 번째 짧은 비명 때문에 여자 목소리라는 것을 알게 되었다. 촛불 빛이 새어나오는 2층이었다. 아무래도 몹시 잔혹한 일이 벌어지고 있는 것 같았다.

잠시 후 목소리는 더 이상 들리지 않았고 다시 깊고 섬뜩한 정적으로 돌아갔다. 아무리 기다려도 사람 목소리는커녕 덜그럭거리는 소리조차 들리지 않았다.

아이노스케는 어울리지 않게 모험을 하기로 결심했다. 현관으로 들어가면 상대가 눈치챌 것이므로 무슨 봉변을 당할지 몰랐다. 그보다는 일단 유리창을 통해 외부에서 방의 모습을 지켜보기로 했다.

마침 그 창문 밖으로 두 간쯤 떨어진 곳에 큰 소나무가 서

....
42_ 약 1m. 1자尺=30.3cm.

있었다. 그는 전기기사처럼 훌쩍 나무줄기로 기어 올라갔다. 온몸에 땀을 뻘뻘 흘리며 가까스로 창문 높이까지 올라갔다.

그는 굵은 가지에 걸터앉아 양손으로 줄기를 잡았다. 그리고 안정된 자세를 유지하며 2층 창문을 몰래 들여다봤다.

유리창은 잠겨 있었다. 유리 한 면은 먼지가 쌓여 반투명에 가까웠다. 게다가 어떤 물체가 촛불 빛을 가리고 있어 처음에는 뭐가 뭔지 식별되지 않았다. 자세히 보니 남자가 와이셔츠와 팬츠만 입은 채 뒤돌아서 무언가를 하고 있었다. 촛불을 가리는 것은 남자의 몸이었다. 그는 유령남이 틀림없었다. 그의 몸이 시나가와 시로와 똑같았기 때문이다.

방을 보아도 역시 빈집 같았다. 장식이나 가구가 하나도 없었고, 남자 뒤로 물건 끄트머리만 보였는데 테이블인 듯했다.

남자는 이따금 몸을 움직였다. 상반신을 구부리고 고개를 아래로 숙이는 모습이 절을 하는 것처럼 보였다. 대체 무엇을 하고 있는 걸까. 남자가 가리고 있어 보이지 않았지만 테이블 위에는 그가 절하는 대상이 있는 것이 분명했다. 깊은 밤 빈집에서 무언가를 향해 절을 하다니 이상한 일도 다 있다. 게다가 아까 여자 비명소리는 대체 무엇을 의미하는가. 보아하니 방에는 유령남 혼자인 듯했다. 여자는 보이지 않았다.

점차 눈이 어둠에 적응되자 더 세밀한 것까지 보였다. 우선 남자가 와이셔츠를 팔꿈치 위로 걷어 올리고 있다. 무언가 힘쓰는 일이라도 하는 모양이었다. 그런데 와이셔츠 소매 끝에 군데군데 붉은 얼룩이 묻어 있다. 피다. 자세히 보니 드러난 팔에는 물줄기같이 무시무시한 핏자국이 응고되어 있었다.

아이노스케는 남자가 절하고 있는 물체를 상상해보았다. 혹시 아까 비명을 지른 여자가 시체로 누워 있지 않을까. 하지만 아무리 봐도 그건 시체같이 큰 물체는 아닌 듯했다.

아이노스케의 호기심은 극에 달했다.

'아, 절하는 게 아니다. 입을 맞추는 거다.'

남자의 동작을 보니 그런 느낌이 들었다. 하지만 대체 무엇에 입을 맞추는 걸까. 설마 시체? 꾹 참으며 지켜보는데 마침내 남자가 몸을 움직였다. 지금까지 가려 있던 작은 테이블과 그 위에 있던 물체가 드러났다.

그때 부스럭부스럭 소리가 나더니 소나무가 세차게 흔들렸다. 아이노스케는 너무 놀란 나머지 가지를 놓쳐 떨어질 뻔했다. 하지만 얼른 정신을 차리고 안전한 곳으로 옮겨가 그 물체를 주시했다.

테이블 위에는 어린 여자의 머리만 달랑 놓여 있었다. 심지어 몸통에서 막 잘라낸 듯 목에는 선혈이 낭자했다.

아까 순간적으로 아내 요시에의 머리인 줄 알고 그토록 심하게 놀란 것이다. 하지만 요시에가 아니라는 것을 금세 알아챌 수 있었다. 생전 처음 보는 아가씨였다.

유령남은 흔치 않은 모양의 금속 촛대를 손에 들고 있었다. 그는 촛대를 가까이 가져가 여자의 얼굴을 들여다보았다.

여자는 눈을 반쯤 감고 미간을 찌푸리고 있었다. 벌어진 입으로 이가 보였고 이 사이에는 혀끝이 보였다. 고통스러워하는 표정이 외설에 가까웠다. 촛불의 검붉은 빛이 색다른 그러데이션을 만들었다. 피는 하얀 치아를 물들이며 입술에서 턱으로 흘러내렸다. 테이블 위의 절단된 목 단면은 생선 내장같이 곤죽이 되어 있었고, 그 사이로 신경인 듯한 흐물흐물한 하얀 끈이 섬뜩하게 비어져 나왔다. 그렇게 미세한 것까지 확실히 보일 리는 없었지만 아이노스케의 눈에는 또렷이 다 보이는 듯했다.

잠시 후 소름끼치는 일이 벌어졌다. 유령남이 촛대를 들지 않은 손으로 괴상한 짓을 했다. 처음에는 밖으로 나온 여자의 혀를 손가락으로 입안에 밀어 넣는 동작을 반복했다. 그리고 혀가 치아에 가려지니 이번에는 이와 이 사이에 손가락을 집어넣고 치아를 억지로 벌렸다. 처음에는 손가락 하나만 집어넣더니 두 개 세 개, 마침내는 손목까지 시체의 입속에 넣었다. 입속에 남아 있던 피는 거품을 내며 그의 손목을 지나 아주 진하고 아름답게 샘물처럼 흘러나왔다.

그 후에도 여기에는 기술할 수 없을 정도로 참혹하고 외설적인 소행이 계속 이어졌다. 유령남의 유희는 대체 언제 끝날지 알 수 없었다.

유령남이 전에 붉은 방에서 요시에를 대할 때 마조히스트였다고 해서 그가 사디스트가 아니라는 법은 없다. 두 가지 특성을 다 가진 예도 동서고금에 적지 않다. 생각해보니 유령남은 (좀 이상한 말이지만) 경미하고 품격 있는 마조히즘과 흉포한 사디즘을 둘 다 갖추고 있었다. 그는 전율할 만한 최후의 살인자가 틀림없었다.

그런데 정신을 차려보니 소나무 밑동에서 이상한 기침소리가 나는 듯했다. 소리가 시시각각 커졌는데 그것이 개 짖는 소리라는 걸 깨닫고 아이노스케는 기겁했다. 악마는 용의주도하게 집 지키는 개까지 기르고 있었다. 밖에 나가 있던 개가 돌아와서 나무 위의 수상한 사람을 발견하고 짖는 것이었다. 유령남은 그 소리를 들었는지 아이노스케 쪽을 돌아보았다. 그리고 무시무시한 표정을 보이며 창가로 걸어왔다.

'글렀다.'

아이노스케는 도망칠 수 있을 때까지 도망쳐 보려고 얼른 밑으로 뛰어내렸다. 그러나 뛰어내리자마자 어마어마한 기세로 돌진해오는 탄력 있고 따뜻한 살덩이에 부딪쳤다. 의외로 큰 놈이었다.

아이노스케는 그 동물을 보고 잠시 아찔했으나 결국 치명타를 한 방 날리고 대문 쪽으로 냅다 뛰었다.

하지만 이미 때는 늦었다.

대문에 다다랐을 때는 와이셔츠 소매를 걷어붙인 남자가 먼저 도착해 기다리고 있었다. 손에는 소형 총기가 번쩍였다.

"도망치면 다치게 될 겁니다."

유령남은 침착한 목소리로 말했다.

"당신과 하고 싶은 이야기도 있으니 잠시 집에 들어가시죠."

아이노스케는 그가 명령하는 대로 움직일 수밖에 없었다.

그는 아이노스케의 등에 권총을 댄 채 현관으로 밀어 넣더니 아래층의 가장 안쪽 방으로 데려갔다.

가구도 없이 먼지만 수북이 쌓여 휑뎅그렁한 방이었다.

"나를 어떻게 하시려고요."

방에 들어가자 아이노스케는 입을 열었다.

"어떻게 하지 않아요. 내가 종적을 감추는 동안 여기 가만히 있어줬으면 좋겠소. 손발이 자유로우면 위험하니까 당신 몸을 묶을 생각입니다."

시나가와 시로와 한 치도 다르지 않은 남자는 시나가와와 똑같은 목소리로 선고를 내렸다.

불쌍한 아오키 아이노스케는 순식간에 손발이 묶여 먼지가 수북한 마룻바닥에 뒹굴고 있었다. 그의 머리맡에는 유령남이 의기양양한 모습으로 서 있었다.

"당신 이름은 묻지 않아도 알고 있소. 아오키 군이겠죠. 나는 당신 친구 시나가와 군도 알고 있을 뿐 아니라 아내 요시에 씨도 알죠. 하하하하하하하하, 내 이름? 시나가와죠. 하하하하하하, 내 어딜 봐서 시나가와가 아니겠습니까."

남자의 손과 와이셔츠 소매에는 아직도 거무죽죽한 피가 묻어 있었다.

아이노스케는 뭐라 형언할 수 없는 심정이었다. 그를 이렇게 곤란한 지경에 빠뜨리고 비웃는 자가 친구 시나가와 시로와 꼭 닮은 남자라니. 게다가 그는 미워하려 해도 미워할 수 없는 자신의 아내를 훔친 놈이자 잔인무도한 최후의 살인자다.

"자네, 진실을 말해주게. 자네는 정말로 시나가와가 아닌 건가?"

아이노스케는 그 질문을 하지 않을 수 없었다.

"글쎄요, 내가 만약 시나가와라면 어쩌시려는 건데요."

놈이 유들거리며 대답했다.

"만약 시나가와 군이라면 부탁하겠네. 나는 아까 본 것을 절대로 다른 사람에게 말하지 않겠네. 다만 자네와 내 아내가 어떤 관계인지 그것만 사실대로 말해주게. 시나가와 군. 부탁이네."

"하하하하하하, 결국 또 시나가와 군이라고 하시는군요. 하지만 안타깝게도 나는 시나가와가 아닙니다. 부인 말씀입니까? 그건 당신 상상에 맡기죠. 알고 있지 않습니까."

아이노스케는 자기도 모르게 이를 악물고 신음소리를 냈다.

"그렇게 얌전히 있으십시오. 그럼 난 갑니다."

유령남은 그 말을 던지고 부리나케 방에서 나갔다. 쾅 하고 방문이 닫히더니 밖에서는 덜그럭거리며 자물쇠 채우는 소리가 났다.

너무 엄청난 사건이라 생각을 정리할 힘도 없었다. 아이노스케는 마룻바닥에 누운 채 잠시 망연자실해 있었다. 유령남이 이토록 몹쓸 살인자라고는 상상도 못했다. 먼저 구단자카에서의 소매치기, 그다음은 붉은 방에서의 기괴한 유희, 쓰루마이 공원에서의 부정한 속삭임. 틀림없이 악인일 거라 생각했지만 설마 이 정도로 극악무도한 사람이라고는 생각지 못했다. 일전에 유령남이 대단한 음모를 꾸밀지도 모른다며 시나가와 시로가 전율했었는데, 생각해보니 절대 기우가 아니었다.

아내를 미행하다 그 집에 간 아이노스케

아이노스케는 그 집에서 밤을 지새웠다. 결국은 경찰관이 구하러 왔는데 그 자초지종은 자세히 기술해봤자 재미없을 테니 간단히 요약하겠다.

악마가 방문에 자물쇠를 채워놓고 사라진 후로는 오래도록 암흑과 정적만 남아 있을 뿐이었다. 마룻바닥에서 구르다 나가 떨어진 아이노스케는 극심한 공포에 떨며 온갖 망상에 시달렸다. 그중에서도 천장에서 뭔가 똑똑 떨어지는 환청이 들리는 것이 가장 견디기 힘들었다. 그 소리가 밤새 들리다 안 들리다 했다. 아까 보았던 목만 있는 여자의 절단된 몸통이 지금 그가 있는 방 바로 위에 피투성이가 되어 음란한 모습으로 가로놓여 있는 광경이 자꾸 떠올랐다.

밤새 고통에 시달리는 동안 별로 엄중하지 않은 경계는 어느새 풀렸다. 하지만 손발의 자유를 얻었어도 짐승우리처럼 문은 밖에서 잠겨 있는데다가 창에는 격자 창살이 덧대어져 도망치는 건 생각할 수도 없었다.

한숨도 자지 못한 채 날이 밝았다. 그는 집 밖 공터로 누군가 지나가기만을 기다렸다. 도로가 아니라서 지나는 사람이 거의 없었지만 마침내 창 건너편 산울타리 밖으로 열대여섯 살쯤 되는 소년이 하모니카를 불며 지나갔다.

아이노스케는 악마가 아직 집 안에 있다고 생각했기 때문에 직접 부르는 것을 자제했다. 대신 수첩을 뜯어 내용을 적은 후 무게추로 은화를 넣고 창가에서 소년의 발치로 던졌다.

다행히 그의 뜻이 통했는지 소년은 근처 경찰서로 바로 달려가 주었다. 잠시 후 경찰이 왔다. 아이노스케의 신고로 경찰조사가 실시되었지만 기묘하게도 그 집은 빈집이었다. 어느 방에도 사람이 살았던 흔적은 없었다. 또한 주인공인 유령남은 물론, 절단되어 피범벅이 된 여자의 머리와 몸통 역시 흔적조차 남아 있지 않았다. 마룻바닥에서 핏자국 하나 발견되지 않았다.

가장 의외인 것은 그를 구하러 온 경관이 문을 부술 필요가 없었다는 점이다. 입구는 물론 아이노스케가 감금된 줄 알았던 방에도 자물쇠가 채워져 있지 않았다. 그는 밤새도록 몇 번이나 그 방문을 열려고 했지만 밖에는 분명 자물쇠가 채워져 있었다. 악마는 대체 언제, 그리고 무엇 때문에 자물쇠를 풀어놓고 갔을까. 아니면 아이노스케가 너무 흥분한 나머지 그렇다고 착각을 한 것인가.

아침 햇살과 함께 요괴가 퇴거한 것 같았다. 어젯밤 일은 전부 그의 꿈이거나 환상이 아니었나 생각될 지경이었다. 경관도 의아한 표정을 지으며 그를 물끄러미 쳐다봤다.

결국 그 집에서 일어난 괴이한 사건은 유야무야 끝나버렸다. 경관은 아이노스케가 이야기한 괴사건보다도 아이노스케의 정신 상태를 훨씬 괴이하게 보는 듯했다. 그러니까 한 정신이상자의 기괴한 환상이라고 생각하고 사건을 깊이 조사하지 않은 채 묻어버린 것이 분명했다.

사실 아이노스케는 엽기 끝에 그런 큰 죄를 저지르게 된 것이다. 그의 심리적인 이상은 이때 이미 배태되었는지 모른다. 그는 여우에 홀린 듯했다. 어젯밤 일이 꿈인지 현실인지 판단이 서지 않아 비틀거리며 집으로 돌아갔다. 집에 돌아가 보니 그가 부정한 아내라고 믿는 요시에가 언제 귀가할지 모르는 그를 기다리고 있었다.

이야기는 그로부터 사흘째 되던 날 밤부터 다시 시작된다. 그간 있었던 아이노스케 부부의 심리적인 갈등을 묘사하는 것은 너무 지루하기 때문이다.

그날 밤 8시 무렵, 아이노스케가 잿날緣日[43]을 맞은 근처 신사를 산책하고 돌아오는 길이었다. 무심코 전찻길을 걷고 있는데 그를 화들짝 놀라게 하는 일이 있었다.

놀라기는 놀랐다. 하지만 솔직히 말하자면 그가 못내 기다리던 일이었다. 아내 요시에가 아무도 없이 혼자서 지나가는 차를 잡아타고 있었다. 그가 집을 비운 틈에 옳거니 밀회를 하려는 것이 분명했다.

'드디어 잡았다.'

아이노스케는 설레는 가슴으로 상대가 눈치채지 못하게 다른 차에 올라탔다. 두말할 필요 없이 미행하려는 것이다. 자동차 추격전은 이미 익숙했다.

....

43_ 신불을 공양하는 날. 매월 5일은 스이텐구水天宮, 18일은 관세음, 28일은 부동존不動尊을 기린다.

그는 질투에 불탔다. 아내가 점점 더 아름다워 보였다. 부정을 저지르긴 했으나 이토록 아름다운 아내를 탐정처럼 범인 추적하듯 미행한다는 사실이 그의 엽기심을 묘하게 부추겼다. 추적 자체가 왠지 성욕과 관계된 일 같았다. 앞에 달리는 차의 뒷좌석 창으로 아내의 흰 목덜미가 언뜻언뜻 보였다.

그런데 약 30분쯤 미행이 이어졌을 때 아이노스케는 차창 밖에 보이는 즐비한 집들에 주목했다. 눈에 익는다 싶었는데 갑자기 무시무시한 생각이 들어 가슴이 철렁했다. 차는 분명 며칠 전과 같은 동네를 지나 이케부쿠로로 향하고 있었다. 벌써 저 앞으로 정류장이 보였다.

밀회 장소는 그 으스스한 빈집이 틀림없었다. 그는 요전날 밤의 기괴한 사건을 똑똑히 떠올렸다. 유령남이 들고 있던 칼, 피범벅이 된 여자의 잘린 머리, 기괴하기 짝이 없는 음란 살인극.

아내는 놈을 믿는 모양이었지만, 빈집 안에는 지난번 그 여자와 같은 운명이 그녀를 기다리고 있지 않을까. 두 사람은 정말로 사랑할지도 모른다. 하지만 아무리 사랑한다 해도 그놈은 정상적인 사람이 아니다. 무시무시한 최후의 살인자다. 사랑하면 할수록 그 여자의 생혈을 후루룩 마시고 싶어 하는 놈인지도 모른다.

예상했던 대로 요시에가 탄 차는 으스스한 빈집 앞에 섰다. 아이노스케는 공터가 나오기 전에 차에서 내려 어둠 속에 쭈그리고 앉아 있었다. 아내의 희끄무레한 모습은 시커먼 괴물처럼 우뚝 솟은 빈집 안으로 빨려 들어가듯 사라졌다.

말할 필요도 없었다. 집 안에서 괴물이 아름다운 먹이를 기다리고 있는 것이다. 아내의 목숨을 염려하는 마음과 격렬한 질투가 뒤범벅되어 아이노스케는 제정신이 아니었다. 그는 위험도 잊은 채 앞뒤 가리지 않고 요시에를 따라 빈집으로 들어갔다.

그전과 마찬가지로 문이 잠겨 있지 않아 쉽게 들어갈 수 있었다. 하지만 집 안이 어두워서 요시에가 어느 방에 있는지 짐작할 수 없었다. 하지만 더듬거리며 안쪽을 향해 천천히 걷다 보니 불현듯 나직한 대화 소리가 들렸다. 내용은 알 수 없었지만 확실히 요시에의 목소리였고, 또 한 명은 그 괴물의 (시나가와 시로와 똑같은) 목소리였다.

그는 소리에 의지해 어둠 속에서 발소리를 죽이고 걷다가 기겁했다. 무언가에 부딪쳐 큰 소리를 내고 만 것이다.

그 순간 멈춘 대화 소리, 동시에 덜그럭거리는 발소리, 그리고 확 비춰지는 빛. 아이노스케는 전등 빛이 자신에게 비추자 깜짝 놀라 멈춰 섰다. 눈앞에 있던 문이 열리자 전등 뒤로 괴물이 버티고 서 있었기 때문이다.

"이런, 아오키 씨 아니십니까. 이 집이 꽤나 마음에 드셨나 봅니다. 자주 오시네요. 안으로 드시지요."

사내는 무서운 눈으로 그를 노려보았지만 말투는 불안할 정도로 정중했다.

하지만 아이노스케도 결코 지지 않았다. 그곳에는 아내 요시에가 있다. 요전 날 밤과는 사정이 달랐다. 그는 남자의 권유대로 사양하지 않고 방으로 들어갔다. 그리고 밀통하던 아내는 어디에 있을까 눈에 핏대를 세우고 방 안을 살펴보았다.

아이노스케, 마침내 살인이라는 큰 죄를 짓다

하지만 텅 빈 방 안에는 아내의 모습이 보이지 않았다. 방금 전까지 대화하는 소리가 들린 걸 보아 어디로 도망칠 겨를도 없었을 것이다. 창도 쇠격자로 막혀 있었다. 도망칠 수 있는 길은 옆방으로 통하는 문 하나밖에 없었다. 기분 탓인지 모르겠지만 아이노스케는 그 문 너머에서 옷자락 소리를 들은 것 같았다. 집의 구조를 생각해보면 그곳은 침실이 분명했다. 침상이 놓여 있을지도 모른다고 생각하니 더 흥분되었다. 그는 갑자기 문으로 돌진했다.

"이봐요, 그렇게 형사처럼 남의 집을 수색하면 안 되죠."

유령남은 재빨리 문 앞에서 양팔을 벌리고 섰다. 그리고 시나가와 시로의 얼굴로 히죽 웃으며 어쩔 줄 몰라 하는 아이노스케를 쳐다보았다.

아이노스케는 차분한 상대의 모습에 이성을 잃었다. 놈에게 달려들어 목을 조르고 싶었지만 완력으로는 도저히 상대가 안 된다는 것을 알고 있었다. 그는 구조를 요청하듯 두리번두리번 주위를 둘러보았다.

그러자 그의 눈에 번쩍 띄는 것이 있었다. 얼마나 다행인가. 놈은 멍청하게 테이블 위에 권총 한 자루를 그냥 놔두었다.

그는 총알처럼 테이블로 달려가서 거의 무감각해진 손으로 안간힘을 다해 권총을 움켜쥐고 놈의 가슴에 총구를 겨눴다.

"이런 실수를 할 줄이야. 권총을 깜빡 잊고 있었군요. 하하하하."

괴물은 꿈쩍하지 않았다. 태연하게 팔을 벌린 채 그대로 서 있었다.

아이노스케는 상대가 너무 대담한 모습을 보이자 무언가 있다고 생각하고 흠칫했다.

"그렇다면 이 권총은 빈 건가."

"하하하하, 의심이 많으시군요. 비지 않았습니다. 총알이 꽉 채워져 있어요. 하지만 당신이 과연 총을 쏠 수 있을까요. 쏘는 방법이나 아십니까. 이봐요, 지금 중풍환자처럼 손을 부들부들 떨고 있지 않습니까. 하하하하, 권총을 드는 게 그렇게 무서운가 보죠?"

"거기서 물러서. 비키지 않으면 정말 쏠 거야."

아이노스케는 목소리를 떨지 않으려 안간힘을 쓰며 외쳤다.

"쏴보시죠."

괴물은 히죽히죽 웃고 있었다. 아이노스케에게 총을 쏠 용기가 없다고 업신여기는 것이었다.

"쏴줄까. 방아쇠를 당기면 탕 하고 날아갈 거야. 하지만 쏘면 큰일 나지. 쏘면 안 돼. 안 되고말고."

하지만 쏘면 안 된다고 생각할수록 방아쇠에 걸쳐놓은 손이 제멋대로 움직였다. 누군가가 그만두라고 소리치는 것 같았는데 결국은 방아쇠가 움직였다. 이런, 큰일 났다. 그런 생각이 들었지만 이미 핑 하는 소리가 났다. 별안간 화약 냄새가 코를 찔렀다.

시선을 돌렸지만 눈에 못이 박힌 듯 놈의 모습이 떠나지 않았다.

유령남은 다른 사람같이 괴상한 표정을 지으며 우두커니 서 있었다. 두 눈을 뜰 수 있는 만큼 크게 뜨고 아이노스케를 바라보고 있었는데, 이상하게도 노려본다는 느낌이 전혀 없었다.

벌리고 있던 양팔이 뭔가를 움켜잡을 것처럼 손끝이 살짝 움직였지만 결국 옆구리로 툭 떨어지고 말았다.

흰 와이셔츠 가슴에는 마치 불똥이 튄 것같이 작은 구멍이 나 있었다. 깊이를 헤아릴 수 없는 검은 구멍이었다. 그 구멍에서 새빨간 물감 같은 동맥피가 거품을 부글부글 뿜으며 솟구치더니 가느다랗게 내 천川 자를 그리며 계속 흘러내렸다.

그 순간 남자의 커다란 몸이 녹아내리듯이, 아니 무너져 내리듯이 앞으로 고꾸라졌다.

아이노스케의 눈에는 갑자기 일어난 일련의 일들이 활동사진의 슬로모션처럼 비정상적으로 느리게, 그러나 미세한 점까지 또렷이 보였다.

방해하는 사람이 없었으므로 그는 남자의 몸을 넘어 문으로 갔다. 그리고 건너편에서 떨고 있는 요시에를 생각하며 온 힘을 다해 문을 열었다.

컴컴해서 잘 보이지 않았지만 인기척은 들리지 않았다.

"요시에, 요시에."

아이노스케는 쉰 목소리로 소리쳤다. 대답이 없었다.

그는 방으로 들어가서 숨바꼭질 놀이를 하듯 구석구석 돌아다니며 살폈다. 그리고 요시에의 흐느적거리는 몸 대신 활짝 열린 또 하나의 출입구와 맞닥뜨리게 되었다.

문만 보고 침실이라고 생각했는데 어처구니없는 착각이었다. 그 방에는 밖으로 나가는 출구가 있었다.

반쯤 정신이 나간 아이노스케는 여기저기 인기척을 찾으러 캄캄한 방들을 헤매고 다녔다. 그리고 아까 모습 그대로 고꾸라져 있는 유령남의 시체를 보았다.

'내가 사람을 죽였다.'

오싹하게 얼음 같은 것이 등줄기를 타고 올라오는 듯했다. 그는 그제야 자신이 저지른 죄를 깨달았다.

'이제 끝장이다.'

머릿속에서는 온갖 과거의 기억들이 지진처럼 흔들거리며 허물어졌다.

생각할 힘도 없었다. 그는 오래도록 꼼짝하지 못했다.

'혹시 놈이 죽은 척을 하고 있는 거 아냐. 불쑥 일어나 나를 놀라게 하려는 거 아니냐고.'

그는 말도 안 되는 생각을 하며 시체에 다가가 얼굴을 부여잡고 빛이 있는 쪽으로 돌려보았다. 그러나 빛바랜 양피지 같아진 얼굴은 웃지 않았다. 웃는 대신 힘없이 턱을 떨궜다. 벌어진 입에서는 하얀 치아 틈으로 명주실처럼 가는 피가 계속 볼을 타고 흘러내렸다.

그 모습을 보고 아이노스케는 후다닥 시체에서 손을 떼었다. 그리고 이리저리 부딪치며 문밖으로 뛰어나가 엄청난 기세로 공터를 달려 인가로 갔다.

살인자, 자포자기해서 여기저기서 술을 퍼마시다

그로부터 약 한 시간 후, 아이노스케는 자기 집 격자문 앞에 있었다. 어디에서 차를 내렸는지 어디를 어떻게 걸어왔는지 제정신이 아니었다. 끊임없이 뒤에서 누군가 쫓아오는 듯했지만 혹시 요시에가 집에 돌아왔을지 몰라 결국은 집으로 갔다.

큰맘 먹고 살며시 격자문을 여는데 눈에 익은 요시에의 조리[44] 가 보였다. 이미 돌아와 있는 듯했다.

무슨 생각에서인지 그는 소리를 내지 않고 현관으로 들어가 거실로 향했다. 요시에가 막 일어서려는 참이었다. 두 사람은 서로 눈이 마주치자 돌처럼 몸이 굳었다. 아이노스케는 버티고 서 있었고, 요시에는 한쪽 무릎만 세운 채 움직이지 않았다.

"당신 언제 들어왔지?"

한참 후에 아이노스케가 한숨 쉬듯 말했다.

"전 아무 데도 나가지 않았어요."

....
44_ 草履. 일본 전통 짚신.

요시에는 유령이라도 본 것처럼 겁에 질린 표정으로 숨 가쁘게 대답했다.

"정말이야? 끝까지 외출하지 않았다고 시침 뗄 생각인가?"

"당신 무슨 말씀 하시는 거예요? 전 거짓말 같은 건 안 해요"

요시에는 오싹할 정도로 순진무구하게 대답했다.

아이노스케는 아내의 놀랄 만한 연기력에 감탄했다. 무서울 정도였다. 불시에 옆구리를 얻어맞은 듯한 느낌이어서 어찌할 바 몰랐다.

그는 잠자코 2층으로 올라가서 손궤에서 은행 수표와 인감을 꺼내 품 안에 넣고 밖으로 나갔다. 현관까지 쫓아 나온 요시에가 무슨 말을 하려는 것이 등 뒤에서 느껴졌지만 그는 돌아보지 않았다.

반사적으로 큰길까지 걸어가 손을 들어 자동차를 불러 세웠다. 운전사가 행선지를 묻자 대충 도쿄역이라고 말했다.

하지만 차가 달리는 동안 마음이 바뀌었다. 진짜 시나가와 시로를 한번 만나보고 싶었다. 꼭 그래야 할 것 같았다. 그는 운전사에게 시나가와의 집으로 가자고 했다.

10시가 넘었기 때문에 시나가와는 이미 잠이 들었지만 아이노스케가 전보 배달 온 것처럼 마구 문을 두드리는 바람에 눈을 떴다. 그는 일하는 할멈에게 전해 듣고 잠옷 바람으로 현관에 나왔다.

"들어오게. 이 시간에 무슨 일이야?"

아이노스케는 구멍 뚫어질 듯 시나가와의 얼굴을 쳐다보더니 엉뚱한 말을 했다.

"자네, 시나가와 군이지? 살아 있는 거지?"

"뭐야, 무슨 말이야? 하하하하, 밤중에 자는 사람을 깨우더니 무슨 농담을 그렇게 해. 그보다도 안 들어올 거야?"

당황한 시나가와가 화를 꾹꾹 참으며 말했다.

"아냐, 이제 됐어. 자네가 살아 있으면 됐어. 아침이 되면 다 알게 될 거야. 잘 있게."

'잘 있게'라는 말이 작별 인사처럼 왠지 애처로운 느낌이라 시나가와가 수상하다는 듯이 물었다.

"자네, 뭔가 이상하네. 설마 취한 건 아니겠지? 어쨌든 올라오게."

그렇게 권하는데도 아이노스케는 말이 끝나기도 전에 문을 나섰다. 그리고 기다리고 있던 자동차에 올라타더니 빨리 가자고 성화였다. 행선지도 말하지 않고 무조건 출발하라고 했다.

그 후 계속 행선지를 바꿔가며 차를 타고 두 시간쯤 도쿄를 돌아다녔다. 결국에는 지친 운전사가 "이제 좀 그만하시지요"라고 말할 정도였다.

"여보쇼, 차고가 머니까 사정 좀 봐주십시오."

운전사는 아주 천천히 차를 몰며 그 말을 하고 또 했다.

창밖에는 마침 문을 닫고 있는 큰 술집이 보였다.

"내려주게."

갑자기 차를 세운 아이노스케는 10엔 가까이 되는 돈을 요금으로 냈다. 그리고 차에서 나오자마자 조금 전 그 술집으로 쏜살같이 달려갔다.

"한잔 마셨으면 하는데."

"이미 문 닫았습니다."

점원이 아이노스케의 행색을 뚫어지게 쳐다보며 무뚝뚝하게 말했다.

"한잔이면 돼. 후딱 마시고 갈 거니까. 부탁하네."

그가 하도 간곡하게 부탁하는지라 안에 있던 주인이 허락했다. 점원이 잔술을 가지고 나왔다.

"되로 주게. 되가 좋아."

결국 5홉들이 되에 술을 3분의 2쯤 채워주었다. 그는 술을 받아들자 한쪽 모서리에 입을 대고 단숨에 들이켰다. 술을 못 마시지는 않았지만 예전에는 이렇게 술을 들이켠 적이 없었던지라 독이라도 마신 듯이 기분이 좋지 않았다. 갑자기 그의 얼굴이 벌게졌다.

한 잔만 더 달라고 했지만 술집에서 난동을 부릴까 봐 절대 더 주지 않았다. 그는 하는 수 없이 어슬렁어슬렁 걷기 시작했다. 왠지 한바탕 소리라도 치고 싶은 심정이었다.

"나는 살인자다. 방금 사람을 죽이고 왔다."

하지만 정말로 소리를 지르지는 못했다. 그 대신 학생 시절 불렀던 오래된 유행가를 한숨 쉬듯 낮게 부르면서 일부러 비틀비틀 걸었다.

늦은 밤 가로등 빛만 보이는 텅 빈 마을을 두세 정 걷다 보니 아직 영업하는 바가 있어 안으로 들어갔다. 양주와 청주를 짬뽕해서 많이 마셨다. 그리고 푸념같이 알 수 없는 말을 중얼거리며 여자 점원이 쫓아낼 때까지 앉아 있었다.

"그렇게 마시고 싶으면 요시와라[45]에 가면 되잖아요. 거기에서는 아침까지 마실 수 있으니까."

점원에게 한바탕 욕을 먹고 나와서 정신을 차려보니 요시와라 제방 근처였다.

그는 묘한 콧노래를 부르며 아직 영업하는 바를 비틀비틀 찾아다녔다.

어둑어둑하고 초라한 바가 한 집 눈에 띄어 그곳으로 들어갔다.

따끈하게 데운 술을 주문하며 구석을 보니 양복 차림의 청년이 그를 보며 히죽 웃고 있었다. 다른 손님은 없었다. 그는 별일이다 싶어 혼란스러운 머리를 쥐어뜯으며 기억을 더듬던 중 퍼뜩 생각이 났다. 언젠가 아사쿠사 공원 등나무 넝쿨 아래에서 만났던 잘생긴 청년이었다. 이 주변이 근거지인 불량청년일지도 모른다.

"아, 또 뵙는군요."

청년은 일어서서 그 옆으로 좌석을 옮겼다.

"말상대 해드릴까요?"

"그러든지. 나는 말이야, 오늘 정말 기쁜 일이 있었네. 자네,

....
45_ 吉原. 에도시대 교외에 형성된 대표적인 유곽거리. 현재 위치로는 닌교초人形町에 해당되며, 제2차 세계대전 패전 후 연합군 최고사령부에 의해 공창제가 폐지될 때까지 유지되었다.

노래 부를래?"

"하지만 전혀 기쁜 얼굴이 아니신데요."

청년이 의미심장하게 말했다.

"그뿐만 아니라 수심이 가득해 보입니다. 술로 풀어보려고 들어오신 것 아닙니까."

"그럼 내 얼굴에 방금 살인이라도 하고 왔다고 써 있다는 말인가?"

아이노스케는 다 포기하였다는 듯이 껄껄 웃었다.

"그래요? 뜻밖이지만 그럴지도 모르죠."

청년은 태연했다.

"하지만 그런 건 별일 아니죠. 저는 사람을 죽이는 것보다 열 배는 무시무시한 일도 알고 있는데요. 이해가 가십니까? 지난번에 말했던 기적. 도쿄 어딘가에는 말이죠, 죄인을 무죄로 만들고, 죽은 자를 살아 돌아오게 하는 곳이 있습니다. 아무도 모르게 사람을 죽일 수 있고요. 자유자재로 기적을 행할 수 있는 무서운 곳이죠."

청년의 목소리가 점점 나직해지더니 나중에는 속삭임으로 변했다.

"지금 기적이 필요하지 않으십니까? 하지만 기적을 살 돈은 가지고 계십니까? 전에 말씀드린 대로 만 엔입니다. 한 푼이라도 모자라면 안 됩니다."

"자네는 내가 사람을 죽인 죄인이라고 생각하는 듯하네."

"네. 그렇게 생각합니다. 사람 정도는 죽여야 지금 당신처럼

120

그런 무시무시한 얼굴이 될 테니까요. 하지만 그렇게 벌벌 떨지 않으셔도 됩니다. 저는 당신과 같은 편입니다. 어떻게 하시겠습니까. 제게 사실대로 털어놓으시지요."

청년은 그의 귓가에 속삭이며 어머니가 아이에게 하듯 살며시 그의 등을 쓰다듬었다.

그는 청년의 가면같이 균형 잡힌 얼굴에서 왠지 신비한 느낌을 받았다. 이 청년이야말로 황천에서 파견된 구세주처럼 여겨졌다. 긴장이 조금씩 풀리자 매달리고 싶었는지 마음 약하게 눈물이 울컥했다.

"사실대로 말하면 나는 오늘 밤 총을 쏴서 어떤 남자를 죽였네. 그 남자의 시체는 지금도 어느 빈집에 내팽개쳐져 있어. 하지만 자네는 진심으로 내 편인가?"

아이노스케는 핏발이 잔뜩 선 눈으로 상대의 얼굴을 무섭게 바라보며 결투라도 할 듯이 진지하게 읊조렸다.

"괜찮습니다. 제 눈을 보세요. 형사가 아니지 않습니까. 저는 범죄자의 편입니다. 범죄자가 고객인 기적의 브로커니까요. 하지만 좀도둑 따위는 상대하지 않습니다. 제 고객은 만 엔이라는 대가를 치를 수 있을 정도로 대단한 범죄자들뿐이죠."

청년도 매우 진지하게 꿈같은 말을 했다.

"좋았어, 그럼 사실대로 말하지. 내가 한 일을 자세히 말하겠어."

아이노스케는 용기를 내서 술 냄새가 풍기는 입술을 청년의 단아한 귀에 댔다.

아이노스케, 결국 거금을 주고 기적을 사다

아이노스케는 잘 돌아가지 않는 혀로 대충 자초지종을 말한 후 북받치는 눈물을 숨기지 않고 울보처럼 훌쩍거리며 말을 이어갔다.

"상대는 살인마야. 내 아내가 죽을 뻔했어. 내 행위는 일종의 정당방위에 불과해. 하지만 법은 그런 걸 참작하지 않잖아. 첫째로 증거가 없어. 아내는 그 빈집에 간 걸 부인하고 있거든. 나를 위해 유리한 증언을 해줄 리 없어. 그뿐 아니야. 그녀 입장에서는 내가 연인의 적이잖아. 간통한 사람 중 한 사람은 죽고 말았어. 그리고 그들 관계를 알고 있는 사람은 나밖에 없어. 다시 말해 살인이 일어난 거야. 살해당한 자는 무시무시한 최후의 살인자고. 그렇지만 아무도 그 사실을 몰라. 이렇다 할 증거도 없어. 그래서 오직 나만 살인자로 사형대에 오를 뿐이지."

"알았습니다. 알겠어요."

청년은 아이노스케의 넋두리를 끊고 말했다.

"그럼 당신은 살인죄로 처벌되는 것을 면하기만 하면 된다는 말씀이군요. 그럼 거래합시다. 만 엔이 너무 비싸다고 생각하십니까?"

"말해주게. 만 엔으로 무얼 사는 건가?"

"기적입니다. 상상조차 할 수 없는 기적이요. 그 이상은 설명할 수 없습니다. 나를 신뢰하지 못하시겠다면 이로써 작별입니다."

청년은 그렇게 말하고 지난번 밤에 만났을 때처럼 자리를 뜨려고 했다.

"여기 수표가 있어. 얼마든지 원하는 금액을 써주지."

아이노스케에게 돈은 이미 쓰레기나 다름없었다. 청년은 수표장을 보고 상의 윗주머니에서 만년필을 꺼내 그에게 건넸다.

"정확히 만 엔이면 됩니다."

"여기 만 엔. 하지만 내일 아침이 되어야 현금으로 바꿀 수 있어. 그 전에 내 범죄가 발각되면 어쩌지?"

"그건 운명입니다. 어쨌든 해보죠. 내일 아침 9시, 수표를 현금으로 바꾸는 대로 바로 기적의 장소로 모시고 가죠."

청년은 손목시계를 보고 말했다.

"지금 두 시 반입니다. 앞으로 여섯 시간만 참으시면 됩니다. 뭐, 술을 마시다 보면 금방이지 않을까요?"

하지만 바에서 밤을 지새울 수도 없었기에 아이노스케는 청년이 안내하는 요시와라 근처의 싸구려 여인숙에서 묵었다. 예상만큼 지저분한 방은 아니었으나 악취가 나서 괴로웠다. 게다가 몸이 근질거리는 것 같아 피곤해도 잠을 잘 수 없었다. 잠깐 졸다 보면 도저히 형언할 수 없는 무시무시한 꿈에 시달렸다. 자신의 비명에 눈이 번쩍 뜨여 일어나 보면 온몸이 기분 나쁜 땀으로 홈뻑 젖어 있어 그는 아침까지 한숨도 잘 수 없었다.

배달해줄 때까지 기다릴 수 없어 신문을 가져오라고 했지만 막상 보기는 두려웠다. 그렇다고 보지 않을 수도 없어 큰맘 먹고 사회면을 펼쳤으나 징그러운 벌레라도 있는 것처럼 베갯맡에 휙 던져버렸다. 잠시 후 또 신문을 손에 들어 3면을 펼치다가 다시 던졌다. 그렇게 네댓 번 반복하고 난 후에야 그는 간신히 기사를 훑어볼 수 있었다.

신문에는 이케부쿠로의 수상한 집에 관해서도 유령남의 시체에 관해서도 기사 한 줄 나오지 않았다.

'이게 뭐야, 별일이네. 아, 그렇구나. 어젯밤 늦게 일어난 사건인데 조간신문에 실릴 리가 없지.'

그 점을 깨닫고 아이노스케는 낙담했다. 석간에 실릴 때까지 기다려야 한다고 생각하니 견딜 수 없었다.

'모르겠다, 될 대로 되라지. 어차피 밝혀질 텐데. 결국 사형대다.'

그는 그런 말을 중얼거리며 벌렁 드러누워 냄새가 찌든 이불깃을 얼굴에 뒤집어썼다. 정신을 차릴 수 없을 정도로 절망스런 심정이었다.

하지만 냄새나는 그의 침상에도 예상치 못한 행운의 바람이 불었다. 거의 열 시쯤 되었을 때 청년이 좌우 균형 잡힌 얼굴에 빙그레 웃음을 띠며 방으로 들어왔다.

"좋은 소식입니다. 다 잘되었습니다. 돈은 아무 사고 없이 잘 받았습니다. 여기 만 엔 보이시죠?"

청년은 주머니에서 백 엔 지폐 다발을 꺼내서 보란 듯이 툭툭 쳤다.

잠시 후 두 사람은 싸구려 여인숙에서 함께 나왔다. 아이노스케는 태양이 두려워 낮이 싫다고 우겼지만 청년은 코웃음도 치지 않고 말했다.

　"그러면 안 됩니다. 미련한 범죄자는 밤중에 어두운 마을을 골라 도둑처럼 살금살금 걷기 때문에 금세 발각되는 법이죠. 대낮에 눈치 보지 말고 당당히 걸어보십시오. 인상착의를 알지라도 설마 저자가 그럴 리는 없다고 간과하게 됩니다. 그게 요령입니다. 따라서 저도 기적의 장소로 사람을 데려갈 때는 가급적 대낮을 선택합니다. 그럼 가시죠. 차가 기다리고 있습니다."

　청년의 재촉에 아이노스케도 마음이 움직였다.

　숙소에서 나와 눈부신 사월의 태양 아래에서 두세 정을 걸어가니 큰길에 멋진 자동차 한 대가 기다리고 있었다. 운전사도 청년과 한패인 듯했다. 그들은 서로 눈짓을 주고받으며 신호를 보내더니 고개를 끄덕였다.

　이윽고 차가 아이노스케와 청년을 태우고 달렸다. 어느 정도 달리자 청년이 이상한 제안을 했다.

　"성가시겠지만 눈 좀 가려주시겠습니까? 아주 비밀스러운 장소라서 단골손님께도 그 소재가 노출되는 것을 원치 않습니다. 우리의 규칙이니 부디 따라주셨으면 합니다."

　만사를 포기한 아이노스케는 될 대로 되라며 그 제안을 수락했다. 청년은 주머니에서 붕대를 꺼내 아이노스케의 눈을 가리고 머리까지 둘둘 싸맸다. 일반 눈가리개를 하면 사람들이 의심할 우려가 있으니 붕대를 사용해 부상자처럼 가장하려는 모양이었다. 실로 철두철미한 방법이 아닐 수 없다. 전속력으로 30분쯤 달린 후 차가 멈췄다. 아이노스케는 청년의 손에 이끌려 어딘지 모르는 곳에서 내려야 했다. 바닥에는 돌이 깔려 있었다.

"잠시 계단을 내려가야 합니다. 발밑을 조심하십시오."

청년이 그렇게 속삭이는데 벌써 돌계단 앞에 도착해 있었다. 꽤 긴 계단이었다. 내려가서 돌고, 또 내려가서 돌고 적어도 두 장[46]은 지하로 내려가는 듯했다.

마침내 넓은 평지가 나왔다. 돌이 깔려 있지 않았고 미끄러운 판자가 깔린 바닥이었다.

"오래 참으셨습니다."

청년의 목소리가 들리더니 머리의 붕대가 풀렸다. 눈가리개가 제거되어 앞을 바라보니 아까 여인숙에서 나와 길을 걸었을 때처럼 밝은 대낮이 아니었다. 그곳은 음산한 지하, 밤의 세계였다.

열 평가량 간소하게 판자가 둘러진 아틀리에풍의 양옥이었는데, 전등은 켜져 있었지만 괴물 같은 그림자가 무수히 많이 모여 있어 괴이한 별세계 같은 느낌이 들었다. 그 방에는 오백나한[47]처럼 등신대의 남녀 나체 인형이 사방에 세워져 있었기 때문이다.

....

46_ 약 6m. 1장丈=3.03m.
47_ 羅漢. 불교의 성자. 오백나한은 부처가 열반한 뒤 제자 가섭이 부처의 설법을 정리하기 위해 소집한 회의 때 모였던 제자 500명을 가리킨다.

"놀라신 모양이네요. 하지만 여기는 인형공장이 아닙니다. 이 세상에서 볼 수 있는 그런 장소가 아닙니다. 이제 이해가 가십니까? 이해가 가세요?"

청년은 그 인형과 마찬가지로 지나치게 가지런한 얼굴에 묘하게 엷은 미소를 지으며 말했다.

인형들 뒤에는 선반이 많았고, 선반 위에는 화학 실험실처럼 무수히 많은 약병이 놓여 있었다. 그 선반 사이에 보이는 틈이 들어온 입구이자 안으로 통하는 문인 것 같았다. 안에는 대체 어떤 설비가 있을까, 이 집은 애초에 누가 사는 곳일까, 아이노스케는 뭐라 형언할 수 없는 마력에 휩싸인 것 같아 전율을 금치 못했다.

잠시 우두커니 서 있는 사이 방문 손잡이가 조심조심 조금씩 돌아갔다. 소리 없이 문이 반쯤 열리더니 어둠 속에서 누군가 어렴풋이 모습을 드러냈다.

후편 흰박쥐

제3의 시나가와 시로

그 후 이 불쌍한 엽기자는 어떻게 되었을까. 그 이상한 실험실에서 어떤 기괴한 일이 일어났을까. 이 이야기는 나중을 기약하고 지금은 좀 다른 방면에서 사건의 전모를 조망하도록 하자. 왜냐하면 두 명의 시나가와 괴담은 한 엽기자의 신상에 관한 이야기이기도 하지만, 사실은 한때 도쿄 전체를, 아니 일본 전체를 들끓게 한 어마어마한 범죄사건의 서막이기 때문이다. 이야기는 이제 바야흐로 본무대로 옮겨가고 있기에 작가도 지금까지처럼 느긋하게 펜을 움직일 수 없다.

아이노스케의 아내 요시에는 그날 밤 그가 왜 그렇게 이상한 행동을 했는지 도무지 이해할 수 없었다. 독자들도 추측하듯 그녀는 전혀 죄가 없기 때문이다. 아이노스케의 얼굴이 너무 무시무시해 보여 그녀도 얼굴 표정이 굳었을 뿐인데 아이노스케가 그걸 보고 오해를 한 것이다. 괴물의 속임수 때문에 그만큼 광분한 상태였다.

다음 날 저녁 무렵까지 기다려도 아이노스케는 돌아오지 않았다. 지난밤의 무시무시한 얼굴도 그렇고 예삿일이 아닌 듯한 예감이 들어 요시에는 가만있을 수 없었다.

그녀는 도쿄에서 남편과 가장 친한 시나가와 시로를 찾아가서 의논해봐야겠다고 생각했다. 어쩌면 시나가와의 집에 머물고 있을지도 모르기 때문이다.

외출 준비를 마친 요시에는 일하는 할멈에게 집을 지키라는 말을 남기고 집을 나섰다. 그리고 택시 정류장까지 두 정쯤 길을 걷는데 이게 무슨 일인가, 서로 약속이라도 한 듯 저쪽에서 시나가와 시로가 오는 것 아닌가. 뜻밖이었다.

"시나가와 씨."

"어디 가십니까?"

"댁에 찾아가려고 했어요. 실은 아오키가 심상치 않은 상태로 외출한 후에 아직 돌아오지 않아 혹시 댁에 있나 해서요."

"그러셨습니까. 걱정하지 않으셔도 됩니다. 실은 마작 약속 때문에 이케부쿠로에 계속 머물고 있거든요. 저도 어젯밤 거기 있었죠. 오늘도 일을 끝내고 거기로 가려던 참이었습니다. 당신도 초청하려고요. 모두 아는 사람들입니다. 가시겠습니까? 아오키 군도 틀림없이 반가워할 겁니다."

"그렇군요. 그럼 어차피 나왔으니 함께 갈게요."

요시에가 승낙하자 두 사람은 나란히 걸어 택시 정류장으로 걸어갔다. 이건 또 무슨 말인가. 대체 이 시나가와는 어떤 시나가와란 말인가.

그의 말이 하나부터 열까지 전부 거짓인 것은 독자 여러분도 잘 아실 것이다. 하지만 유령남은 아오키에게 살해당해 이미 이 세상 사람이 아니다. 그러면 진짜 시나가와 시로가 거짓말로 요시에를 속여 데려가려는 것인가. 행선지는 이케부쿠로라고 했다. 이케부쿠로에는 최후의 살인자가 날뛰던 그 집이 있다. 이 남자는 요시에를 어디론가 데려가려는 모양인데 설마 진짜 시나가와라면 그런 짓을 할 리 없다. 아오키가 이케부쿠로에 있다고 거짓말할 이유도 없다. 만약 여기 있는 남자가 유령남도 아니고 진짜 시나가와 시로도 아니라면 실로 기괴하기 짝이 없는 일이다. 그렇다면 완전히 다른 제3의 시나가와 시로가 출현했다는 건가. 이상한 말이긴 하지만 대체 시나가와는 몇 개의 몸을 가진 건가. (하지만 독자 여러분, 너무 어처구니없다고 화내지 마시길. 이 수수께끼는 정말로 허망하게 풀린다.)

아무 말 없이 가는 동안 차는 이케부쿠로의 한 가정집에 도착했다. 예상대로 그 집이었다. 요시에는 그것도 모르고 시나가와와 똑같이 생긴 남자를 따라 안으로 들어갔다.

"집이 참 이상하네요. 빈집 같은데요."

요시에는 가구 하나 없이 마룻바닥에 먼지만 잔뜩 쌓여 휑뎅그렁한 방을 둘러보면서 불안한 듯 물었다.

"아오키는 어디 있어요?"

시나가와를 꼭 닮은 자가 등 뒤로 슬그머니 문을 잠근 후 히죽 웃으며 대답했다.

"아오키요? 아오키라고 하셨습니까?"

"어머."

요시에는 입술에 핏기가 가신 채 꼼짝하지 못했다. 몹시 무시무시한 일이었다. 그녀 앞에서 웃고 있는 사람이 시나가와와 매우 닮았지만 다른 사람이라는 것을 깨달았기 때문이다.

"당신은 누구신데요? 시나가와 씨가 아닌 거죠?"

그녀는 마른 입술로 겨우 말했다.

"시나가와 시로, 아, 그 사람 좋은 과학잡지사 사장 말씀이십니까? 아닙니다. 나는 그 사람 그림자죠. 그림자라서 이름은 없습니다. 그러니까 제2의 시나가와죠. 하지만 진짜보다 좀 더 영리하답니다."

괴물은 미소를 지으며 정중한 말투로 천연덕스럽게 설명했다.

"신기하십니까? 네, 신기하죠. 쌍둥이도 아닌데 이렇게 똑같이 생긴 사람이 한 명 더 있을 리 없다고 생각하실 테죠. 생각을 해보세요. 네, 그거예요. 우리 인간이 가진 큰 약점이 거기 있으니까요. 예로부터 범죄자들이 어째서 이런 큰 약점을 간과하는지 저는 이해가 가지 않았습니다. 이런 건 당연히 이용해야죠. 이걸 이용하면 어떤 대단한 일, 이를테면 국가까지도 근본부터 뒤집을 수 있는데요. 아니면 전 세계를 쑥대밭으로 만드는 것도 어렵지 않죠. 내가 시나가와 시로가 아니라 백배는 더 대단한 인물과 똑같은 얼굴을 가졌다고 생각해봐요. ……무슨 말인지 아시겠죠, 그게 얼마나 무서운 의미인지를……."

그의 말은 점점 연설조로 변했다. 그는 아름다운 청중 앞에서 고조된 기분으로 계속 떠들어댔다. 그대로 조금만 더 두면 어떤 무시무시한 비밀을 털어놓을지 몰랐다. 하지만 그 절호의 기회에 엉뚱한 방해자가 끼어들었다.

서서히 옥죄어오는 손아귀

"아악."

그때 멍하니 악마의 연설을 듣고 있던 요시에가 갑자기 무엇을 봤는지 체면 불고하고 비명을 지르며 거미처럼 한쪽 벽에 딱 달라붙었다.

"무슨 일이십니까?"

사내는 일부러 깜짝 놀란 듯이 물어보았다. 처음부터 그녀가 놀랄 것을 예상하고 있었던 것이다.

"저기 바닥의 검붉은 흔적 말입니까? 상상하신 대로 피죠. 하하하하, 피는 맞는데 사람 피는 아닙니다. 동물 피도 아닙니다. 연극에 사용하는 가짜 피죠. 이거네요, 보세요."

그 말을 하며 주머니에서 작은 아교 구슬을 꺼내 냉큼 벽에 던졌다. 아교가 터지면서 짙은 핏자국이 뚝뚝 흘러내려 벽이 마치 살아 있는 사람의 가슴처럼 보였다.

"하하하하, 아시겠습니까. 이건 내 소중한 무기죠. 총알 없는 권총과 핏자국을 만들 아교 구슬, 이 두 가지 도구로 급박한 상황이 생기면 상대로 하여금 나를 쏘게 만들거든요. 그리고 셔츠 가슴 속에는 이걸 터뜨리고 죽은 척하는 겁니다. 그러는 편이 상대를 죽이는 것보다 안전하면서도 흥미진진하지 않겠습니까. 내가 죽은 줄 알고 당황하는 상대의 모습을 지켜보기만 하면 되는 거죠. 으하하하하."

사내는 아주 재미있다는 듯이 계속 웃었다. 그러다가 마침내 웃음을 멈추고 또 장황한 말을 시작했다.

"당신은 아직 모르겠지만 사실 어젯밤, 여기 핏자국이 묻은 곳에서 당신 남편이 나를 죽였어요. 당신 남편이요, 완전히 넋이 나간 걸 보면 뛰어난 내 연기에 속아 넘어간 거죠. 정말로 자신이 살인죄를 저질렀다고 믿겠죠. 제정신이 아닌 듯했어요. 그리고 완전히 자포자기해서 술을 마시러 요시와라에 돌아다니는 것을 내 부하놈이 데려가 지금 어느 비밀의 장소에 숨겨놓았죠. 그러니까 이게 그 살인이 벌어진 흔적인 거예요. 하지만 말이죠, 내가 총에 맞은 건 연극이었지만 이 집에서는 연극만 하는 건 아니거든요. 더 무시무시한 일, 그러니까 아교가 아닌 진짜 피가 흐르는 일도 일어나지 않으리란 보장이 없죠."

사내는 크게 웃었다.

"사실대로 말하자면, 당신 남편은 진짜 피가 흐르는 것을 보긴 했습니다. 보이시죠? 저기 정원의 큰 소나무로 기어 올라가서 말이죠. 나는 그 입막음을 하려고 당신 남편한테 살해된 것입니다. 그렇게 된 일이죠. 보기 좋게 성공했습니다. 당신 남편은 자신이 범인이라고 지목한 자가 죽어버리니 밀고를 하려 해도 할 수가 없을 뿐 아니라 스스로 살인이라는 큰 죄를 범했다는 생각에 반쯤 정신이 나간 듯하더군요. 훌륭한 방법 아닙니까. 이런 아교 구슬로 이중 효과를 톡톡히 내다니."

괴물은 그 말끝에 요시에의 얼굴을 물끄러미 바라보더니 섬뜩하게 말했다.

"아, 당신 지금 떨고 있군요. 무서우십니까? 내가 이렇게 다 털어놓으니 무서우신가요? 이렇게 태연하게 내막을 밝히지만 그 이면에 어떤 음모가 있는지 파악하신 겁니까? 당신은 정말 통찰력이 있으시군요. 상상하신 대로입니다. 하지만 그렇게 벽에 붙어 있지 않아도 됩니다. 지금 뭘 어떻게 하려는 게 아닙니다. 소중한 먹이를 그리 쉽사리 죽일 내가 아니지 않겠습니까. 당신에게 좀 더 들려줄 이야기도 있고요. 그럼 내 곁으로 오시지요."

괴물은 촉수가 달린 것 같은 긴 팔을 쭉 뻗쳐 요시에의 부드러운 목덜미를 움켜쥐고 자신의 곁으로 끌어당겨 치근덕거렸다. 요시에는 온몸에 힘이 다 빠져 소리를 지르지도 못하고 저항을 하지도 못했다. 그저 악몽에 시달리는 심정이었다.

"나는 처음부터 이런 악당은 아니었어요. 다만 그 거만한 과학잡지사 사장님을 놀려주고 싶었죠. 그래서 활동사진 촬영 때 인파에 섞여 이 얼굴이 스크린에 크게 보여주기도 하고, 비밀의 집에서 일부러 내 괴상한 모습을 엿보게 하며 즐긴 거였는데, 거기에 당신 남편이란 자가 나타났지 뭡니까. 그리고 나라는 존재를 시나가와 시로보다도 더 수상히 여기며 흥미를 갖더군요. 그래서 당신 남편을 놀려주려고 당신과 목소리가 매우 비슷한 여자를 구해 밀회를 벌이는 연극을 했는데 그만 감쪽같이 걸려든 겁니다.

어떤가요. 대단하지 않습니까. 나도 설마 이 정도로 잘 진행되리라고는 생각하지 않았어요. 어엿한 과학잡지사 사장님과 탐정광이면서 엽기자인 당신 남편은 안성맞춤의 연습상대죠. 그런데 떡하니 성공한 겁니다. 덕분에 이 상태라면 무엇을 해도 괜찮을 거라는 자신감을 얻었어요. 그래서 지금까지 상상으로만 했던 것을 이제 실행해 보려고요. 아무리 제왕이라도 흉내 낼 수 없는 쾌락에 빠져보려는 겁니다. 게다가 세상 사람들에게 들키면 그 죄를 받을 사람도 있죠. 나는 이 세상에 적籍이 없는 사람이거든요. 시나가와 시로의 그림자일 뿐이니까요. 다시 말해 내 죄는 모두 시나가와 시로가 받을 겁니다. 얼마나 멋진 일인가요.

쾌락이란 대체 뭐라고 생각하십니까. 그건 이제 곧 알게 될 겁니다. ……이야기를 계속하겠는데요."

그는 요시에를 더 바짝 끌어당겨 볼을 부비면서 말했다.

"당신의 대역과 밀회하는 연극을 하다 보니 묘한 기분이 들더군요. 대역으로는 만족할 수 없다는 생각이 들었죠. 정말 당신이 필요해졌어요. 당신 남편을 그런 꼴로 만든 이유가 내 비밀을 알아냈기 때문이기도 하지만, 속내를 말하자면 나를 방해하는 자를 쫓아내고 당신을 정말로 내 것으로 만들려는 의도도 있었죠. 아, 당신의 차가운 손이 떨리고 있군요. 목덜미에서는 가느다란 땀방울이 어여쁘게 나오네요. 정말 사랑스러운 사람이군요. 저쪽 방에는 즐거운 유희를 위한 자리가 마련되어 있어요. 그럼 가죠 ……상상이 되십니까. 이 유희가 어떤 종류의 것인지."

가련한 작은 새는 정체모를 괴물의 겨드랑이 사이에 끼인 채 별실로 끌려갔다. 무슨 일이 벌어졌는지는 아무도 모른다. 하지만 아마도 모두가 상상한 대로일 것이다. 우리는 일찍이 아이노스케가 소나무 가지에서 바라본 피비린내 나는 유희를 잊을 수 없기 때문이다.

현대식 외팔 미인

앞서 말한 사건이 일어나고 며칠 후, 계절로 말하자면 이 이야기가 시작된 지 약 여섯 달 후인 오월 말의 어느 무더운 날이었다.

우시고메牛込의 에도가와江戶川 공원 서쪽 구석에 흔히들 오다키大滝라 부르는 곳이 있다. 지금은 살풍경한 콘크리트 수문에 지나지 않지만 큰 폭포처럼 물이 떨어진다. 무사시노武蔵野 서쪽부터 흘러내려온 작은 강이 그곳에서 폭포처럼 떨어져 과거 벚꽃 명소였던 에도가와강으로 합류한 후 커다란 곡선을 그리며 이다바시飯田橋를 지나 소토보리外堀로 흘러들어가는 것이다.

그 오다키 주변에는 배를 빌려주는 집이 몇 군데 있었다.

여름 저녁 시원한 바람을 쐬며 배를 타는 사람도 많아서 나름 교외의 명소였는데, 그날은 초여름같이 무더운 날씨라 근처 아이들이 배를 빌려 얕은 탁류에서 노를 젓고 있었다. 아이들은 오다키 바로 아래에서 소용돌이쳐 돌아오는 격랑과 대치하며 즐겁게 놀았다. 개중에는 이미 야만인처럼 발가벗고 더러운 물에 뛰어드는 장난꾸러기들도 있었다.

오다키의 폭은 열 간, 낙차는 두 길이 넘었을까. 떨어지는 물이 거대한 유리 세공 같았고, 용소龍沼[48]에는 하얀 물결이 거품을 물었으며, 폭포 소리가 사방을 뒤흔들었다. 규모는 작지만 폭포의 아름다움을 모두 갖추고 있었다. 그래봤자 수문 아니냐며 방심한 채 용소 가까이 배를 몰았다가 목숨을 잃는 사람도 한 해에 한두 명씩은 꼭 있었다. 용소가 매우 깊어 바닥에 마귀가 산다는 둥 엉뚱한 괴담이 생겨날 정도였다. 하지만 그 고장 아이들은 헤엄을 잘 쳤고, 위험한 곳도 알고 있었기에 겁내지 않고 물놀이를 했다.

그런데 그때, 배에서 열대여섯 살짜리 골목대장이 새카매진 알몸을 거꾸로 세우고 깊은 용소 쪽으로 텀벙 뛰어들었다.

"기다려. 좋은 물건 찾아올 테니까."

소년은 배에 있던 친구들에게 소리를 치더니 돌고래처럼 몸을 구부러뜨리고 깊은 물속으로 들어갔다. 사람들이 뱃놀이하다 떨어뜨린 지갑이 진흙 속에 묻혀 있는 경우가 종종 있었기

48_ 폭포수가 떨어지는 바로 밑에 있는 깊은 웅덩이.

때문이다.

소년은 물속에서 눈을 크게 뜨고 점점 바닥으로 내려갔다. 바다 속처럼 해초 숲은 없었지만 대신 나무토막이나 짚단, 천 뭉치, 그리고 개인지 고양이인지 알 수 없는 작은 동물의 백골 같은 것이 퉁퉁 불어 있었다. 그것들이 탁한 물 밑에서 꿈틀대는 모습은 바다보다도 한층 불길하고 오싹했다.

용소 바로 밑을 보면 두 길 높이에서 떨어진 수백 석[49]의 물이 바닥 깊이까지 그대로 물기둥을 이루고 있었다. 여세가 다하면 무수한 흰 거품으로 부서져 다시 수면으로 용솟음칠까 두려울 정도였다.

하지만 이런 데 익숙한 소년은 전혀 개의치 않았다. 그보다는 바닥에 있는 잡물들 사이에 친구들에게 보여줄 만한 것이 떨어져 있지 않을까 숨을 참으며 진흙탕 속을 헤엄쳐 다녔다.

언뜻 보니 대여섯 간 앞의 진흙 속에 하얀 물체가 팔랑거리며 솟아 있었다. 소년은 이곳에서 셀 수 없을 정도로 많이 잠수했지만 이런 괴이한 느낌이 드는 물체는 처음이었다. 동물의 뼈가 아니었다. 더 두껍고 흐물흐물해서 아무래도 살아 있는 것 같았다.

소년은 호기심이 생겨 그 물체에 다가갔다. 물결을 가를 때마다 모습이 점차 뚜렷해졌다. 흙탕물이었기에 전력이 부족한 변두리 극장의 활동사진처럼 주변이 온통 거무죽죽했다. 그

....
49_ 1석石=약 180L.

사이로 푸르스름한 것이 또렷이 보였는데 진짜로 진흙에서 돋아난 것 같았다. 다섯 가닥으로 갈라진 끝이 물을 움켜쥐고 허우적거리고 있었다.

살아 있는 사람, 아마도 여자의 단말마적 고통이 드러나는 손목일 것이다. 진흙에서 불쑥 나와 괴로워하는 모습이었다.

소년의 몸은 적을 만난 새우처럼 엄청나게 빠른 속도로 물속에서 공중제비를 돌더니 칠전팔기 끝에 수면 위로 떠올랐다. 그는 흙탕물을 꽤 많이 토해냈다. 그리고 가까스로 입을 열어 배에 있던 친구들에게 더듬더듬 소리쳤다.

"사, 사, 사람이 죽었어."

소년은 죽은 사람처럼 새파랗게 질렸다.

"정말 죽었어?"

"몰라. 아직 움직였어."

"그럼 빨리 구출해야지. 모두 힘을 모아 구출하자."

의기가 충천해진 한 아이가 용감하게 말했다. 헤엄을 잘 치는 소년들 사이에서 영웅적인 감정이 끓어올랐다.

"구출하자. 구출하자."

모두 이구동성으로 소리치며 옷을 벗어던지고 경주하듯 차례로 텀벙텀벙 뛰어들었다.

모두 네 명. 검붉게 탄 미끈한 몸이 흙탕물 속을 가로지르며 바닥으로 돌진했다.

친구들이 합세한 덕에 용기를 얻은 소년은 질세라 잠수했다. 그리고 다시 그곳까지 가서 팔랑거리는 흰 물체를 과감히 움켜쥐었다. 뒤따라온 아이도 쟁취하듯 그걸 잡았다. 퉁퉁 불어 감촉이 섬뜩했다. 여세를 몰아 확 잡아 빼니 그냥 쑥 빠졌다.

손만 있었고 몸통은 없었다. 어쩌다 보니 진흙에서 돋아난 것처럼 보인 것이다.

소년들은 배로 돌아왔다. 시퍼렇게 변한 여자의 한쪽 팔은 배 위에 내동댕이쳐졌다. 예리한 칼로 절단되었는지 단면이 깨끗했다. 복숭앗빛 살 사이로 하얀 뼈가 약간 드러났다. 손가락 하나에는 정교하게 세공된 백금 반지가 반짝였다. 퉁퉁 부은 손을 깊숙이 옥죄고 있었다.

그 후의 소동은 굳이 자세히 서술할 필요도 없다. 배를 빌려주는 집 주인이 아이들의 이야기를 듣고 경찰에 신고하자 관할 경찰서에서 경관들이 현장에 출동했고, 잠수부를 고용하여 물속을 샅샅이 수색했지만 한쪽 팔(왼팔이었다) 외에는 아무것도 발견되지 않았기 때문이다.

가라앉아 있던 장소에서 던진 것일까, 아니면 상류 쪽에서 투기한 것이 흘러흘러 수문까지 와서 용소에 떨어진 것일까. 의견은 분분했으나 오다키 부근에서 살인이 일어난 흔적이 없는 걸 보면 아마 후자가 맞을 것이라고 한 경관이 배를 빌려주는 집 주인에게 말했다.

절단된 팔은 감정을 위해 관할 경찰서를 거쳐 경시청으로 보내졌다. 다음 날 이 기사로 신문이 떠들썩해진 것은 말할 필요도 없었다. 행려병자나 노숙자의 팔이 아니었다. 아름다운 여자의 팔이었다. 손톱이 손질되어 있었고 백금 반지를 낀 것으로 보아 유복하게 자란 젊고 아름다운 여자의 팔로 추정되었다. 호기심을 자극하는 3면 기사로 안성맞춤이었다.

어떤 신문의 편집자는 '현대식 외팔 미인'이라고 제목을 뽑았다. 다시 말해 한쪽 팔을 잘린 아름다운 여자가 도쿄의 어딘가에 아직 살고 있다는, 실로 괴이한 상상을 암시하는 제목이었다. 그는 구로이와 루이코[50]가 번안한 탐정소설 『외팔 미인』의 애독자가 틀림없을 것이다.

명탐정 아케치 고고로

사건이 일어난 다음 날, 아케치 고고로明智小五郞는 경시청에서 나미코시波越 경부(당시 그는 수사과의 요직에 있었다)를 만났다. 그들은 사람들의 눈을 피해 따로 방에 들어가 대화를 나누었다.

우연의 일치였다. 아케치 고고로가 '외팔 미인' 사건에 특별히 관심이 있는 것은 아니었다. 그는 당시 세상을 떠들썩하게 한 다른 사건 수사를 주도했기에 자연스럽게 수사과를 방문했다.

········

50_ 黒岩涙香1862~1920. 『철가면鉄仮面』, 『암굴왕巖窟王』, 『유령탑幽靈塔』 등 서양 탐정소설을 번안하여 일본에 소개했으며, 『천인론天人論』 등의 평론집을 남겼다. 1892년 직접 창간한 일간지 <요로즈초호万朝報>는 그의 번안소설들뿐 아니라 정계의 스캔들을 가차 없이 폭로한 기사를 게재하는 것으로도 유명했다. 『외팔미인片手美人』은 『철가면』의 작가인 포르튀네 뒤 부아고베의 「La Main Coupée」를 번안한 작품이다.

나미코시 경부와는 '거미남' 이후 절친한 사이가 되었기에 서로 거리낌 없이 이야기를 나누게 된 것이었다.

한 경관이 방으로 들어와서 명함 한 장을 경부 앞에 조심스레 내밀었다.

"○○과학잡지 사장 시나가와 시로. 이런, 특이한 사람이 찾아왔군. 이야기라도 들어볼까."

"뒤에 용건이 적혀 있습니다."

경관이 말했다.

"오다키에서 발견된 여성의 한쪽 팔 사건에 관해 부디 말씀드리고 싶은 것이 있다고? 흠, 그 한쪽 팔 사건이군. 뭔가 있을지도 모르겠네. 아케치 씨."

"그 사람을 아는가?"

"응, 잘 아는 사이는 아니지만 면식은 있지. 한번 만나 보지."

"그럼 내가 자리를 비켜줄까?"

"아냐, 그럴 거 없어. 오히려 있어 주면 좋겠네. 자네의 지혜를 빌릴 수도 있고. 하하하하"

나미코시 경부는 겸연쩍어했다. 그는 아케치 고고로를 경외했다. 하지만 형사 출신의 노련한 그가 아마추어 탐정의 조력에 의존하는 것을 평소에도 면목 없어 했다.

잠시 후 경관의 안내로 독자 여러분도 잘 아시는 시나가와 시로가 들어왔다. 검은 상의에 줄무늬 바지 차림이었는데 과학계 인물답게 경직되어 보였다. 그는 우선 인사를 하고 바로 용건으로 들어갔다.

"실은 행방불명된 여자가 있습니다. 벌써 닷새 정도 되었습니다. 아니, 여자만이 아니죠. 그녀의 남편도 여자보다 하루이틀 전에 어딘가로 사라졌습니다. 제 친구인데 이름은 아오키 아이노스케입니다. 오늘 아침 신문을 보기 전까지는 별일 아니라고 생각했습니다. 아오키라는 친구가 워낙 변덕이 심한 데다 본가가 나고야에 있거든요. 말을 하지 않고 본가로 돌아갔을지도 모른다고 생각해서 실은 아직 경찰에도 신고하지 않은 상태죠.

그런데 어제 나고야 본가에 아직 돌아오지 않았다는 답장을 받았습니다. 오늘 아침 신문기사 말인데요. 아무래도 어처구니없는 일이 일어난 것 같아 매우 괴로웠습니다. 이런 말씀을 드리는 이유는 신문에 난 여자의 손가락에 끼워진 반지 말입니다. 그게 방금 말했던 아오키의 아내 요시에의 반지와 똑같습니다. 제가 그 반지를 기억하고 있습니다. 혹시 모르니 실물을 한번 봐도 될까요."

"그러시군요. 잘 오셨습니다. 그럼 보시지요."

귀가 솔깃한 이야기에 경부는 이미 범죄의 실마리를 잡은 듯이 즐거워하며 직접 반지를 보관해둔 방으로 갔다. 그는 병에 넣어둔 한쪽 팔을 경관에게 들려 방으로 돌아왔다.

병을 덮어 놓았던 흰 천을 벗기니 섬뜩하게 팔이 방부제 용액에 잠겨 있었다. 팔은 손가락을 위로 향하고 있었다.

"보십시오. 이 반지입니다."

시나가와는 책상 위에 놓인 병에 얼굴을 바짝 대고 잠시 바라보았다. 하지만 방부제 용액이 탁해서 확실히 보이지 않는 듯했다. 그는 경부에게 양해를 구하고 경찰에게 병을 가져가 뚜껑을 열게 했다. 그리고 잠시 면밀하게 관찰하더니 판별이 끝났는지 원위치로 돌려놓았다. 다소 창백해진 얼굴로 그는 아주 나지막하게 말했다.

"역시 맞습니다. 틀림없이 아오키 요시에의 팔입니다."

"틀림없습니까?"

나미코시 경부도 진지한 태도였다.

"틀림없습니다. 이 특이한 조각은 아오키 군이 좋아하는 것입니다. 일부러 조각한 거라서 요시에 말고 다른 사람이 이 반지를 끼고 있을 리는 없습니다."

시나가와는 그렇게 말하고 병이 놓인 곳으로 가서 유심히 관찰했다. 잠시 후 그는 한숨을 깊이 쉬더니 흰 천을 다시 병에 덮어놓으며 혼잣말을 했다.

"무시무시하군. 정말 무시무시한 일이야."

그 말이 왠지 의미심장하게 들렸기에 경부는 기회를 놓치지 않고 물었다.

"짚이는 거라도 있으십니까?"

"있습니다. 실은 이 이야기도 말씀드리려 했지만 너무 이상한 일이라 제 말을 믿어주실지 걱정되었습니다."

"말씀해보십시오. 물론 범인에 관한 것이겠죠?"

"그렇습니다. 갑자기 이런 말씀드리면 제정신이 아니거나 꿈꾸는 거 아니냐고 의심하실 수도 있습니다만, 이 사건의 이면에는 또 다른 제가 있습니다. 제 얼굴과 한 치도 다르지 않은,

누가 보아도 저라고 여길 다른 사람이 이 사건을 조종하고 있어요. 그렇게 믿을 수밖에 없는 이유가 있습니다."

"뭐라고요? 무슨 말씀을 하시는 거죠? 의미를 모르겠습니다."

경부가 의아한 얼굴로 반문했다. 옆에서 듣고 있던 아케치 고고로도 이 이상야릇한 이야기에 흥미를 느꼈는지 시나가와 시로의 얼굴을 뚫어지게 쳐다보았다.

"이해가 안 가시는 것이 당연합니다. 저도 처음에는 제 머리가 이상해진 것 아닌가 의심할 정도였습니다. 하지만 저는 벌써 여섯 달째 저와 똑같이 생긴 괴물 때문에 괴로워하고 있습니다. 저뿐 아닙니다. 방금 말씀드린 아오키 군도 이 일을 잘 알고 있습니다. 사실대로 말씀드리면 저는 벌써 한참을 이런 일이 일어날까 벌벌 떨었습니다. 나와 똑같은 얼굴을 가진 사람이 고약한 악당이라는 걸 알고 있으니까요. 이번 사건은 그놈의 깊은 음모입니다. 살해당한 사람은 제 친구의 아내입니다. 아니죠, 그녀뿐 아니라 아오키 군도 지금 생사를 알 수 없습니다. 두 사람 모두 저와는 깊은 관계입니다. 살인자가 저와 얼굴이 똑같은 사람이라면 어떻게 될까요. 의심받을 사람은 결국 저겠죠. 바로 저란 말입니다. 저는 그게 두렵습니다. 그래서 악당보다 먼저 사정을 말씀드리러 온 것입니다. 제 자신은 이 사건과 아무 관계가 없다는 점을 확실히 하기 위해 서둘러 찾아왔습니다."

"들어보죠. 되도록 상세하게 이야기해 주십시오. 아실지도 모르지만 여기 이분은 유명한 민간 탐정 아케치 고고로 씨입니다. 아케치 씨도 말씀하신 사건에 흥미가 있을 테니까요."

시나가와는 아케치를 힐끗 보더니 얼굴이 약간 붉어졌다. 이유는 알 수 없었다. 아케치의 뛰어난 재능을 알고 있었기에 이 뜻밖의 해후가 기뻤을지도 모른다.

그는 긴 이야기를 시작했다. 모두 독자가 아는 내용이니 여기에는 요점만 기술하겠다. 변두리 활동사진관에서 본 괴상한 장면, 신문 사진에 나란히 찍힌 두 명의 시나가와, 붉은 방에서 마주한 놀랄 만한 광경, 또 다른 시나가와가 아오키의 아내와 부정한 관계를 맺었다는 추정, 아오키가 그 때문에 몹시 고민했다는 것, 한 주 전쯤(아오키의 얼굴을 본 것이 그때가 마지막이었다) 그가 밤늦게 찾아 와서 "자네, 시나가와 군이지? 살아 있는 거지?"라고 이상한 말을 하고는 어디론가 홀연히 사라진 것, 그리고 그 직후 아내인 요시에가 행방불명이 되었다는 것, 그때 아오키의 집 근처에서 시나가와와 요시에가 나란히 걷고 있는 것을 본 사람이 있다는 것 등등을 상세히 이야기했다. 상황이 그러하니 두 사람의 행방불명 사건 이면에 그 괴물이 있는 것이 틀림없었다. 게다가 진짜 시나가와 시로에게 무시무시한 죄를 전가하려고 음모를 꾸민 것이 틀림없다는 결론을 내렸다.

이 기괴하기 짝이 없는 이야기는 나미코시 경부를, 그리고 아케치 고고로를 자극한 것이 분명했다. 나미코시 경부는 붉은 얼굴이 한층 더 상기되어 열심히 귀를 기울였다.

이야기를 끝낸 시나가와는 상대가 사정을 이해한 것처럼 보이자 안심이 된다는 듯이 언제라도 필요한 일이 있으면 부르라는 말을 남기고 돌아갔다.

"소설 같은 이야기군. 쌍둥이가 아닌데 그렇게 닮은 사람이 있다니 믿기 힘든데."

나미코시 경부는 시나가와의 말을 믿고 수배를 내려야 할지 말지 망설이고 있는 모양이었다.

"아주 재미있군. 믿을지 말지와는 별개로 엄청나게 재미있는 사건 같네."

아케치는 장난기 어린 표정을 지으며 말했다.

"재미있긴 하지만."

"아니 내가 말한 것은 자네와는 다른 의미네. 방금 그 남자는 적어도 속임수에 관해서라면 웬만한 고수 뺨치는 수완을 가지고 있다는 말이지."

"그게 무슨 말이야?"

아케치가 엉뚱한 말을 하자 나미코시 경부는 다소 당황한 기색이었다.

"그 팔이 담긴 병을 조사해봐야 할 것 같다고 자네는 이야기에 정신이 팔려 그 남자의 행동거지를 주의 깊게 보지 않은 것 같지만 좀 이상한 사람이던걸."

놀란 나미코시 경부가 벌떡 일어나 창가로 갔다. 그리고 병에 덮인 흰 천을 걷었다. 동시에 "으악" 하고 비명을 질렀다. 병 아래쪽에 손가락 하나가 떨어져 가볍게 떠다니고 있었던 것이다.

"반지가, 반지가."

경부는 기가 막혀 입을 다물지 못했다.

"정말 솜씨 좋은 마술사 아니야? 반지 조각을 조사하는 척하더니 재빨리 손가락을 자르고 반지만 빼갔잖아. 중요한 정보를 빼간 거네. 손가락을 옥죄고 있어 자르지 않으면 뺄 수 없었던 거야."

"그걸 자네는."

경부는 얼굴이 시뻘게져 노발대발했다.

"알면서도 말을 하지 않은 건가?"

"응, 실력이 너무 뛰어나 넋을 놓고 보느라고. 하지만 안심하게. 반지는 여기 있어."

아케치는 그렇게 말하고 조끼 주머니에서 가는 백금 반지를 꺼냈다.

"언제 가져간 거야?"

"문 앞에서 그 남자를 배웅할 때. 여기에도 마술사가 있을 줄은 몰랐을걸."

"그렇군, 또 자네의 기행奇行인가. 그건 그렇고 중요한 사람을 놓친 것 아닌가. 반지보다도 그자가 중요한데. 증거를 인멸하러 온 걸 보니 그자가 범인일지도 모르잖아."

"그건 아닌 것 같아. 반지가 없어지면 금방 알 수 있잖아. 얼굴을 다 노출하고 도둑질하러 온 사람이 과연 진범일까? 그런 무모한 짓은 하지 않겠지. 아마 부하일 거야. 지금 소동이 났으니 거물은 도망쳤겠지. 뭐 당황할 필요 없어. 매우 흥미로우니 나도 돕겠네. 아니, 그자를 뒤쫓는 것을 멈추게. 이 정도

범인쯤 되면 가만히 있어도 스스로 접근해오는 법이거든. 실제로 지금 하는 짓은 어떤 관점에 보면 우리에 대한 도전인 듯한데."

어쨌든 범인이 경찰에 싸움을 건 것은 사실이었다. 하지만 나머지는 제아무리 아케치라도 단단히 잘못 생각한 것이었다. 그 정도로 범인의 수법이 뛰어났다. 머지않아 아케치의 오해가 밝혀질 때가 올 것이다. 하지만 위와 같은 말을 하는 사이 30분이라는 시간이 헛되게 흘렀다. 그때 아까 명함을 전했던 경관이 심상치 않은 얼굴로 또 명함을 가지고 왔다.

"시나가와 시로."

이번에는 과학잡지사 사장이라고 쓰여 있지 않았다.

"아까 왔던 사람 아닌가?"

"그런 듯합니다."

"그런 것 같다니 얼굴을 보면 알잖아."

"그렇긴 하지만……."

경관은 왠지 미묘한 표정을 지으며 대답을 쉽게 하지 못했다.

"어쨌든, 여기로 끌고 와. 도망치면 안 되니까."

기다릴 새도 없이 시나가와 시로가 문 쪽에 모습을 보였다. 경관은 그 뒤에서 도망치지 못하게 막아섰다.

"잊어버리신 거라도 있으십니까?"

경부는 애써 웃는 얼굴로 말했다.

"네?"

시나가와는 깜짝 놀란 표정이었다.

"30분 전에 여기서 빠져나갔잖습니까. 도중에 반지라도 떨어뜨리신 겁니까?"

"네? 제가 30분 전에 여기 왔었다고요? 제가요?"

시나가와는 무슨 소리인지 모르는 모양이었다. 하지만 방
안 분위기와 경부의 표정을 보면서 엄청난 사실을 깨달은 듯
얼굴에 핏기를 잃더니 그 자리에 우두커니 서 있었다.

"그놈이다. 그놈이 선수를 쳤구나."

시나가와는 허망한 눈으로 계속 한곳만 바라본 채 중얼거렸
다. 그리고 잠시 후 정신을 차리고 말했다.

"잘 보세요. 여기 있는 저였습니까? 이런 옷을 입고 있었습니
까?"

듣고 보니 비슷한 검의 상의에 줄무늬 바지지만 소재와 무늬가
달랐다. 실로 꿈같은 이야기였다. 너무 기가 차서 모두들 쥐
죽은 듯이 조용해졌다.

"그러면 그자의 말은 어디부터 어디까지가 진짜인 거야. 우리
를 속여 넘기려는 꿈같은 이야기는 아니었나 보네."

제아무리 아케치라지만 상상치 못한 기괴한 일이었다. 그는
무심결에 자리를 박차고 일어나 창백한 얼굴로 소리쳤다. 일찍
이 이렇게 통렬한 모욕을 받은 경험이 없었다.

마그네슘

우스꽝스러운 연극이었다. 하지만 생각해보면 세상에 이토록

무서운 연극도 없었다. 결국 먼저 온 시나가와는 대담무쌍한 가짜였다. 그야말로 살인자가 틀림없었다.

진짜 시나가와가 상세한 진술과 증거 자료를 제시하는 바람에 (증거 자료란 유령남이 찍힌 석간신문 스크랩, 아오키가 시나가와 앞으로 보낸 사건 관련 편지, 아이노스케의 서재에서 발견된 일기장 등이 있다) 경찰 당국에서도 이 괴이한 일을 믿지 않을 수 없었다.

아오키의 일기장을 통해 알게 된 이케부쿠로의 수상한 집을 조사하고, 고지마치의 성매매업소 여주인을 털어보는 등 가능한 수사는 다 해보았다. 하지만 그런 것쯤은 이미 예상했다는 듯이 유령남에 대한 단서는 어디에서도 나오지 않았다.

불안하게도 유령남은 약 한 달간 침묵을 지켰다. 외팔 미인 사건으로 세상이 잠깐 시끄러워졌지만 그냥 흐지부지되었다.

겁도 없이 나미코시 경부와 아케치 고고로의 면전에 나타나 도전을 할 정도였으니 경찰 수사가 두려워 숨죽이고 있는 것은 아니었다. 대대적인 음모를 꾸미기 위한 준비 기간인 듯했다. 적어도 과학잡지사 사장 시나가와 시로는 그렇게 확신했다. 그는 누가 말을 걸기만 해도 소스라치게 놀라서 펄쩍 뛸 정도로 신경과민이었다.

시나가와의 예상이 적중했다. 한 달 뒤인 7월 중순 어느 밤, 실로 기묘한 장소에서 기묘한 행동을 하는 유령남의 모습이 발견되었다. 게다가 그런 기묘한 행동을 했는데도 그가 대체 무엇을 하고 있었는지, 어떤 범죄가 벌어진 건지 전혀 알 수 없는 기묘한 사건이었다.

그날 밤늦게 A신문사 사회부 기자와 사진기자가 나란히 고지마치구의 괴괴한 주택가를 걷고 있었다. A신문에서는 당시 '도쿄의 심야'라는 흥미 본위의 기사를 연재했는데, 그날 밤 두 기자는 방향을 약간 바꾸어 호화주택가 탐방을 시도했다.

그날 방문한 동네는 부촌 중에서도 부촌이었다. 한쪽에는 숲속의 집 같은 모 후작의 대저택이 있었고, 다른 한쪽은 올려다봐야 할 만큼 높은 축대 위에 한 정이나 되는 콘크리트 담이 끝없이 이어져 있는 천만장자 미야자키 쓰네에몬宮崎常右衛門의 호화로운 저택이 있었다.

"이 어마어마한 축대 밑 도랑 안에서 거적을 덮고 잔다, 이런 그림은 어떨까?"

"흠, 이런 곳에 거지라니 말도 안 되지. 차라리 높은 담을 넘는 도둑을 상상하는 게 훨씬 어울리는 풍경 같은데."

그런 농담을 하며 언덕을 내려오는데 가로등 빛이 미치지 않는 어둠 속에서 뭔가 꿈틀거리는 것이 보였다. 신경이 예민한 신문기자는 문득 어떤 예감 같은 걸 느꼈다.

"쉿, 뭔가 있다. 숨는다."

두 사람은 축대를 기다시피 앞을 살피며 살금살금 걸었다.

도둑인 듯했다. 지금 막 그 이야기를 하고 있었는데 이게 어찌 된 일인가.

언덕 바로 아래니까 축대가 가장 높은 곳이다. 축대 위에는 견고한 콘크리트 담이 있어 전체 높이는 두 장이나 되었다.

하지만 대신 가로등 빛에서 멀리 떨어져 있어 도둑들이 작업하기에는 최적의 장소였다. 담 꼭대기에 밧줄이 늘어져 있었는데 그걸 타고 복면 쓴 남자가 내려오고 있었다. 아래에는 망을 보는 양복 차림의 동료가 두 명 더 대기하고 있었다.

담을 내려오는 남자는 엄청나게 큰 짐을 지고 있었다.

"상대는 세 명이다. 소동이 생기면 위험해."

"안타깝군. 이 집에 알려줄 겨를도 없겠는데."

"안 돼. 한 정은 가야 문이 나와."

두 기자는 모기 같은 소리로 속삭였다. 하지만 그들은 직업이 직업인만큼 머리 회전이 매우 빨랐다.

"좋은 생각이 있다."

사진기자가 상대의 어깨를 톡톡 쳤다.

그리고 2~3초 동안 속닥거리더니 무슨 생각인지 도둑들 쪽으로 조금씩 다가갔다. 열 간, 다섯 간, 세 간, 더 가면 상대가 눈치챌지 모르는 아슬아슬한 거리까지 다가갔다.

복면을 쓴 남자는 어느새 땅으로 내려와 아래 있던 남자의 등에 커다란 짐을 지워주었다.

"잘 해치웠네."

"응, 하지만 엄청 무거운데."

"무겁긴 하지. 욕심과 영양과다로 부피가 늘었으니까."

복면을 쓴 남자가 솜씨 좋게 밧줄을 거둬들여 손잡이에 감았다.

그때였다. 펑 하는 소리가 나더니 순식간에 컴컴한 주택가가 대낮처럼 밝아졌다.

보나마나 사진기자가 마그네슘 발광제를 연소시킨 것이었다. 왜 그런 일을 한 걸까. 도둑을 놀라게 하기 위해? 그런 목적도 있었다. 하지만 바로 그때 사진기 셔터도 눌렀다. 즉 범인의 사진을 찍은 것이다.

계획은 적중했다. 설마 한밤중 길가에 사진사가 나타나리라고는 생각지 못했을 것이다. 도둑들은 정체 모를 폭발음과 눈부신 불빛 때문에 소스라치게 놀랐다.

그중 한 명이 준비한 권총을 꺼내들고 어둠을 향해 발포하려는 것을 다른 두 명이 말렸다. 맞대응하면 소동이 훨씬 커지기 때문이다. 그사이에 지원 인력도 늘어날 테고, 그럴 때 도둑이 취할 수 있는 유일한 수단은 도망가는 것뿐이다. 자동차가 대기하는 곳으로 힘껏 뛰어야 한다. 그들은 짐을 진 남자를 양옆에서 도우며 쏜살같이 뛰어갔다.

도둑들이 도망치는 모습을 보자 사진기자는 즐거워하며 등 뒤에서 또 한 발 마그네슘 발광제를 연소시켰다.

"쫓아갈까?"

"관둬, 확실히 현장사진을 찍었으니. 허둥거릴 것 없어. 그보다도 이 집에 알려야 하지 않을까?"

그래서 다시 대문 쪽으로 왔는데 언뜻 기자의 눈에 띈 것이 있었다.

"저 녀석들 뭔가 떨어뜨리고 갔는데."

"그렇군, 뛰어가다 몸에서 뭔가 떨어뜨린 것 같군. 손수건인가."

기자는 열 간쯤 뛰어가서 도둑이 떨어뜨린 종이쪽지를 주웠다.

"뭔가 적혀 있어. 증거품이 될지도 모르겠군."

두 기자는 가장 가까운 가로등 아래로 가서 종이쪽지의 내용을 읽어보았다.

수상	오카와라 고레유키	⋯⋯⋯⋯⋯⋯4
내상	미즈노 히로타다	⋯⋯⋯⋯⋯5
경시총감	아카마쓰 몬타로	⋯⋯⋯⋯⋯3
경보국장	이토자키 야스노스케	⋯⋯⋯⋯⋯6
이와부치 방적 사장	미야자키 쓰네에몬	⋯⋯⋯⋯⋯1
아마추어 탐정	아케치 고고로	⋯⋯⋯⋯⋯2

(위의 이름 외에도 십여 명의 고관, 부호, 최고작위의 귀족, 원로 등의 이름이 나열되어 있었지만──예외적으로 아케치만 빈털터리였다──너무 장황해지므로 모두 생략하고 이름 옆에 번호가 적힌 여섯 명만 기술하였으니 독자들은 감안하시길)

"이게 뭐야. 어이가 없군. 고위인사 명단이잖아. 별거 아닌 장난질 아냐. 원로나 내각을 비롯해 유명한 사람들이 빠짐없이 다 있네. 작성을 잘했군."

"그러네, 정말 잘 만들었어. 내가 생각해도 이 이상으로 잘 뽑을 수 없겠는걸. 딱 맞아떨어져. 하지만 아무래도 아케치 고고로는 이상하잖아. 그 양반 도둑맞을 물건이나 있을까?"

"하하하하, 웃자고 썼나 보지. 그럼 얼른 이 집에 알려주자."

사진기자가 종이쪽지를 버리려 하자 다른 기자가 황급히 말렸다.

"기다려봐, 그 속에 미야자키 쓰네에몬의 이름도 있잖아. 게다가 옆에 1이라는 번호가 적혀 있고. 여기가 미야자키의 저택이야."

"그렇다면, 이 인명은 도둑의 일정표인가? 그러고 보니 내일 밤은 2라고 적힌 아케치 고고로 차례고, 모레가 3이라 적힌 경시총감 차례인가? 이봐, 농담하지 마."

그 종이쪽지는 두 신문기자의 상상력을 뛰어넘는 것이기에 그들 눈에는 그저 우스꽝스러워 보일 뿐이었다. 하지만 왠지 버리기 아깝다는 생각에 한 기자가 쪽지를 주머니에 넣었다. 그리고 미야자키 저택의 위압적인 대문 앞으로 가서 초인종을 눌렀다.

아카마쓰 경시총감

다음 날 오전, 아카마쓰赤松 경시총감은 출근하자마자 형사부장의 보고를 들었다. 사건이 중대하다고 판단한 그는 즉시 담당자인 나미코시 경부를 자기 방으로 호출했다. 번쩍번쩍 빛나는 커다란 데스크 위에는 어젯밤 A신문 사진기자가 임기응변을 발휘하여 찍은 미야자키 저택의 괴도 사진과 고위인사 명단이 놓여 있었다.

"이 사진의 중앙에 있는 남자 말이야, 외팔 사건 관계자인 시나가와 시로라는 자가 틀림없나?"

총감은 재차 확인하듯 물었다. 사진을 보니 세 명 중 양복 차림을 한 사람은 시나가와 시로가 틀림없었다.

"시나가와 시로가 아니면 그와 닮은 다른 사람입니다. 물론 이런 악행을 저지르는 자는 그자인 듯합니다."

나미코시 경부는 정중하게 대답했다. 상대는 고관이었다. 직접 대화할 기회가 한 달에 몇 번 안 되는 높은 사람이다.

"그 유명한 유령남이라는 자군."

"그렇습니다. 그 후 완전히 사라져버린 괴물입니다."

"그러면 자네는 그자도 본 적이 있는가 보군."

"저뿐 아닙니다. 고등계 형사들은 다 알고 있습니다. 위험인물로 유명합니다."

"공산당원인가?"[51]

"당원인지 확실하지 않기에 더 상황이 안 좋습니다. 아주 집요한 자여서 꼬리를 보이지 않습니다. 표면적으로는 K무산당[52]에 적을 두고 있습니다."

"하하하하, 유령남과 공산당의 악수인가. 거참, 놈들도 대단한 무기를 손에 넣었나 보군. 하하하하."

총감의 호걸 같은 웃음을 일소하듯 경부는 전혀 웃음기 없이

51_ 당시 일본에서 공산당은 합법적인 정당이 아니었다.
52_ 무산계급의 이익을 대표하는 정당. 사회민주주의를 표방하는 정당이다.

대답했다.

"아뇨, 실제로 무시무시한 무기입니다. 저는 오랫동안 이 일을 했는데 이런 엄청난 사건은 상상도 못했습니다. 생각하면 생각할수록 머리가 혼란해질 뿐입니다."

"그럼 이놈들은 체포했나?"

"아직입니다. 물론 수배는 했지만 놈들의 소굴은 벌써 텅텅 비었습니다. 체포는커녕 아무 방법이 없습니다. 가택침입죄 외에는 적용할 수 있는 죄가 없기 때문입니다."

"흠, 그럼 역시 아무것도 도둑맞은 것이 없었다는 말이네."

총감은 그렇게 말하며 데스크 위의 사진을 힐끗 쳐다보았다. 도둑이 자기 몸만큼 커다란 짐을 등에 진 모습이 똑똑히 보였다.

"그렇습니다. 오늘 아침 미야자키 씨를 만나 충분히 듣고 왔는데 미야자키가에서는 잃어버린 물건이 하나도 없답니다."

"하지만 짐의 형태를 보면 아무래도 물건처럼 보이지는 않는데."

"그렇습니다. 물론 저도 그런 생각을 했습니다. 이 사진만이 아닙니다. A신문 기자가 '무겁긴 하지. 욕심과 영양과다로 부피가 늘었으니까'라고 도둑들이 말하는 걸 들었답니다. 그런 걸 보면 아무래도 사람 같긴 합니다. 그것도 감안해서 조사했는데, 미야자키가의 가족이나 하인들 중에 사라진 사람은 없었습니다."

"게다가 이 인명부 말이야. 우하하하, 심지어 나도 명단에 올랐던걸."

나미코시 경부는 총감의 커다란 웃음소리를 듣고 의아한 얼굴을 했다. 총감은 대체 무슨 생각으로 이 괴이한 사건을 웃어넘기는 걸까.

"나미코시 군, 나는 경찰 일이라면 아마추어네. 하지만 때로는 아마추어의 생각이 자네들보다 오히려 사물을 정확히 보는 경우도 있네."

"그 말씀은."

경부는 다소 모욕을 느끼며 반문했다.

"이 사건에 관해서 말일세. 전혀 다른 관점으로 볼 수는 없겠냐는 말이지. ……모르지 않는가. 이를테면 말이지, 시나가와라는 사람과 유령남을 동일인이라고 보면 어떨까?"

"네? 그러면 처음부터 모두 다 꾸며낸 이야기라는 말씀……."

"그렇지, 내 생각은 그저 상식에 불과한지 모르지만 세상에 이렇게 똑같은 사람이 두 명 있을 수가 없잖은가. 내 오십여 년의 인생 경험상 그런 어처구니없는 이야기는 도저히 받아들일 수 없거든."

"하지만 그래도……."

"자네는 통속과학잡지사 편집자라는 자가 어떤 심리 상태라고 생각하는가? 그들은 진정한 학자는 아니야. 말하자면 소설가 아니겠나. 진기하고 호기심을 자극하는 것을 수집해서 독자들에게 과시하며 기뻐하는 사람이지. 세상 사람들을 깜짝 놀라게 하려는 심리, 그게 심해지면 광적인 음모도 시도할 수 있지 않겠나. 잘은 모르지만 외국의 유명한 범죄자 중에 이따금 모

박사 같은 학자도 있지……. 그들도 결국 사람들을 깜짝 놀라게 하는 방면에서는 학자인 셈이지. 그렇게 생각하지 않나?"

"하지만 확실한 증거가 있습니다. 실제로 시나가와 유령남이 불과 두세 자 거리에서 대면한 적도 있습니다. 시나가와가 신고했을 뿐 아니라 아오키 아이노스케의 일기장에도 적혀 있습니다."

"그 일기장은 나도 봤네. 보고 나니 오히려 유령남의 존재를 믿을 수 없더군. 그 대면 방식이 너무 부자연스러워. 시나가와가 옹이구멍으로 들여다보았다지? 그때 같이 있던 또 한 명이 아오키라고 했나? 하지만 두 명이 동시에 옹이구멍을 들여다볼 수는 없잖아."

"하지만……."

"들어보게. 아오키는 전에 한 번 옹이구멍으로 시나가와의 모습을 봤어. 따라서 그날 밤 그는 그곳에 온 남자의 신체 일부만 보고 양복이 같아서 또 다른 시나가와라고 믿은 건지도 몰라. 당시 일기를 읽으니 바로 그런 생각이 들더군. 아직 확신할 수는 없지만 말이야. 그리고 이번 사건도 그래. 인명부 순위표 같은 인명부나 도난품 없는 도둑이란 말이야. 다시 말해 과학잡지사 사장이 꾸며낸 기발한 탐정소설이라는 생각이 들지 않나? 공산당원이라는 것도 말이야, 시나가와가 자네들의 신경과민을 이용하는 건지도 모르지. 놈이 위험인물이라고 세상에 이름이 나면 연극이 한층 더 진짜 같아지니까."

실로 경탄할 만한 추리였다. 나미코시 경부는 나이 든 경시총감의 대머리에서 그런 무시무시한 추리가 튀어나올 줄은 꿈에도 생각지 못했다. 역시 그렇게 생각할 수도 있었다. 총감의 추리가 얼마나 정확하고 치밀한지는 독자 여러분이 이 이야기 전반부에 나온 '둘이 함께 기묘한 곡마를 엿보다' 장을 다시 한 번 읽어보면 금세 수긍이 갈 것이다.

하지만 나미코시 경부의 머릿속에는 유령남에 대한 믿음이 강하게 뿌리내리고 있었다.

"그러면 미우라의 천장 위 방에서 대면한 것은 시나가와가 가짜를 쓴 거라고요? 그래서 아오키에게 유령남을 믿게 만든 연극이라는 말씀이십니까? 또한 어젯밤 사건도 A신문 사진기자가 오는 것을 미리 알고 시나가와가 그런 짓을 했다는 것입니까?"

"물론 나도 그렇게 이리저리 꾼 연극을 하며 즐거워하는 사람의 심리는 잘 모르지. 하지만 전혀 분간이 되지 않을 정도로 닮은 두 사람을 상상하는 것보다는 어느 정도 가능성 있는 일이라고 생각하네."

"하지만 활동사진에 찍힌 얼굴은요? 석간신문에 난 사진은요?"

"그렇지, 그런 것도 있군. 하지만 자네, 신문사 사진부에 친한 사람이 있다면 사진 속 인파에 남자 얼굴 하나 감쪽같이 집어넣는 건 일도 아닐 걸. 사람들 사이에 누가 있든 신문의 가치에는 영향이 없으니까. 활동사진도 감독과 미리 짜고 거짓으로 날짜를 조작한 수첩을 보낸 거라면 금방 수수께끼가 풀리지."

나미코시 경부는 총감의 그럴싸한 해석을 듣고 어안이 벙벙했다. 나이 지긋한 정치가는 대단한 상상력의 소유자인 듯했다. 호걸 정치가니까 사고가 엉성하리라고 얕보았던 것은 어불성설이었다.

"그러면 이케부쿠로의 빈집에서 여자를 참살한 사건은요? 아오키의 행방불명은요? 오다키에서 발견된 한쪽 팔은요?"

경부는 마지막으로 반대 주장을 해보았다.

"여자의 잘린 목은 인형이었을지도 모르지. 한쪽 팔은 병원 해부실 시체에서 자른 팔일 수도 있고, 그렇지 않다면 경찰력을 총동원하여 한 달 동안 수색했는데 아무 실마리도 얻지 못할 리가 없잖아. 그렇지 않나? 적어도 경시청 입장에서는 그렇게 믿는 것이 유리할 테지. 아오키 부부도 그래. 아직 어디엔가 살아 있을 거라 생각하네. 하하하하하."

총감은 또 웃었다. 나미코시 경부는 총감의 이상한 웃음소리가 아무래도 거슬렸다. 그 웃음소리에는 뭔가 아직 풀리지 않은 것이 숨어 있는 듯했다.

하지만 논리적으로 한마디도 할 수 없었다. 가장 유력한 증거를 쥘 때까지는 항변할 방법이 없었다. 그는 마침내 항복했다.

"놀랍습니다. 총감님이 일개 범죄사건에 관해 이토록 면밀하게 생각하시다니요. 오랫동안 이런 일을 담당해온 사람으로서 실로 부끄러울 따름입니다."

정직한 나미코시 경부는 완전히 두 손을 든 모양이었다.

"하하하하, 이제 항복했는가."

총감은 천생 호걸처럼 웃으며 배포 크게 말했다.

"하지만 말일세. 나미코시 군, 나를 과대평가해서는 안 되네. 실은 벼락치기한 거라서. 지혜를 나눠준 사람이 있었거든."

"네? 무슨 말씀이십니까?"

"아케치 고고로. 하하하하. 그 사람이 며칠 전 이런 논리를 펼쳤거든. 그걸 좀 수정해서 써먹은 거야."

"그러면."

경부는 새삼 놀라며 말했다.

"아케치 군도 그렇게 믿고 있습니까?"

"아니, 믿지는 않아. 믿을 만한 확증은 아무것도 없거든. 하지만 그런 식으로 뒤집어보는 것도 가능하다고 보고했을 뿐이지."

"그래서요?"

"그래서 아케치 군이 직접 시나가와 시로의 주위를 따라다니며 감시하고 있어. 다음에 유령남이 모습을 드러냈을 때 진짜 시나가와에게 수상한 점이 없다면 슬슬 이 현대식 괴담을 믿어야겠지. 나는 그의 논리가 마음에 들었어. 그리고 미궁에 빠진 이런 사건은 베테랑이 안간힘을 쓰는 것보다는 우선 신뢰할 수 있는 외부자에게 맡겨두는 편이 사정이 나을 거라고 생각했거든. 그래서 그의 제안도 승낙한 거야."

"아케치 군은 왜 제게 이야기하지 않은 거죠?"

나미코시 경부는 다소 분노한 기색을 보이며 혼잣말하듯 중얼거렸다.

"화내지 말게. 자네까지 아케치식 논리에 물들어서 방심을 하면 오히려 위험하기 때문이지. 그 점을 염려해서 일부러 자네를 제외하고 내게만 보고한 거네. 다시 말해 양수겸장兩手兼將으로 적을 공격하는 전법이야. 그런데 어젯밤 사건으로 슬슬 이 두 가지 중 어느 논리가 맞는지 확인할 때가 온 거지. 그 사건은 오늘 아침 신문에 아주 작게 났기 때문에 아케치 군은 아직 모를 수도 있을 거야. 자네가 직접 시나가와에게 가서 상황을 살폈으면 좋겠네."

총감이 나미코시 경부를 부른 용건은 바로 이 때문이었다.

알리바이

오후 1시, 나미코시 경부는 간다구 도아빌딩 3층 과학잡지사 편집부 문을 노크했다.

급사의 안내로 응접실을 지나는데, 한 직원이 나타나 용건을 물었다. 깔끔하게 빗어 넘긴 장발에 안경을 낀 장년壯年의 직원이었다.

그는 용건을 물은 후 자리를 비우더니 직접 차를 가지고 와서 경부 앞에 공손히 놓았다. 그리고 방을 나가면서 콧수염을 손으로 가리더니 수상쩍은 헛기침을 했다. 아무래도 자연스럽게 나온 기침이 아닌 듯했다.

이윽고 사장인 시나가와가 나타났다. 경부는 그의 표정에서 무언가를 읽어보려 유심히 보았는데 시나가와는 그저 서글서글한 미소를 짓고 있을 뿐이다. 결코 마음속에 비밀을 지닌 사람의 얼굴이 아니었다.

경부가 어젯밤에 들었던 이야기의 전말을 들려주자 시나가와
는 별안간 웃음을 거두고 떨리는 목소리로 말했다.

"드디어 나타났습니까? 배후에 그런 위험분자들이 있다면
이제 뭔가 대대적으로 나쁜 음모를 시행하는 것 아닙니까?"

하지만 그는 그저 놀라고 두려워할 뿐, 어젯밤 자신의 알리바
이를 입증하려 하지 않았다. 노련한 나미코시 경부는 속으로
생각했다.

'거참 이상한 일이군. 혹시 이자가 일인이역을 하는 악당이라
면 가장 먼저 알리바이를 댈 텐데 그런 기색이 전혀 없잖아.
그렇다면 아케치의 생각이 너무 과했나?'

그래서 할 수 없이 나미코시 경부가 먼저 물어보았다.

"어젯밤은 댁에서 주무셨습니까?"

"네, 물론 집에서 잤죠……. 아, 혹시 그 말씀입니까. 역시
그런가 보군요. 제가 깜빡 잊고 있었는데요."

시나가와는 불쾌한 표정을 짓더니 문 쪽으로 갔다. 그리고
문을 열고 편집부를 향해 말했다.

"야마다 군, 야마다 군. 잠시 와보게."

호출을 받은 야마다는 좀 전에 경부 앞에 차를 가져다주고
나갈 때 수상쩍은 기침을 한 직원이었다.

"야마다 군, 이분 앞에서 정직하게 말씀드리게. 자네 어젯밤에
몇 시에 잠들었는지."

"브리지 게임을 하느라 늦게까지 자지 않았죠. 이미 동녘이

밝아왔을 때니까 4시 가까이였던 것 같은데요."

"브리지는 누구랑 했는데?"

"왜 그러시는지요."

야마다는 묘한 표정을 지었다.

"빤하잖아요. 사장님, 무라이 군, 가네코 군이죠. 둘 다 집에 가지 않고 사장님 댁에서 잔 걸 잊으셨습니까?

"브리지를 몇 시에 시작했지?"

"아마 9시쯤이죠?"

"그때부터 새벽까지 나는 자리를 뜬 적이 없었지?"

"네, 화장실에 간 것 외에는요."

시나가와는 경부를 똑바로 보고 득의양양하게 말했다.

"들으신 대로입니다. 원하신다면 무라이 군과 가네코 군의 증언도 들려드릴 수도 있습니다. 게다가 야마다 군은 저와 마찬가지로 독신이라 우리 집에 함께 살고 있습니다. 그래서 이 사람 모르게 집을 빠져나간다는 건 있을 수 없죠."

"그렇군요. 당신을 의심한 것은 결코 아닙니다."

나미코시 경부는 적잖이 쑥스러운 모양이었다.

"혹시 몰라서 여쭤봤을 뿐입니다."

힘들게 변명을 하였지만 속으로는 '집에 같이 사는 직원의 증언은 좀 그렇지'라며 반신반의했다.

잠시 잡담을 나눈 후 경부는 출판사에서 나가 도아빌딩 현관을 나서며 생각했다.

'이 길로 시나가와가 사는 집에 들러 고용인들을 조사해볼까?'

그가 반 정쯤 걸었을 때 뒤에서 누가 난데없이 그를 불렀다.
돌아보니 아까 만난 야마다라는 직원이 쫓아오고 있었다.

"함께 경시청으로 가시죠."

야마다가 말했다. 별일이었다.

"네? 경시청에 무슨 용무가 있으십니까?"

"그 고위인사 명단을 한번 보고 싶어서요."

나미코시 경부는 깜짝 놀라 상대의 옆모습을 자세히 보았다.

"당신은 누구십니까?"

"모르시겠습니까?"

인적이 드문 뒷골목으로 들어가자 야마다는 안경을 벗고
입안에 든 솜을 뺐다. 그리고 콧수염을 떼더니 머리를 흩뜨려
다시 곱슬머리로 만들었다.

"아, 아케치 군."

나미코시 경부는 깜짝 놀라 소리쳤다.

분장은 그대로 남아 있었지만 얼굴 생김새는 아케치 고고로가
틀림없었다. 그는 경부의 놀란 표정은 무시하고 이야기를 시작
했다.

"아까 내 증언은 거짓말이 아니야. 어젯밤 그자는 확실히
어디에도 나가지 않았어. 나는 자네들의 대화를 엿들었는데
A신문 기자가 가짜 사진을 만든 것이 아니라면 유령남의 존재는
확실해졌어."

"가짜 사진이 아니야. 딱 봐도 알 수 있어."

경부는 당황하며 대답했다.

"게다가 어젯밤 2시쯤 마그네슘 연소 건을 미야자키가의 하인도 알아차렸다고 하니까. 틀림없어. ……하지만 놀랐네, 자네 거기 직원이었어?"

"응, 아직 입사한 지 보름도 안 되긴 하지만. 믿을 만한 사람이 소개해주어서 사장도 완전히 신용하지. 내가 머물 곳이 없어 고생한다는 말을 하니 당분간 집에 와서 머물라고 하더군."

"그럼 이제 자네도 의혹이 풀린 모양이네?"

"응, 이 눈으로 똑똑히 봤으니까. 하지만 정말 희한한 일이야. 어째서 그렇게 얼굴이 똑같은 사람이 있을 수 있지? 동서고금에 그런 예가 없잖아. 자네가 생각해도 내가 시나가와의 일인이역을 의심한 것도 무리는 아니지?"

"그렇다마다. 실은 아까 그 이야기를 총감에게 듣고 자네의 혜안에 감탄했을 정도야."

"무시무시한 일이야."

아케치는 정말로 두렵다는 듯이 말했다. 그가 그렇게 말하다니 드문 일이었다.

"나미코시 군, 이건 결코 보통 일이 아니야. 인간의 상식은 수백 년 수십 년 전승되며 만들어졌지. 그 상식을 넘어서 갑자기 전혀 새로운 일은 생길 수 없어. 이 사건의 내막에는 뭔가 소름끼치게 무서운 비밀이 도사리고 있을 거야. 나는 요즘 모골이 송연한 환상 때문에 고민하고 있어. 과학을 초월한 악몽이야. 인류의 파멸을 예고하는 전조인 건가."

하지만 아케치 고고로의 이런 명시적인 화법도 나미코시

경부에게는 통하지 않았다. 그는 전혀 다른 말을 했다.

"유령남과 공산당의 악수인가. 총감이 웃으면서 그런 말을 했는데 자네는 이 점에 대해서는 어떻게 생각하나?"

"나도 진지하게 생각해봤어. 그들의 거대한 음모 중 하나가 드러난 것 아닌가 해서. 미야자키 쓰네에몬 씨의 방적회사는 지금 노동쟁의 중이거든."

"아, 자네도 그런 생각을 했나. 쟁의 중이지. 남녀 직공들이 힘을 합쳐 비상식적인 요구를 내걸고 있어. 하지만 그런 의미로 미야자키를 습격했다면 집안사람들에게 아무런 위해도 가하지 않고 물건 하나 가지고 가지 않았다는 건 아무래도 이상하지."

"그게 중요한 점이야. 그들은 뭔가 운반했거든. 하지만 저택 내에는 분실한 물건이 없어. 뭔가 불길한 모순 같아. ……무시무시한 일이야."

"그런데 자네는 그 순위표 같은 인명부를 믿는가? 다음 습격은 자네던데."

그 말을 듣자 아케치의 얼굴에는 핏기가 가셨다.

"무슨 말이야. 인명부에 내 이름이 있었어? 그것도 두 번째에?"

"그래. 자네 다음이 아카마쓰 경시총감이고."

나미코시 경부는 그렇게 말하고 호탕하게 웃으려 했다. 하지만 뜻밖에 아케치가 공포스런 표정을 짓는 걸 보니 웃음이 거둬졌다.

흰박쥐

　우연의 일치였을까. 아니면 그 안에 깊은 인과관계가 숨어 있었을까. 불온을 전파해온 이와부치 방적의 노동쟁의는 결국 마그네슘 사건 다음 날 오후에 총파업을 맞이하게 되었다.

　미야자키 쓰네에몬의 어마어마한 부富는 거의 이와부치 방적의 사업으로 축적한 것이었다. 물론 그의 뛰어난 경영수완과 각고의 노력 덕분이었지만 계급적 증오로 불타는 노동자들에게 그런 것은 문제가 아니었다. 극단적으로 말하면 그들은 회사의 운명이야 어떻게 되든 궁극적 목적은 착취자인 미야자키 쓰네에몬을 그들과 마찬가지로 빈털터리가 되게 끌어내리는 것이었다.

　총파업은 강한 통제에도 불구하고 벌써 닷새째 계속되었다. 신문들은 날이 갈수록 쟁의 기사를 크게 다루었다.

　미야자키가 기괴했던 마그네슘 사건을 일종의 전조로 보고 극심한 공포를 느낀 것도 무리가 아니었다. 사복형사와 제복경찰뿐 아니라 따로 고용한 무술 유단자들로 하여금 그의 주변을 끊임없이 따라다니게 했다. 만일의 사태에 대비한 것이었다. 저택의 대문과 뒷문에 보초를 세운 것은 말할 필요도 없었다.

　파업 닷새째 저녁이었다.

　중역회의를 마치고 귀가한 미야자키는 걱정 때문에 파리해진 가족들의 영접을 받으며 그의 방으로 들어갔다.

　머리에는 가르마가 깔끔하게 타 있고, 얼굴도 신체에 비해 크고 불그스레했지만 연일 마음고생을 한 탓인지 야윈 데다

이마에 주름이 져서 안쓰러워 보였다.

　그는 옷을 갈아입는 것도 잊은 채 커다란 소파에 몸을 깊이 파묻고 하인들이 가져온 찬 음료를 마셨다.

　"물을 받아놓았는데 목욕은 나중 하실래요?"

　부인도 걱정이 되었는지 따라 들어와 남편의 표정을 살폈다.

　"응."

　미야자키는 건성으로 대답했다. 그는 생각에 잠겨 있었다. 얼빠진 눈은 테이블 위에 놓인 편지만 바라보았다.

　부인도 하녀도 몇 초간 손 놓고 기다리기만 했다.

　이윽고 정신이 들었는지 쓰네에몬의 멍한 눈에 예리한 빛이 돌았다.

　"이 편지는 누가 가져온 거지?"

　특이한 모양의 봉투, 익숙하지 않은 필적, 심지어 한 통만 달랑 테이블 위에 놓여 있었다.

　"아오야마青山인 것 같은데요."

　"아오야마라면 서재로 가져왔겠지. 게다가 한 통밖에 없는 것도 이상해."

　미야자키는 배달 때마다 편지를 십여 통은 받았다. 특히 요즘에는 편지의 분량이 많았다. 그런데 서재도 아닌 이 방에 편지가 달랑 한 통만 있는 것이 이상했다. 게다가 우편으로 온 것도 아니었다. 우표나 소인이 보이지 않는 것이 증거였다.

　편지를 집어 뒷면을 보니 역시 발신인의 이름이 없었다. 미야자키는 몹시 주저하다가 결국 편지를 개봉했다. 그리고 내용을

보는 둥 마는 둥 하더니 이마를 찌푸리며 목이 메는 소리로
말했다.

"아오야마는? 아오야마를 불러와."

서생 아오야마는 그 편지에 관해 아무것도 몰랐다. 아오야마
뿐 아니었다. 오늘 아침 청소를 끝낸 후에는 부인도 딸도 하인들
도 이 방에 들어오지 않았다는 사실이 밝혀졌다. 물론 청소하는
동안에도 편지는 없었다.

미야자키가 꼬치꼬치 묻는 것도 무리는 아니었다. 편지 내용
이 다음과 같이 섬뜩했기 때문이다.

> 우리의 요구를 당신 딸의 목숨과 맞바꾸겠다. 내일 정오까지
> 기다린다. 직공들에게 답신을 줘라. 물론 그 요구를 무조건
> 수용해야 한다. 내일 정오에서 1분이라도 늦으면 당신 딸은
> 목숨을 잃는다고 생각해라. 어떤 방어도 효과가 없을 것이다.
> 흉계는 물리적인 원칙을 무시하고 작동한다.
> 단순한 협박이라고 생각하면 후회할 것이다. 이를테면 이
> 편지가 어떻게 당신 방에 전달되었을까. 그것만으로도 우리가
> 가진 초물리적인 수단을 충분히 짐작할 수 있을 것이다.

글의 말미에 이상한 문장紋章이 그려져 있었다. 직경 한 치쯤
되는 검은 달 안에 날개를 편 흰박쥐가 있었다. 섬뜩한 박쥐였다.
정체 모를 악마 집단의 문장이었다.

미야자키는 이런 종류의 협박장에 익숙했다. 특히 쟁의가

시작된 이후에는 매일 한 통쯤은 이런 협박장이 날아들었다. 그는 이 편지에 대해서도 평소처럼 애써 무관심한 척하려 했다. 허세를 부리며 비웃었지만 이상하게 이번만은 참을 수 없는 공포에 떨었다.

아무리 조사해보아도 그 편지가 방으로 들어온 경로를 알 수 없었다. 그가 집을 비웠을 때 창은 밀폐되어 있었다. 복도를 통해 들어오려면 누군가의 방 앞을 지나야 했다. 우선 대문과 뒷문에는 여러 명의 보초가 있었다. 어떻게 그 사이를 뚫고 잠입할 수 있었을까. 하인들은 모두 오랫동안 함께 지냈기에 품성을 알고 있다. 불가능한 일이 너무 쉽게 일어났다. 편지 발신자가 초물리적이라고 으스대는 것도 괜한 말은 아니었다.

미야자키는 고심 끝에 만일의 위험에 대비하기 위해 결단을 내렸다. 이런 기묘한 범죄에 특별한 능력을 발휘한다는 아마추어 탐정 아케치 고고로에게 조력을 구하기로 한 것이다. 대사업가의 자부심도 사랑하는 딸의 생명에는 견줄 수 없었다.

그날 밤 우리의 아케치 고고로는 부호의 간절한 부름을 받고 미야자키의 저택에 갔다.

그러니까 미야자키는 괴도의 도전에 응한 것이었다.

무시무시한 아버지

편지에서 '내일 정오'라고 했던 그 정오가 지났다. 하지만 미야자키는 아직도 불안해서 견딜 수 없었다. 부인이나 당사자인 딸에게는 확실히 이야기하지 않았어도 그들도 저택의 분위기나 쓰네에몬의 거동을 통해 대충 미루어 짐작할 수 있었다.

한 시간, 두 시간. 계속 시간이 흐르고 미야자키 내외와 하인들의 걱정과 두려움은 점점 커지기만 했다. 언제? 누가? 어디에서? 모든 것이 불확실했다. 파악이 되지 않는 적. 어디에서 어떻게 방어할지 짐작도 할 수 없었다. 그 점이 사람들을 실제보다 더 두렵게 만들었다.

오후 3시, 딸인 유키에雪江의 방에서는 두 명의 성실한 호위병과 미야자키, 탐정 아케치 고고로가 유키에를 둘러싸고 잡담을 나누고 있었다. 병약한 어머니는 지난밤 한숨도 자지 못해 지친 나머지 다른 방에 가 있었다.

열아홉 살인 유키에는 미야자키의 외동딸이었다. 그녀는 평소 아버지만 찾았다. 어머니는 심하다 싶을 정도로 예절을 중시했기에 몹시 어려워했으나 아버지에게는 개의치 않고 응석을 부렸다. 버릇없는 소리도 했다. 미야자키는 다 컸지만 아직도 어린애 같은 딸과 농담할 때가 가장 즐거웠다. 그런 그도 오늘은 창백한 얼굴로 침묵을 지키며 때때로 공포를 못 참겠다는 듯이 주위를 두리번거렸다. 평소 쾌활한 만큼 그 모습이 한층 애처로워 보였다.

미야자키는 이야기를 하다가 갑자기 벌떡 일어섰다. 초조하게 방 안을 서성거리더니 다시 앉아 담배를 마구 피워댔다. 비즈니스계의 거인에게도 눈에 보이지 않는 적은 골치였던 모양이었다.

"하하하하하, 아케치 씨. 아무래도 내가 너무 신경 쓰는 것 같죠?"

아케치가 아까부터 그를 빤히 쳐다보고 있는지라 미야자키는 쑥스러운 듯 말했다.

"아뇨, 그러시는 것도 무리는 아닙니다. 이런 일에 익숙한 저도 이번만큼은 심상치 않다는 느낌이 듭니다. 저는 어느 정도 그놈의 수법을 알거든요. ……하지만 그놈도 사람입니다. 이 방어를 뚫을 능력은 없을 것입니다. 불가능하죠."

"과연 불가능할까요?"

"초자연적 힘을 갖지 않은 이상은요."

"도둑이 그 초자연적인 힘을 가졌다고 큰소리치고 있잖습니까."

"허세죠. 생각할 수 없는 일입니다."

하지만 아케치는 몹시 곤혹스러운 눈치였다. 그는 오히려 미야자키의 안색을 살피려는 듯이 그를 바라보았다.

"허세. 아무래도 허세겠죠. ……하지만 왜 그러는 걸까요."

뒷문 쪽이 떠들썩해지더니 점점 그 소리가 커졌다.

서생 아오야마가 뛰어들어왔다.

"뒷문 쪽에서 수상한 놈을 잡았습니다. 권총을 가지고 있는 듯합니다. 아케치 씨를 불러 달라고 합니다."

미야자키와 아케치는 그 말을 듣고 일어섰다.

"아케치 씨, 다녀와 주십시오. 철저히 조사해주십시오. 여기는 내가 책임질 테니."

아케치는 밖으로 나가려고 하다가 잠시 머뭇거렸다. 본능적으로 불안을 느낀 것이다. 그는 그냥 갈 수 없었다. 그래서 미야자키를 가만히 바라보며 말했다.

"그럼 따님을 잘 지키십시오. 곁에서 떠나지 말아 주십시오."

몇 번이고 다짐을 받은 후 아케치는 서생의 안내를 받아 문 쪽으로 사라졌다. 둘만 남은 아버지와 딸은 진지한 얼굴로 침묵했다. 잠시 후 유키에가 참지 못하고 아이처럼 소리쳤다.

"아버지, 나 무서워."

그녀는 당장이라도 쓰러질 것처럼 기력이 없었다.

"걱정할 것 없어. 이렇게 이 아비가 꼭 붙어 있으니까. 게다가 이 방 주변에는 형사와 서생이 둘러싸고 있어. 실제로 도둑은 뒷문으로 들어오기 전에 체포될 거야. 하하하하하, 아무 걱정도 할 필요 없어."

"하지만 난 왠지. ……아버지!"

유키에는 평소처럼 눈으로 신호를 보냈다. 유키에는 열아홉 살이나 되었지만 아직도 가끔 아버지에게 응석을 부리며 팔에 안기는 버릇이 있었다. 눈짓이 그 신호였다.

미야자키는 그 신호에 내심 당황한 기색을 보였다. 그녀의 요구를 들어줄 것 같지 않은 태도였다.

유키에는 이상한 생각이 들었다. 이런 상황에서 그런 요구를 하면 안 되는 듯했지만 이런 때니까 아버지의 든든한 팔에 안기고 싶었다. 그녀는 눈을 딱 감고 아버지에게 다가갔다.

그리고 막무가내로 암체어에 부드러운 몸을 구겨 넣고 같이 앉았다. 마직 옷을 사이에 두고 아버지의 비대한 몸과 딸의 보드라운 피부가 밀착되었다. 유키에는 두려운 나머지 덥다는 생각까지 할 여유가 없었다.

미야자키는 딸의 피부가 닿자 이상하게 당황한 기색을 보였다. 마치 한번도 그런 일을 겪은 적이 없었던 것처럼 말이다.

그러나 천진난만한 아가씨는 창백하지만 탐스러운 자신의 볼을 아버지의 입 앞에 가져갔다. 어렸을 때 겁을 내면 아버지는 용기를 내라고 그녀의 볼에 입을 맞춰주었다. 그 습관이 아직도 남아 있었다.

미야자키의 당황스런 마음은 극에 달했다. 딸의 이런 천진난만한 행동을 받아들이지 못하고 어쩔 줄 몰라 하는 모습이었다. 하지만 잠시 후 그의 볼이 피가 거꾸로 솟는 듯 붉어지더니 눈이 타는 것 같이 빛났다.

백발의 미야자키가 어색하게 양손을 내밀더니 딸의 부드러운 몸을 꽉 끌어안았다.

유키에는 자신이 요구했으면서도 아버지가 포옹을 하자 무슨 까닭인지 겁을 내며 소리를 질렀다. 아버지의 촉감이 다른 때와 달랐다. 그 순간 아버지가 생면부지 남처럼 느껴졌다.

유키에가 저항하는 것을 알아차리자 미야자키는 한층 광기에 휩싸였다. 그는 마른 입술을 버스럭거리며 딸을 안은 팔에 한층 힘을 주었다. 그리고 도망치는 유키에의 입술에 자신의 입술을 가져다댔다.

정욕으로 불타는 아버지의 눈과 공포에 떠는 딸의 눈이 바로 앞에서 서로를 뚫어지게 쳐다보았다.

참담한 격투 끝에 유키에는 가까스로 아버지의 손에서 빠져나왔다. 머리도 옷도 흐트러진 모습으로 비틀비틀 문을 향해 달렸다.

하지만 그녀를 앞지른 미야자키가 이미 문을 등지고 서 있었다.

"비켜주세요. 당신은 누구세요? 대체 누구예요?"

유키에는 아버지를 노려보며 필사적으로 외쳤다.

"누구긴. 네 아비지."

"아니에요. 아니란 말이에요. ……아버지가 아니에요. ……너무 무서워."

유키에는 미칠 것 같았다. 얼굴은 아버지가 확실한데 이 남자는 아버지가 아니었다.

아차 하는 사이 세상에서 가장 끔찍한 백발마귀가 무시무시한 형상으로 달려들었다. 그녀는 더 이상 떨쳐낼 힘이 없었다. 정신을 잃은 것처럼 맥없이 그가 하자는 대로 내버려둘 수밖에 없었다.

옴짝달싹할 수 없는 포옹과 얼굴에 뿜어지는 남자의 숨결, 아버지와는 다른 불쾌한 냄새, 그리고 미끄덩거리는 입술의 섬뜩한 감촉. …….

불가항력

뒷문에서 일어난 소동은 직공처럼 보이는 남자가 벌인 것이었다. 그가 저택 안을 빤히 들여다보고 있어 보초를 선 형사가 잡아 조사하려는데 갑자기 권총을 꺼내더니 반항을 했다. 한 용감한 형사가 달려들었지만 남자는 도망쳤다.

그리고 권총을 겨누며 저택 안으로 성큼성큼 들어갔다. 소동은 커졌다. 집안사람들이 현장으로 달려갔다. 상대는 혼자였으나 총기를 가지고 있었기에 선불리 다가갈 수 없었다. 사람들은 그를 멀리서 둘러싼 채 우왕좌왕했다.

체포할 때까지 20분쯤 걸렸지만 결국은 세 형사가 밧줄로 포박해 경시청으로 끌고 갔다.

아케치 고고로는 그들을 보내면서 갑자기 무서운 의혹에 휩싸였다.

"그놈은 대체 무엇 때문에 일부러 붙잡히러 온 걸까. 혹시……."

아케치는 몹시 서둘러서 방으로 돌아갔다.

복도에 서생이 보초를 서고 있었다. 아까 뒷문으로 갈 때도 그에게는 절대 자리를 뜨지 말라고 단단히 명령해두었다.

아케치는 그를 보고 약간 안도하며 문을 열었다. 방에 한 발을 들여놓는가 싶었는데 바로 뛰어나가더니 보초를 선 서생의 어깨를 잡고 물었다.

"미야자키 씨는 어디 있나?"

"화장실예요."

"지금?"

"방금 전에 가셨어요. 지금 돌아오시네요."

복도 저쪽에서 미야자키의 모습이 보였다.

"그 사이 방에 들어온 사람은 없었나?"

"네, 없었습니다."

미야자키가 두 사람 옆에 와서 말했다.

"아케치 씨, 도둑은 잡은 모양이군요."

"네, 그런데……."

"그런데라니요?"

미야자키는 의아한 표정이었다.

"따님은 괜찮으십니까?"

"안심하세요. 유키에는 별일 없습니다. 여기 보세요. 이렇게 멀쩡하죠."

미야자키는 방 앞으로 가서 문을 열었다. 아케치도 뒤따랐다.

"이런, 예의 없는 아가씨를 봤나."

미야자키가 웃는 얼굴로 말했다. 유키에는 등나무 암체어에 축 늘어져 자고 있었다.

"아케치 씨, 봐요. 가엾게도 무척 피곤해 보였는데 지금은 앉아서 조네요."

"존다고요? 당신은 저 모습을 보고 존다는 말씀을 하십니까?"

아케치가 놀라서 반문했다.

"조는 게 아니라면 뭐죠……."

하지만 미야자키도 딸의 모습이 이상하다는 것을 알게 되었다. 그는 새파랗게 질려 성큼성큼 방 안으로 들어갔다.

"유키에, 유키에. 정신 차려 봐. 아버지다."

어깨를 흔들어도 힘없이 앞뒤로 움직이기만 할 뿐 반응이 없었다.

아케치도 암체어 곁에 서서 유키에의 상태를 보던 중 갑자기 미야자키의 팔을 잡고 속삭였다.

"조용. 무슨 소리가 들립니다. 저게 무슨 소리지요?"

귀를 기울여보니 똑똑똑 물 떨어지는 소리가 간헐적으로 들렸다.

방 안을 둘러보았지만 물이 떨어지는 곳은 없는 것 같았다. 게다가 소리는 바로 앞에서 들렸다.

"아, 피다."

아케치가 유키에가 앉은 의자 뒤로 가더니 소리쳤다.

자세히 보니 유키에의 몸 아래에 피가 흥건했다. 새빨간 피가 의자에서 바닥으로 뚝뚝 떨어지며 튀어 오르기까지 했다. 바닥에는 이미 피가 고여 있었다.

유키에의 몸을 일으켜 보니 예상대로 등, 그러니까 바로 심장 뒤에 피로 범벅된 단도가 꽂혀 있었다. 그녀는 단도에 찔려 목숨을 잃은 것이다.

"흰박쥐다."

아케치가 단도 칼자루에 새겨진 기괴한 문장을 발견하고 중얼거렸다.

"이상한 일이군요. 내가 화장실에 간 건 불과 2~3분인데요. 게다가 서생은 아무도 이 방에 들어오지 않았다고 말했습니다. 어떻게 그 사이에. ……."

미야자키는 딸의 죽음을 슬퍼하는 것도 잊은 채 도둑의 재빠른 솜씨에 놀랄 따름이었다.

그는 보초를 섰던 서생을 들어오게 했다.

"이 방에 아무도 들어오지 않은 것이 확실하지?"

"복도에 서서 문을 바라보고 있었으니까 놓쳤을 리가 없습니다. 결코 실수는 없었습니다."

서생은 방 안의 격정적인 광경을 보고 새파랗게 질려 대답했다.

"무슨 소리가 나진 않았고?"

아케치가 물었다.

"문이 닫혀 있었고 두세 간 떨어져서 보초를 섰는데 아무 소리도 듣지 못했습니다."

"이 방은 벽이나 문이 두꺼워서 작은 소리는 밖에서 들리지 않습니다."

미야자키는 덧붙여 설명하며 서생에게 명령했다.

"자네 얼른 의사와 경찰을 불러오게. 그리고 아내에게는, 아, 지금 당장 말하지 않아도 되겠지. 되도록 늦게 아는 게 나을 거야."

"서생은 믿을 수 있는 사람입니까?"

서생이 나가는 모습을 보며 아케치가 물었다.

"우직하죠. 동향 사람이고 오래 봐왔으니까요."

"따님에게 뭔가, 그러니까 감정 같은 걸 품고 있다든가……."

"아뇨, 결코 그럴 일은 없습니다. 혼인을 약속한 애인이 있거든요. 아가씨는 고향에 있지만 끊임없이 편지를 주고받더군요. 아주 애정이 두터워요."

"그러면 어처구니없게도 절대 불가능한 일이 벌어진 거네요."

"하지만 불가능한 일이 어떻게 벌어질 수 있었을까요? 그놈은 우리가 눈치챌 수 없는 출입구를 이용했을지도 모르겠군요."

"이 문 하나밖에 없는데 그런 출입구는 있을 수 없지요. 저는 충분히 사전조사를 해두었습니다. 창은 쇠격자로 막혀 있습니다. 벽에는 장 같은 것도 전혀 설치되어 있지 않습니다. 문만 지키면 안전하다고 결론이 났기 때문에 이 방을 선택한 것입니다."

아케치는 곤혹스러운 나머지 구원 요청하듯 미야자키의 얼굴을 바라보았다. 명탐정에게 어울리지 않는 이상한 행동은 이걸로 벌써 두 번째였다.

"그러니까 당신은 이 범죄를 해결할 수 없다고 생각하시는 겁니까?"

미야자키는 불만스런 기색을 보이며 말했다.

"그렇습니다. ……하지만 만약 이런 답으로 만족할 수 없으시다면……."

"네? 그러면 뭔가……."

미야자키는 결투라도 신청하는 것처럼 무서운 눈매로 명탐정의 얼굴을 응시했다.

"무시무시한 일입니다. 아니 오히려 우스꽝스러운 일이지요. 하지만 동시에 산술 문제처럼 간단명료한 사실이기도 합니다. 유일하게 피할 수 없는 논리적인 귀결이지요."

"그게 뭡니까?"

"그건 그러니까⋯⋯."

아케치는 세 번째로 구원을 요청하는 듯한 처량한 표정을 지었다.

"믿을 수 없어요. 저는 그 논리가 가리키는 것을 믿을 수 없습니다. 두렵습니다."

"말해주십시오."

"제가 자리를 비웠을 때 따님에게 가까이 갈 수 있었던 인물은 천지간에 단 한 사람뿐이라는 말씀입니다."

"단 한 사람? 그건 결국 나라는 얘기잖소."

"그렇습니다. 당신이죠."

미야자키는 알 수 없는 표정을 지으며 눈을 깜빡였다.

"그러면 딸을 죽인 범인이 그 딸의 친부인 나라고 생각하는 겁니까?"

"불행히도 저는 그걸 믿을 수가 없습니다. 하지만 모든 정황, 모든 논리가 오직 한 사람을 가리키고 있습니다."

"진심으로 하는 말입니까?"

"진심입니다. 경멸해주십시오. 나는 이 명명백백한 이론을 긍정할 용기가 없습니다. 거기에는 인간의 힘이 미치지 않는 불가항력이 존재합니다. 이 힘의 정체를 밝혀낼 수 없는 이상 저는 무력합니다."

아케치는 영문 모를 말을 하더니 한심하게도 울상을 지었다. 분한 나머지 금방이라도 어린애처럼 눈물을 터뜨릴 듯한 표정이었다.

"당신, 어디 잘못된 거 아닙니까? 무슨 말을 하는지 하나도 모르겠습니다."

미야자키는 시니컬한 미소를 띠우며 유명한 아마추어 탐정의 곤경을 비아냥거렸다.

"하지만 저는 이 불가항력의 정체를 밝혀내지 않고는 못 배기겠습니다. 당신 앞에 머리를 숙여 오늘의 무례를 사죄해야 할까요, 아니면 미야자키 쓰네에몬을 포승줄에 묶어 단두대로 보내야 할까요."

쓰네에몬은 아케치의 폭언을 말없이 듣고 있었다. 그는 아케치의 질문에는 대답하지 않고 벨을 눌러 서생을 호출했다. 그리고 방으로 들어오는 서생 아오야마에게 명령했다.

"이 미치광이를 내쫓아."

"아케치 선생을요?"

"그래. 이 사람은 미쳤어. 내가 딸을 죽인 살인자라니. 말도 안 되는 폭언을 하지 뭔가. 잠시도 집에 둬서는 안 되겠어."

미야자키는 매우 침착하게 말했다.

"그렇게 수고하실 필요는 없습니다. 저는 이만 물러가겠습니다."

아케치는 인사를 하고 문밖으로 나섰다. 그는 다만 혼자 있고 싶었다. 극도로 혼란해진 사고력을 추슬러 이 일련의 범죄사건을 한 번 더 빈틈없이 따져보고 싶었다. 그의 머릿속은 오직 괴물같이 무시무시한 불가항력의 정체를 규명해야 한다는 생각으로 가득 찼다.

유령남

있을 수 없는 일들이 너무 쉽게 일어났다.

요전날 밤에는 유령남 일당이 미야자키가에서 사람만큼 큰 짐을 지고 나갔다. 게다가 집 안에는 분실한 물건이 전혀 없었다. 있을 수 없는 일이었다.

하나뿐인 출입구 앞에서 믿음직한 서생이 보초를 섰다. 하지만 요시에가 방 안에서 처참하게 살해당했다. 그녀 곁에 가까이 갈 수 있는 유일한 인물은 친부밖에 없었다. 아버지가 딸을 살해했다. 별다른 이유가 밝혀지지 않는 한 있을 수 없는 일이었다.

이 두 가지 불가능한 사건이 가능해지려면 뭔가 엄청난 비밀이 숨어 있어야 했다. 이론을 끝까지 밀어붙여 보면 단 하나의 결론에 도달한다. 그 이외의 다른 해석은 절대 불가능했다. 하지만 그 해석은 상상만 해도 모골이 송연할 정도로 무시무시했다.

아케치는 어떤 방법을 써야 할지 갈피가 잡히지 않았다. 어디부터 손을 대야 할지 알 수 없었다. 그래서 궁여지책으로 자신의 특기인 변장술을 쓰기로 했다. 그는 양복 차림의 노인으로 변장해서 길거리를 헤매고 다녔다. 어떤 날은 번화가란 번화가는 다 돌아다녔고, 어떤 날은 미야자키가 주변을 서성거렸으며, 또 어떤 날은 이케부쿠로의 수상한 집 부근을 걸었다. 그의 목표는 시나가와 시로와 똑같이 생긴 유령남이었다. 그 남자를 발견해 몰래 미행만 할 수 있다면 수상한 자들의 본거지를 알아낼 수 있을 듯했다. 그러면 거기에 숨어 있는 비밀을 들춰내는 것도 가능할 것이다.

미야자키가에서 살인사건이 일어난 후 약 일주일 동안 그는 끈질기게 여기저기 헤매고 다녔다. 그러던 어느 날, 마침내 목표로 삼았던 유령남을 만나는 행운을 잡을 수 있었다.

레스토랑에서 저녁식사를 하던 중 등 뒤에서 이상한 기운이 느껴져 돌아보았더니 시나가와 시로의 얼굴이 보였다. 자칫 인사를 할 뻔했지만 간신히 입을 다물고 모르는 척 자리에서 일어섰다.

진짜 시나가와 시로일 수도 있고, 아닐 수도 있다. 그는 어느 쪽인지 확인하기 위해 레스토랑 전화실로 갔다. 전화실은 객석에서 꽤 떨어져 있기 때문에 상대에게 들릴 걱정은 없었다. 진짜 시나가와 시로의 전화번호를 교환수에게 말하고 가슴을 졸이며 기다렸다. 시나가와는 집에 있었다. 수화기 건너로 분명 과학잡지사 사장의 목소리가 들렸다. 두세 마디 이야기를 나눈

후 전화를 끊고 원래 앉았던 자리로 돌아가서 유령남이 식사를
마칠 때까지 기다렸다. 물론 미행할 생각이었다.

이윽고 미행이 시작되었다.

유령남은 레스토랑을 나가 가게가 즐비한 번화가를 어슬렁거
리며 걸었다. 식후 산책인 듯했다. 만약 체포한다면 거리의
사람들은 아군이 되어줄 것이다. 결코 어려운 일이 아니다.
하지만 아케치는 유령남을 체포하는 것으로 만족할 수 없었다.
놈의 본거지를 확인하고 싶었다. 조바심을 낼 때가 아니었기에
느긋하게 계속 뒤를 밟았다.

유령남은 몇 번이나 길을 돌고 돌며 끝없이 걸었다. 그는
용의주도하게 모퉁이를 돌 때마다 미행자가 있는지 계속 뒤돌아
보았다. 그때마다 아케치는 재빨리 몸을 숨겼기에 괴물은 안심
하고 계속 걸었다. 하지만 모퉁이를 몇 번 돌고 나서 아케치가
그늘로 숨는 순간 간발의 차이로 모습을 들키고 말았다. 아케치
가 아무리 변장을 해도 상대는 켕기는 데가 있는 범죄자였다.
수상한 낌새를 놓칠 리 없었다. 결국 자신이 미행당한 것을
알아차렸다.

전찻길에는 빈 자동차가 많았다. 놈은 택시를 불러 세울 것이
틀림없었다. 그런 생각을 하고 있는데 예상대로 택시 한 대가
그 앞에 섰다. 아케치도 서둘러 뒤에 온 차를 불러 세웠다.

"저 차를 뒤쫓아."

차에 타려던 아케치는 무엇 때문인지 순간 생각을 고쳐먹고
차를 그냥 보냈다.

앞의 차는 이미 출발했다. 하지만 이게 어찌 된 일인가. 분명히 차에 타 있어야 할 유령남이 길을 건너고 있는 것 아닌가. 그는 차를 타고 가는 척하며 반대쪽 문으로 내린 듯했다. 자동차를 빠져나가는 곡예를 한 것이다. 아케치는 재빨리 놈의 속임수를 간파하고 빈 자동차를 뒤쫓는 우를 범하지는 않았다.

괴물은 얼마나 날렵한지 이미 건너편 도로에서 또 차를 불러 세웠다. 아까와 반대 방향으로 가는 차였다. 아케치도 질세라 자동차를 잡아탔다. 이번에는 유령남도 곡예를 부릴 수 없을 것이다. 결국 또 자동차 추격전이 벌어졌다.

계속 달리는데 눈에 익은 동네가 보였다. 처음에는 무심코 창밖을 바라보던 아케치도 지금 가는 길이 자신이 익히 아는 그 길과 일치한다는 것을 깨달았다.

'뭐야, 이거 별일이네.'

그는 이상하다는 생각을 하지 않을 수 없었다.

마침내 앞의 차가 예상대로 그 집 앞에 정차했다. 그 집이란 바로 진짜 시나가와 시로의 집이었다.

유령남은 차에서 내려 격자문을 열었다. 일하는 할멈이 나왔다. 그는 할멈에게 뭔가를 말하더니 안으로 사라졌다.

'뭐야, 아까부터 미행했는데 진짜 시나가와였던 거야?'

아케치는 낙담했지만 다시 생각해보니 아무래도 이해가 가지 않았다. 시나가와라면 왜 자동차에서 곡예를 한 걸까. 그리고 아까 전화를 받은 사람은 대체 누구인가. 만약 그가 유령남이라면 시나가와의 집으로 숨어들 리가 없지 않겠나. 제아무리 아케치라도 여우에 홀린 기분이었다.

어쨌든 조사를 해보려고 문을 두드렸더니 응접실로 안내되었다. 과학잡지사 사원 시절에 늘 봤던 응접실이다. 일본식 다다미방에 서양식으로 의자와 테이블을 절충한 방이었다. 시나가와 시로는 큰 소파에 앉아 손님을 맞았다.

"아, 역시 당신이었군요. 기억나시죠? 아케치 고고로입니다. 제가 큰 실책을 했습니다. 당신을 유령남이라고 오해했거든요. ······하지만 아까 당신이 전화를 받지 않으셨습니까?"

"네? 전화라니요? 뭔가 착각하시는 거 아닙니까. 난 전화를 받은 적이 없습니다."

그런 말을 하는데 실로 말도 안 되는 일이 일어났다. 방 안에서 시나가와 시로의 목소리가 또 들리는 것이었다.

"저녁에 외출하지 않았잖아요. 내가 지금 돌아오다니요. 계속 방에서 조사 작업을 한 걸 모르십니까. 지금 돌아왔다는 나는 대체 누구인데요?"

할멈이 야단맞고 있었다. 이 무슨 기괴한 상황이란 말인가.

깜짝 놀란 아케치가 벌떡 일어나 눈앞의 시나가와에게 덤벼들려 했다.

하지만 기운 빠지게 가짜 시나가와는 태연히 웃고 있었다. 넉살 좋은 웃음이었다.

그때 맹장지 건너편에서 들리던 목소리의 주인공이 안색을 바꾸고 응접실로 뛰어나왔다. 가만 보니 응접실에 있는 한 명은 자신과 똑같이 생긴 사람이고, 또 한 명은 처음 보는 노인이었다.

"자네들은 대체 누군가."

그가 위압적인 목소리로 호통을 쳤다.

"뭐야, 이상한 일이군. 자네는 내가 집을 비운 틈에 몰래 들어와 주인행세를 하고 있었던 건가. 자네야말로 대체 누군가. 아니, 그 대답은 하지 않아도 알고 있네. 자네는 오랫동안 나를 괴롭혀온 그 괴물이지."

방금 집에 돌아온 가짜 시나가와가 태연하게 받아쳤다.

알겠다. 무슨 상황인지 알았다. 유령남은 아케치의 추격을 견디다 못해 즉흥적으로 진짜 시나가와의 집으로 도망친 것이다. 이 얼마나 대담무쌍하고 기상천외한 발상인가. 나란히 있어도 분간이 되지 않는 두 시나가와가 서로 상대가 가짜라고 다투는 것이었다.

그러던 중 진짜 시나가와가 변장한 아케치를 겨우 알아보았다.

"아케치 씨 아니십니까. 대체 어찌 된 일인가요. 당신 앞에 있는 사람이 바로 유령남입니다."

그 말을 듣자 가짜 시나가와도 질세라 지껄여댔다.

"당신이 아케치 씨입니까? 그래서 아까부터 나를 유령남이라고 오해하고 내 뒤를 따라오셨군요. 나야말로 진짜 시나가와 시로가 틀림없습니다. 이놈이 내가 집을 비운 틈에 나인 척하고 뭔가 나쁜 일을 꾸민 거죠. 이놈을 체포하세요."

아케치는 두 사람의 말을 듣다보니 점점 누구 말이 진짜인지 판별할 수 없었다.

"하지만 당신은 왜 곡예를 부리며 나를 따돌리려 했죠?"

"나는 평소 겁이 많아요. 게다가 노인 변장을 해서 당신인지 전혀 알아볼 수 없었잖습니까. 흰박쥐단 일당이 뭔가 악한 음모를 벌이기 시작한 걸로 오해를 한 거죠. 정말로 내가 유령남이라면 여기 올 리가 없죠. 여기 말고도 도망칠 곳은 얼마든지 있으니까요."

듣고 보니 지당한 말이었다. 아케치는 두 시나가와를 바로 앞에 두고 그중 누가 흰박쥐단 두목인가 구별하려 했다. 하지만 누가 두목인지 지목하기 힘들었기에 섣불리 개입할 수 없었다.

이 어처구니없는 연극은 길게 지속되지 않았다. 아케치에게 좋은 생각이 떠올랐기 때문이다. 그는 계속 집에 있었던 시나가와를 구석에 데리고 가서 또 다른 시나가와에게는 들리지 않게 귓속말로 야마다로 변장하여 잡지사에서 일했을 때의 자질구레한 일에 대해 하나하나 물어보았다. 시나가와는 척척 대답을 했다. 이제는 틀림없었다. 그가 바로 시나가와 시로였다.

하지만 그러는 동안 빈틈이 생겼다. 두 사람이 문답을 주고받느라 정신없는 틈을 타서 소파에 앉아 있던 유령남은 슬그머니 일어나 발소리를 죽이면서 맹장지 밖으로 사라졌다.

명탐정 유괴사건

과학잡지사 사장 시나가와 시로와 아주 똑같이 생긴 도둑이 있었다. 그런 동화 같은 일이 어느새 터무니없이 큰 사건이 되고 말았다.

사건이 완전히 수습된 후 내각 총리대신인 오카와라 고레유키 大河原是之(그도 이 사건의 피해자 중 한 사람으로 소중한 외아들을 잃었다)가 친한 지인에게 다음과 같이 말했다고 한다.

"아케치 고고로 군은 일본의, 아니 전 세계 인류의 은인이다. 만약 그가 이 거대한 음모를 미연에 방지하지 않았으면 일본은, 아니 영국, 미국, 불란서, 이태리, 독일, 러시아 할 것 없이 모든 나라의 황제와 대통령, 정부, 군대, 경찰, 더 나아가 국가 자체를 잃어버렸을 것이다. 신문기사를 금지하여 헛소문의 유포를 엄격히 막았기 때문에 일반인들은 전혀 몰랐지만 흰박쥐단의 음모는, 이를테면 코페르니쿠스의 지동설, 다윈의 진화론, 또는 총탄의 발명, 전기의 발견, 항공기계의 창조 등에 비견할 만한 했다. 그 음모는 우리 인류의 믿음과 생활을 근본적으로 전복시킬 수 있었다.

노동자와 자본가의 투쟁뿐 아니라 허무주의나 무정부주의 같은 사상도 이 음모에 비하면 전혀 문제될 것 없는 사소한 사건에 불과했다. 그들은 실제로 폭약이나 전기보다 훨씬 전율할 만한 무기를 통해 전 세계에 악마의 국가를 건설하려 했다. 게다가 그것을 단지 허무맹랑한 이야기로 볼 수만도 없었다.

그러나 이 음모가 사전에 발각되어 흰박쥐 일당은 형장의 이슬로 사라질 수 있었다. 그들의 죽음과 함께 그들의 본거지와 제조공장은 흔적도 없이 불태워졌고, 백년에 한번, 천년에 한번 나올까 말까 한 음모도 마침내 싹을 다 잘랐다. 인류를 위해 이 이상 축하할 일도 없다."

대충 위와 같은 내용이었다.

그 음모가 무엇이기에 강건한 오카와라 총리대신이 이런 말을 했을까. 총리대신의 말을 전해들은 사람들은 생각이 거기에 미치자 소름끼치는 한기를 느꼈다. 하지만 그건 후일담이다.

앞서 아케치 고고로에게 미행당한 가짜 시나가와가 궁여지책으로 진짜 시나가와의 집에 들어간 이야기까지 했다. 아무리 명탐정 아케치라도 얼굴이 똑같은 두 사람이 서로 자신이야말로 시나가와 시로라며 주장하는 바람에 손쓸 방도가 없었다. 하지만 아케치가 차근차근 심문하는 동안 자신의 껍데기가 벗겨질까 봐 더 이상 견디지 못한 가짜 시나가와가 틈이 생기자 도망쳐버렸다.

진짜 시나가와의 심문에 열중했던 아케치 고고로가 정신을 차려보니 또 다른 시나가와는 이미 사라지고 없었다.

"그렇다면 그놈이 가짜네."

아케치가 얼른 대문 밖으로 뛰어나갔지만 놈은 이미 한 정쯤 앞에 뛰어가고 있었다. 또다시 추격이 시작되었다.

돌고 돌아 큰길이 나왔는데 그만 괴물의 모습을 놓치고 말았다. 아케치는 거기서 손님을 기다리고 있는 자동차 운전사에게 물었다. 부자연스럽게 고개를 숙이고 얼굴을 모자 챙 밑에 숨기고 있던 운전사는 그 남자라면 저 앞에 달리고 있는 자동차에 타 있다고 대답했다. 아케치는 얼른 그 차에 올라타 앞의 차를 추격하라고 다그쳤다. 정해진 수순처럼 또다시 자동차 추격전이 벌어졌다.

10분쯤 달리자 한적한 주택가가 나왔다. 그런데 이게 또 무슨 일인가. 아케치를 태운 차가 갑자기 방향을 바꾸더니 한층 더 한적한 뒷골목으로 들어가는 것 아닌가.

"뭐 하는 거야. 앞의 차는 직진하잖아."

아케치가 화를 내자 운전사가 뒤를 돌아보았다.

"아, 네놈은."

"하하하하하, 한 방 먹었지? 그러지 마, 움직이지 않는 게 좋을 거야. 여길 봐."

앞좌석 사이로 난데없이 권총 총구가 보였다. 안타깝게도 아케치에게는 아무 무기도 없었다.

나중에 알게 된 사실인데 그 짧은 순간, 놈은 민첩하게 일당이 내린 자동차에 올라타 운전사로 변장한 것이었다. 놈은 외투를 빌려 입고 모자를 푹 눌러쓴 채 올가미에 걸릴 아케치를 기다리고 있었다. 정말 놀랄 만큼 빠른 솜씨였다.

괴물은 권총을 겨눈 채 운전석에서 내려 다시 뒷좌석으로 옮겨 탔다.

"아무리 큰 소리를 쳐도 한적한 동네라서 도와주러 올 사람이 없을 거야. 그래도 혹시 모르니 잠시 가만있어 주게."

권총 때문에 꼼짝달싹 못 하는 가운데 아케치의 코앞에 흰 손수건을 들이댔다. 미리 준비했는지 마취약으로 적셔져 있었다.

아케치도 가만있을 리 없었다. 자동차 문을 발로 차고 반대쪽으로 뛰어내리려 했다.

"아, 멍청하군. 뭐 하러 일부러 고통스러운 길을 택할까."

놈은 느긋하게 조준을 하고 뛰어내리려는 아케치의 오른쪽 다리에 총을 쐈다. 뺑. 심상치 않은 소리가 들렸다. 하지만 타이어가 터지는 소리만큼 크지는 않았다. 권총이 그렇게 큰 소리를 낼 리는 없다.

아케치는 차 밖으로 몸이 반쯤 나와 쓰러져 있었다. 놈은 난감해하는 아케치의 얼굴 앞에 또다시 손수건을 댔다. 불쾌한 냄새가 났다. 그러나 더 이상 저항할 힘이 없었다. 놈이 하는 대로 억지로 마취약을 흡입한 아케치는 맥없이 의식을 잃고 말았다.

가짜 시나가와는 탐정의 몸을 들어 올려 좌석에 눕혔다. 그리고 출혈이 있는 부위에 수건으로 붕대를 감아주며 혼잣말을 하듯 중얼거렸다.

"아케치 군, 자네가 쫓아와준 덕분에 수고를 덜었네. 그래서 인명부의 순서를 바꾸지 않고 해치울 수 있었어. 자네, 설마 잊지 않았겠지? 그 명단에 적힌 번호 말이야. 첫 번째가 이와부치 방적 사장 미야자키 쓰네에몬. 그리고 두 번째가 아마추어 탐정 아케치 고고로. 즉 이번이 자네 차례였어. 하하하하하하하."

놈은 나직이 웃으며 운전석으로 돌아가서는 아무 일도 없었다는 듯이 차분한 얼굴로 핸들을 잡고 출발했다.

차는 인적 없는 한적한 주택가를 쏜살같이 달려 어디론가 사라졌다.

트렁크 속 경시총감

그 후 일주일쯤 지난 어느 날, 아케치 고고로는 낡은 인력거에 아주 커다란 트렁크를 싣고 경시청을 방문했다.

"이거 아케치 군 아닌가. 호텔에도 없고 어디로 갔는지 걱정하던 참이야. 뭔가 수확이 있었나 보군. 저 커다란 트렁크는 대체 뭔가?"

현관홀에서 마주친 나미코시 경부가 말을 걸었다.

"매우 중요한 증거품이지. 나중에 얘기하세. 하지만 우선 아카마쓰 총감을 뵙고 싶은데 지금 계신가?"

"그렇다네, 방금 총감실에서 이야기를 나누고 나오는 길이야. 형사부장도 있고."

"그럼 경관에게 이 트렁크를 옮기는 걸 도와달라고 부탁해주게. 총감실로 가져다주었으면 하는데."

"알았네. 거기 자네, 잠깐 차부를 도와주었으면 좋겠는데."

나미코시 경부는 홀에서 마주친 두 경관에게 명령을 했다.

"아쉽지만 나는 왕실 경호 건으로 급한 용무가 있어. 자세한 이야기는 총감실에서 하고 있게. 빨리 끝나면 나도 이야기를 들으러 돌아오겠네."

나미코시 경부와 헤어진 아케치 고고로는 커다란 트렁크를 따라 총감실로 올라갔다.

"그러지 않아 자네를 찾던 중이었네, 아케치 군."

총감은 그의 얼굴을 보고 호방하게 웃으며 말했다.

"흰박쥐단 사건이 전혀 진척되지 않거든. 그런데 자네, 이상한 물건을 가지고 왔군. 그 트렁크는 뭔가?"

"말씀 중 아니셨습니까?"

아케치는 총감과 마주 앉은 형사부장을 보며 물었다.

"아니네, 하던 이야기는 방금 끝났어."

"그러시면 죄송하지만 총감님께 긴히 드릴 말씀이 있는데 잠시……."

"뭔가, 아케치 군. 여기 있는 사람은 자네도 잘 아는 형사부장이잖아. 그런 실례되는 말을 하면 곤란하지."

"하지만 매우 중대한 사안이라서 총감님께 말씀드리는 것조차 망설여질 정도입니다. 실례지만 잠시 자리를 좀……."

아케치는 어지간히 말을 하기 힘든 모양이었다.

"아케치 군, 오늘은 뭘 그리 젠체하는가."

형사부장은 웃으면서 일어섰다.

"저는 다른 용무가 있으니 이따 다시 오겠습니다. 아케치 군, 그럼 됐지?"

그는 말을 끝내고 총감실을 나갔다.

"그럼 들어보지. 중대 사건이란 대체 뭐지?"

아카마쓰 총감은 천재 탐정의 이런 기발한 소행을 무척 즐겼다.

"모두 자리를 비켜주셨으면 합니다."

아케치는 강경했다.

총감은 점점 흥미로워졌다.

"알았네. 어이 거기, 자네도 나가 있게."

총감실 입구에 있던 접수계 직원도 쫓겨났다.

"방문 열쇠를 가지고 계십니까?"

"열쇠? 문을 잠그라는 건가? 그렇게까지?"

총감은 웃으며 말했다.

"접수 데스크 서랍에 있을 걸세."

아케치는 열쇠를 찾아 내부에서 출입문을 잠근 후 열쇠구멍에 열쇠를 그대로 꽂아놓은 채 자리로 돌아왔다.

"이 트렁크 안의 물품을 보시겠습니까."

"부피가 아주 큰 물건이군. 열어보게."

국내 여행을 할 때는 거의 사용하지 않는 초대형 트렁크였다. 갑옷을 보관하는 궤짝처럼 사람 한 명은 거뜬히 들어갈 정도로 컸다.

"놀라지 마십시오. 매우 의외의 물건이 들어 있습니다."

아케치는 트렁크 열쇠를 돌리며 마술사가 비밀의 상자를 열 때 같은 표정으로 말했다.

그때 아카마쓰 총감의 머리에는 '시체'라는 생각이 퍼뜩 떠올랐다. 트렁크 뚜껑 사이로 피투성이가 된 섬뜩한 살덩이가 보이는 것 같았다. 제아무리 총감이라도 점차 얼굴 근육이 굳을 수밖에 없었다.

덜컥. 자물쇠 벗겨지는 소리가 나더니 트렁크 뚜껑이 한두 치씩 천천히 열렸다. 가장 먼저 나타난 것은 욱일旭日 마크가 번쩍이는 경찰 모자였다. 그리고 모자 밑으로 둥글둥글 살찐 얼굴, 콧수염, 번쩍이는 금 견장, 고위 경찰관의 검은 제복, 답답하게 몸을 조이고 있는 비스듬히 찬 대검.

분명 창밖은 태양이 붉게 빛나는 대낮이었다. 아카마쓰 총감은 결코 꿈을 꾸고 있는 것이 아니었다. 하지만 꿈이나 환영이 아니라면 이런 무시무시한 일이 가능할까. 그가 아무리 호걸 정치가라고 해도 트렁크 속 인물에게서 눈을 뗄 수 없었다. 마치 몸이 굳은 듯 꼼짝할 수 없었다.

아케치 고고로는 트렁크 뚜껑을 완전히 열어놓고 먹이를 노리는 뱀처럼 총감이 어떤 표정을 짓는지 물끄러미 바라보았다.

그대로 30초쯤 잘 만들어진 이키닌교[53]처럼 두 사람은 꼼짝 않고 침묵을 지켰다.

"하하하하하하, 아케치 군. 고약한 장난 그만둬요."

다소 기운을 차린 총감은 우는지 웃는지 모를 표정으로 간신히 호통을 쳤다.

"나와 닮은 인형을 만들어 위협하려는 겁니까."

....
53_ 生人形. 실제로 살아 있는 인물처럼 보일 정도로 세공이 정교한 인형 전시물. 주로 설화, 역사 속 인물, 불상, 유녀遊女, 요괴 등 기이한 인물들을 형상화했으며, 에도 말기부터 메이지시대에 이르기까지 오사카와 도쿄 아사쿠사를 중심으로 흥행했다.

트렁크 속 인물은 아카마쓰 경시총감과 꼭 닮은 인형 같았다. 살찐 몸, 둥글둥글한 얼굴, 익살스런 콧수염, 동글동글한 눈, 모자나 제복, 대검, 구두. 모두 총감과 똑같았다. 혹시 머리카락 수까지 똑같지는 않을까 의심스러울 정도였다.

"인형이라고 하셨습니까?"

아케치가 심술 사납게 말했다.

"더 자세히 보십시오."

총감은 악몽에 시달리는 기분으로 자신과 너무 똑같은 이키닌교를 들여다봤다.

강심장인 경시총감조차 보다가 비명을 지를 뻔했다. 그 정도로 엄청난 사실을 깨달은 것이다.

인형이 살아 있었다. 아니, 인형이 아니었다. 분명 숨을 쉬었다. 거북하게 구부려진 복부가 조금씩 불룩거렸다. 눈까지 깜빡거렸다.

총감은 너무 놀라 대책을 생각할 힘도 없었다. 그저 트렁크 속에 있는 또 한 명의 총감을 넋 놓고 바라볼 뿐이었다.

인형의 둥근 볼이 실룩실룩 경련을 시작했다. 숨을 들이마시는 동안 경련이 더 심해지는 것 같았는데 갑자기 입술이 젖혀지고 흰 치아가 드러났다. 그리고 느닷없이 그 얼굴이 히죽 웃는 것이었다.

그걸 본 아카마쓰 총감은 쉰 살이나 되어서 어린애처럼 울상을 한 채 주춤주춤 뒷걸음질 쳤다.

바로 그때 상자 밖으로 냉큼 튀어나온 뱀처럼 트렁크 속에 있던 남자가 벌떡 일어서더니 두 팔을 벌리고 총감에게 덤벼들었다.

머리에서 발끝까지 똑같이 생긴 두 총감이 맞붙은 것이다. 포복절도할 만큼 우스꽝스러우면서도 모골이 송연해질 정도로 무서운 광경이었다.

덤벼드는 쪽, 즉 가짜 총감은 너무 놀라 손도 내밀지 못하는 진짜 총감을 뒤에서 끌어안아 꼼짝 못하게 했다.

하지만 백전노장 정치가는 달랐다. 총감은 그 정도 공포로는 경망스럽게 소리치지 않았다. 그는 마음을 가라앉히고 그대로 조금씩 뒷걸음쳐서 데스크 쪽으로 갔다. 그리고 그나마 움직일 수 있는 오른손으로 몰래 벨을 누르려 했다.

"뭐야, 그러면 안 되지. 아카마쓰 씨, 그 벨과 목숨을 바꿀 겁니까?"

어느새 눈치챈 아케치가 권총을 겨누고 총감을 위협했다.

"아케치 군, 대체 어떻게 된 건가? 자네는 언제 내 적이 된 거지?"

"하하하하하하, 내가 아케치 고고로로 보이십니까? 눈을 더 크게 뜨고 보십시오. 어서요."

아케치가 얼굴을 실룩거렸다.

"자네는 대체 누군가."

아케치는 왼손으로 주머니에서 큼직한 마직 손수건을 꺼내 펄럭거리며 총감의 눈앞에서 흔들어댔다. 놀랍게도 그 수건 끝에는 눈에 익은 기분 나쁜 흰박쥐 문장이 있었다.

"이런, 제기랄."

총감은 온 힘을 모아 뒤에 있는 적을 떼어내려 했다. 하지만 괴물은 꿈쩍하지 않았다. 절체절명의 순간이었다. 큰 소리로 사람을 부르는 것밖에는 방법이 없었다. 그런 기색을 알아차렸는지 아케치 고고로는 지체하지 않고 가짜 아케치 흔들어대던 수건을 뭉쳐 총감의 입안에 집어넣었다. 순식간에 재갈을 물린 것이다.

진짜 아카마쓰 총감은 눈 깜짝할 사이에 손발이 묶여 트렁크 안에 들어가게 되었다. 더 이상 난동을 부릴 수도 소리를 칠 수도 없었다.

"이제 아시겠지요. 아카마쓰 씨. 우리 프로그램은 예정대로 착착 진행되고 있습니다. 첫 번째가 미야자키 쓰네에몬, 두 번째가 아케치 고고로, 세 번째가 아카마쓰 경시총감이네요. 그러니까 오늘이 당신 차례인 거죠."

가짜 아케치 고고로가 선고를 내렸다.

애매한 비유이긴 하지만, 사과 껍질을 벗기지 않고 속살만 분리하는 것이 가능할까? 가능하다. 바늘과 실이 있으면 손쉽게 할 수 있다. 하지만 원하는 대로 얼굴이나 모습이 똑같은 사람을 만들어내는 흰박쥐단의 마술은 사과와는 다른 문제이다. 어떤 바늘과 실을 준비하더라도 그런 얼토당토않은 일은 불가능하다.

괴담이 아니라면 동화다. 만약 그런 일이 실제로 일어났다면 그 배후에는 인간의 사고력을 훌쩍 뛰어넘는 무언가가 존재해야 한다. 하지만 예부터 위대한 발견이건 발명이건 모두 공표되는 순간까지는 세계 어디에서나 상식적으로 불가능한 괴담이나 동화라고 비웃었다는 것도 고려해봐야 한다.

어쨌든 트렁크 뚜껑이 닫히고 찰칵 자물쇠가 채워졌다. 현 내각의 거성, 정사품正四品 훈삼등勳三等 경시총감 아카마쓰 몬타로는 트렁크에 갇힌 일개 짐으로 전락한 것이다. 아케치가 뚜껑을 닫으며 만일을 대비해 마취제도 흡입시켰으니 이제 꼼짝하지 못한다.

희한한 방식으로 업무 인계를 마친 신임 경시총감은 커다란 팔걸이의자에 앉아서 데스크 위에 있던 전임자의 개인 물품인 여송연을 물고 푸른 연기를 커다랗게 뿜었다.

가짜 아케치는 살아 있는 짐이 든 트렁크에 걸터앉아 신임총장을 향해 말투만은 정중하게 이야기했다.

"그런데 각하, 이 트렁크는 일단 제 호텔에 보관하는 게 어떻겠습니까?"

신임 총감이 대답했다. 그가 취임한 후 처음으로 하는 말이었다.

"아, 그렇게 하게. 그런데 짐을 옮기려면 문을 열지 않으면 안 되겠군."

목소리까지 아카마쓰 몬타로 총감과 똑같았다.

"하하하하하하, 말씀하신 대로입니다."

아케치는 그렇게 말하며 일어섰다. 그리고 문 앞에 가서 열쇠를 돌려 문을 열었다. 신임 총감이 벨을 누르자 접수계 직원이 들어왔다.

"자네, 사람을 불러 이 트렁크를 정문까지 운반하게. 아, 아케치 군, 차가 기다리고 있나?"

"인력거가 기다리고 있습니다."

"그러면 그 인력거에 싣게. 알았지?"

접수계 직원은 알겠다고 대답한 후 물러갔다.

아주 쉽게 경시총감을 경질하고 신임 총감까지 임명한 아케치 고고로는 시침 뚝 떼고 진짜 총감을 실은 인력거를 따라 어디론가 사라졌다.

자선병원 환자

비즈니스계의 거물인 미야자키 쓰네에몬이 가짜고 실제로는 흰박쥐단의 일원이라면, 그의 인망과 어마어마한 자산을 운용해 산업계에 파동을 일으키는 것은 그리 어렵지 않은 일이었다.

이미 드러난 일례로 가짜 미야자키가 직공들의 다소 무모한 요구를 무조건 승낙한 것만 해도 업계 전체에 일대 타격을 주었기에 여론이 떠들썩해졌다. 이 일은 단지 방적업계 노조에 내분을 일으키는 일로 끝나지 않았다. 당시의 생산품 시가로는 채산성이 맞지 않아 방적사업 자체가 존속할 수 있는 전망이 보이지 않았다. 극단적으로 말하면 방적업체들이 전멸하는 것 외에는 방법이 없다고도 할 수 있다. 물론 미야자키가 세상의 비난을 다 받으며 동종업자들의 적이 된 것은 말할 필요도 없었다. 딸이 살해된 일은 동정할 만했다. 하지만 결과적으로 그는 직공들의 요구를 수용하지 않았다. 오히려 공장을 폐쇄해야 한다고 했다. 우습게도 미야자키가 사실은 도둑이었던 것이다. 비즈니스계의 지위를 잃느냐 마느냐 회사가 돈을 버느냐 마느냐, 그런 건 전혀 문제가 아니었다. 그는 유산계급 내에서도 악마 같은 짐승이라고 비난받았지만 신경이 쇠심줄 같은지 마이동풍으로 흘려들었다.

또한 이 사건으로 타격을 입은 것은 방적업만이 아니었다. 일본 산업계 전체에 전례 없는 노동자 횡포 시대가 온 것 아닌가 의심스러웠다. 이와부치 방적의 쟁의가 끝난 지 아직 일주일이 채 지나지 않았는데 이미 전국 각지의 제조공장 다섯 군데에서 쟁의가 일어났기 때문이다. 그들은 실제로 이와부치 방적에서 재미를 본 경험이 있었기에 세를 확장할 수 있었다. 그것을 기회로 삼아 쟁의로 먹고사는 자들을 선동할 수 있었던 것이다.

참 묘했던 것이 쟁의가 어떤 지역에서 일어나든 직공들의 요구서가 제출되는 동시에 이와부치 방적의 경우와 마찬가지로 쥐도 새도 모르게 사업주의 자택으로 협박장이 배달되었다. 딸이나 아들, 아니면 부인의 목숨을 내놓으라는 내용이었다.

일전에 있었던 미야자키 딸의 사례에 두려움을 느낀 자본가들은 결국 직공들의 요구를 수용했다. 그렇지 않으면 공장폐쇄였다.

이 기세로 쟁의가 줄줄이 일어나 노동자들의 주장이 통하게 된다면 극심한 물가상승을 초래할 것이다. 또는 생산 공장이 전멸할 것이다.

신경과민이 된 논설기자들은 이를 우려하는 견해를 밝혔지만 여론은 점점 고조되었다. 상공회의소가 움직이기 시작했다. 어느 날 각료회의에서는 각료들이 잡담일지언정 이를 열띤 화제로 삼았다.

어느덧 흰박쥐 문장은 부르주아들에게 공포와 증오의 상징이 되었다. 또한 일견 유리한 입장으로 보이는 노동자들도 흰박쥐 단의 진의를 알 수 없기에 두려움을 느끼지 않을 수 없었다. 어쨌든 상대는 도둑이자 살인자 집단이기 때문이다. 폭력을 빌려 쟁의를 성공으로 이끌더라도 노동계급의 명예를 훼손할 뿐이라고 주장하는 정의파도 나타났다. 학자 논객들은 펜을 들어 잔혹한 흰박쥐단이 전멸할 때까지 전국의 노동자들은 결코 경거망동해서는 안 된다고 충고했다.

사회의 교란자, 살인마 단체를 왜 방임하고 있는가. 정치인들은 왜 잠들어 있는가. 경찰은 무엇을 하고 있는가. 결국 비난과 공격의 표적은 경찰이었다. 그중에서도 흰박쥐단의 본거지인 도쿄 경시청이었다.

하지만 어이없게도 괴도 퇴치를 책임져야 할 경시청 최고 지휘자가 어느새 가짜로 바뀌어 있었다. 심지어 진짜와 전혀 구별이 되지 않는 가짜였다. 다시 말해 쌍둥이 같은 괴도의 일원으로 바뀌었다. 흰박쥐단은 일찌감치 그들의 유일한 적인 경시청을 점령한 것이다.

가짜 아카마쓰 몬타로는 관저에서는 전 총감 부인과 한 침실을 썼고, 출근해서는 부하들의 눈을 교묘히 속였다. 가짜였지만 그 수완이 무시할 수 없을 정도였다.

가짜 총감의 데스크에는 결재해야 할 중요 서류들 외에도 시민들이 보낸 비난 투서가 산처럼 쌓여 있었다. 그는 매일 정각에 등청해 서류에 결재도장을 찍고 나서 이 흥미로운 투서들을 읽는 것이 업무였다. 당시 총감실에 방문한 경시청 내부 인사들은 그가 유쾌하게 웃으면서 열심히 총감을 매도하는 투서를 읽는 모습을 목격하고 노회한 정치가의 두터운 배포에 감탄했다. 하지만 실제로는 전혀 감탄할 일이 아니었다. 경찰 당국자의 무능을 맘껏 즐기며 투서를 보낸 사람들과 함께 비웃는 것에 불과했기 때문이다.

그는 경시청 내부 사정에 익숙해짐에 따라 부장이나 과장, 각 서의 서장을 어떤 명목으로 경질시킬까, 아니면 경질시키지 않은 채 어떻게 경찰의 능력을 최대한 저하시킬 수 있을까, 이런 중요한 문제를 놓고 밤낮으로 고민했다. 가짜 총감의 음모는 어떤 형태로 드러날까. 그 결과 경찰이 없는 것이나 다름없는 도쿄에는 어떤 전율할 만한 재앙이 생길까. 이 문제에 대해서는 나중에 이야기하겠다.

그들의 프로그램에 따르면 경찰총감 다음으로 흰박쥐단의 마수가 뻗을 곳은 내각 총리대신 오카와라 고레유키의 관저였다.

오카와라 백작은 몇 년 전 부인을 여읜 후 가족이라고는 양자인 슌이치俊一와 친딸인 미네코美禰子밖에 없었다. 나머지는 모두 하인들뿐인 적적한 가정이었다. 부인과의 사이에 오래도록 자녀가 없었기 때문에 친척인 슌이치를 양자로 맞았지만 몇 년 후 뜻밖에도 미네코가 태어났다. 미네코는 양자 슌이치와 정혼시켜 성가신 상속문제를 미연에 방지하기로 했다. 다행히 당사자들도 이 결혼에 이의가 없었다. 이들은 현재 약혼한 사이다.

미네코는 용모가 아름답고 지혜가 뛰어났다. 정말 훌륭한 백작 자제였는데, 외동딸로 태어나 애지중지 자란 탓인지 묘한 결점(또는 장점)이 하나 있었다. 정도가 지나치게 인정이 넘치는 것이었다. 그것이 결점인 까닭은 그녀의 자비심이 상당히 엉뚱한 방식으로 드러나는 경우가 많았기 때문이다.

예를 들어 그녀는 언젠가 길가의 거지에게 자신이 입고 있던 고가의 맞춤코트를 벗어주고 돌아온 적이 있었다. 아니, 더 심하게는 거지 노파를 자동차에 태우고 귀가해 당시에는 생존했던 어머니께 집에서 살게 해달라고 조른 적도 있었다.

미네코의 남다른 자비심은 가족들 사이에서만 아니라 신문이나 잡지의 가십난을 통해서도 널리 퍼졌기에 세간의 화제가 되었다. 돌아가신 백작부인은 정도를 벗어난 딸의 미덕을 유일한 골칫거리로 여겼을 정도였다.

만약 흰박쥐단이 오카와라 백작 집에 들어오려면 미네코의 기벽이 유일한 틈일지도 모른다. 그만큼 이 정치가의 생활에는 전혀 빈틈이 없었다. 그뿐 아니라 흰박쥐단은 과거의 수법을 봐도 알 수 있듯이(예를 들어 가짜 시나가와가 일부러 진짜 시나가와의 집으로 도망쳐서 한 치도 다르지 않은 두 얼굴을 나란히 보여주며 아케치 고고로를 희롱한 것처럼) 일부러 기상천외한 수단을 선택해 기괴한 착상을 과시하려 했다. 이른바 허영심이 강한 범죄자였던 것이다.

그러던 어느 날 백작의 딸 미네코가 저택 서재에서 생각에 잠겨(약혼자 순이치가 간사이關西 쪽으로 여행을 갔기 때문이다) 멍하니 창밖을 내다보고 있었는데, 숲속처럼 넓은 정원에서 나무들 사이로 비틀거리며 걸어오는 사람이 보였다.

언뜻 보기에는 미네코와 같은 나이의 여자였는데 거지인 듯했다. 그녀가 몸에 걸치고 있는 것은 옷이라기보다는 넝마였고, 넝마라기보다는 실밥뭉치라고 하는 편이 어울렸다. 다리는 비틀거렸고 얼굴에 풀어 헤친 머리카락을 늘어뜨리고 있어 유령 같아 보였다.

보통 아가씨라면 그런 침입자를 보고 안으로 도망치거나 사람을 부르겠지만 미네코는 보통 아가씨가 아니었다. 물론 처음에는 두려워서 창을 닫으려 했지만 다음 순간 지병과도 같은 자비심이 고개를 들었다.

미네코는 거지가 다가오기를 조용히 기다리고 있었다. 머릿속으로는 이럴 때 사용할 수 있는 가장 자비로운 말을 찾고 있었다.

거지는 마침내 창가로 다가왔다. 그리고 거기 서서 미네코를 빤히 쳐다보며 외양과 어울리지 않는 아름다운 목소리로 말했다.

"아가씨, 왜 도망가지 않으세요. 무섭지도 않으세요?"

이 사람은 자신의 처지 때문에 마음이 비뚤어졌나 보다. 그래서 이렇게 비꼬는 말투로 이야기하는가 보다. 미네코는 마음속으로 그런 생각을 했다. 그래서 되도록 상냥하게 물어보았다.

"어디로 들어왔어요?"

"문으로⋯⋯. 잘 곳만 있으면 어디라도 가리지 않거든요. 전 어젯밤에도 정원 구석의 창고에서 잤어요."

의외로 예의 있는 말씨였다. 이 사람은 태생이 거지는 아닌 듯했다. 미네코는 그런 생각이 들었다.

"배가 고프겠네요. 그럼 가족은 없는 건가요? 아버지나 어머니도?"

"없습니다. 고아예요. 그리고 말씀하신 대로 배가 몹시 고파요."

"그럼 사람들이 알면 안 되니까 이 창으로 들어와요. 얼른 먹을 걸 찾아올 테니까."

"아무도 오지 않나요?"

"괜찮아요. 집에는 지금 나 혼자만 있으니까. 나머지는 다 하인들이에요."

사실이었다. 백작은 수상 관저에 있었고, 비서도 집사도 모두 관저에 있었다. 미네코의 자선행위를 방해할 만한 하인은 이 집에 한 명도 없었다. 미네코도 보통은 관저에 있었다. 아버지의 신변을 보살피는 일을 비롯해 그녀에게도 맡겨진 역할이 있었다.

잠시 후 어디서 찾았는지 미네코는 비스킷통과 차를 가지고 돌아왔다. 그녀는 거지를 더럽게 여기지 않았다. 거지에게 멋진 의자에 앉으라고 한 후 그 앞의 테이블에 비스킷통을 놓고 기괴하기 짝이 없는 다과회를 열었다.

거지는 어지간히 배가 고팠는지 비스킷 대여섯 개를 한입에 넣어 볼이 불룩해졌다. 그때 거지가 볼에 성가시게 흘러내린 머리카락을 쓸어 올리는 바람에 미네코는 처음으로 거지의 얼굴을 확실히 볼 수 있었다.

이렇게 아름다운 거지라니. 더러운 옷을 갈아입히고 얼굴만 깨끗이 씻긴다면 어떨까. 영양실조로 초췌해진 얼굴이 아니다. 이목구비가 반듯했고 피부가 희었다. 하지만 미네코가 그토록 놀란 이유는 거지가 의외로 미인이기 때문이 아니었다.

"아니, 당신은……."

아까 거지의 출현에도 놀라지 않았던 미네코가 자기도 모르게 벌떡 일어서 문 쪽으로 도망치려 했을 정도다.

"기쁘네요. 역시 아가씨께도 그렇게 보이는군요."

거지는 자못 기쁘다는 듯이 소리쳤다.

"이제 소원이 없어요. 저 같은 보잘것없는 거지가 총리대신이자 백작의 따님과 판박이니."

실제로 이 두 사람, 다시 말해 백작의 딸과 거지는, 한쪽은 단발에 번쩍이는 옷이고 다른 한쪽은 산발에 거친 넝마라는 점만 빼면 얼굴이나 키, 몸집이 모두 쌍둥이라 해도 될 정도로 꼭 닮았다.

"과분하게도 전부터 아가씨와 제가 판박이처럼 **빼닮았다**는 사실을 알고 있었어요. 만약 저 아가씨를 만나게 된다면, 한마디라도 이야기를 나눌 수 있다면, 그런 생각을 했는데 그 바람이 이루어진 거예요. 전 더 이상 기쁠 수 없어요."

거지의 눈에 눈물이 그렁그렁했다.

"아, 세상에 이런 신기한 일이 있다니요."

미네코도 이전보다 열 배는 자비로운 마음으로 탄식하듯 말했다.

서로의 처지는 하늘과 땅만큼 차이 나지만 두 아가씨는 자매처럼 금세 친해졌다.

미네코가 이런저런 질문을 하자 거지는 자신의 사정을 자세히 이야기했다. 여기에 그 내용을 다 쓸 필요는 없지만 그녀의 사정은 실로 딱했다.

고상한 말씨에 얼굴도 아름다웠으며 성격도 그다지 삐뚤어진 것 같지 않았다.

미네코는 새로운 친구 한 명 더 생긴 듯해서 기쁨을 주체할 수 없었다.

우울한 처지에 대해 이야기를 나눈 후에는 거지 아가씨도 고귀한 아가씨도 친구가 된 듯한 기쁨 때문에 점점 쾌활해졌다. 미네코도 목이 메도록 눈물겨운 이야기는 이제 들을 만큼 들었는지 신이 나서 이야기했다.

"아, 좋은 생각이 났어. 멋지겠는걸. 있지, 너랑 나랑 할 수 있는 재미있는 놀이가 생각났어."

미네코가 눈을 반짝이며 말했다.

"네? 아가씨와 제가 놀이를 한다고요?"

거지는 깜짝 놀라 물었다.

"그래. 어렸을 때 『왕자와 거지』라는 동화를 읽은 적이 있어. 그래서 생각이 났는데, 그러니까……."

미네코는 속닥속닥 귓속말을 했다.

"너무 송구스러워서, 그런 건……."

거지 아가씨는 너무 엄청난 일이라 어안이 벙벙해져 뭐라고 거절해야 할지 할 말이 떠오르지 않았다.

미네코는 남다른 자비심 때문에 어처구니없는 장난을 생각해 냈다. 그 결과 그토록 큰 사건이 일어나리라고는 꿈에도 생각하지 못하고 말이다.

거지 아가씨

백작의 딸이 기발한 장난을 생각해냈다. 거지는 자신의 옷을 입는 대신 자신은 거지의 넝마를 걸치고 『왕자와 거지』 흉내를 내보자고 했다. 극단적인 자비심을 가진 미네코는 불쌍한 거지에게 잠시라도 백작의 딸이 되는 꿈을 꾸게 해주고 싶었던 것이다.

두 사람은 거울 앞에서 서로 옷을 바꿔 입었다. 미네코는 일부러 대야도 방으로 가지고 들어왔다. 거지는 세수를 하고 얼굴에 화장을 했다.

"네 머리를 잘라도 될까?"

거지가 끄덕이자 미네코는 머리 모양까지 자신과 똑같이 단발로 잘라주었다. 손이 꽤 많이 갔지만 처음치고는 예쁜 머리가 나왔다.

이제 미네코 차례였다. 미네코는 거지의 넝마를 걸치고 머리를 부스스하게 헝클고 거울을 보았다.

"어머, 정말 아름다운 거지네요. 얼굴에 눈썹 그리는 먹을 좀 발라드릴까요? 그러면 더 진짜처럼 보일 거예요. 아무도 귀족가문 아가씨라고 생각하지 못하겠죠."

거지는 신이 난 나머지 그런 말까지 했다. 하지만 미네코는 오히려 여학교의 가장행렬 같다고 즐거워하면서 거지가 말한 대로 얼굴에 먹칠을 했다.

분장을 마친 두 사람이 거울 앞에 나란히 섰다.

"아무리 봐도 모를 거야. 내가 너고 네가 나인걸."

"이거 송구스러워서 어쩌죠. 저는 이제 죽어도 소원이 없어요. 딱 한번이라도 대신님 딸이 되어보고 싶었어요."

"그렇게 기뻐?"

미네코가 된 거지보다도 거지가 된 미네코가 더 기뻐했다. 그녀는 잠시 거울을 보더니 무슨 생각인지 킥킥 웃기 시작했다.

"너, 좀 더 조신하게 밖으로 나가서 서생이나 하인들이 있는 방을 돌고 와봐. 아무한테도 의심받지 않고 돌아오면 상을 줄게."

거지는 어떻게 그런 짓을 하냐며 망설였지만 미네코가 문을 열고 밀어내듯 내보냈다. 마지못해 복도로 나간 거지는 쥐 죽은 듯 조용한 저택 안을 걸어 부엌으로 향했다.

복도를 돌아가니 앞쪽에서 서생이 걸어오고 있었다. 서생을 본 거지는 별안간 "악" 하고 비명을 지르며 그를 향해 마구 뛰어갔다. 도망치려 방향을 잘못 잡았나 싶었지만 그런 모습 치고는 좀 이상했다. 하지만 그 순간 정말 경악할 만한 일이 일어났다.

"너, 얼른 이리 와봐. 큰일 났어. 내 방에 거지가 들어와서 방을 막 어지르고 있거든. 빨리 가서 쫓아내 줘."

미네코로 분장한 거지가 얼토당토않은 하소연을 했다.

"네? 거지가요? 아가씨 방예요? 그럴 리가요. 여기 기다리고 계세요. 금방 잡아올게요."

서생은 전혀 의심하지 않고 복도를 한달음에 뛰어 방으로 들어갔다. 그런데 정말 새카만 얼굴을 한 더러운 거지가 뻔뻔스럽게 의자에 앉아 여유롭게 차를 마시고 있는 것 아닌가.

"이봐, 너는 대체 누구냐. 여기가 어디라고. 빨리 나가지 않으면 경찰에 끌고 갈 테다."

서생이 서슬 퍼렇게 호통을 치는데도 뻔뻔스러운 거지는 개의치 않았다.

"어머, 왜 화를 내는 거야. 장난 좀 치는 것뿐인데 화낼 것까지 없잖아."

서생은 너무 기가 막혔다.

"어리석은 것. 장난으로 방에 들어오다니 그게 말이 된다고 생각해? 얼른 나가. 안 그러면 이렇게 해주지."

그는 거지(사실은 미네코 아가씨)의 목덜미를 잡고 온 힘을 다해 창밖으로 내던졌다.

미네코는 몹시 분노하며 서생의 무례를 꾸짖었지만 아무 소용도 없었다. 장난이 지나쳤다. 두 사람의 분장이 너무 감쪽같아서 서생조차 분간을 하지 못한 것이었다. 그걸 깨달은 미네코는 분노를 거두고 차분히 설명했지만 서생은 알아듣지 못했다. 그는 미네코를 미친 사람 취급하며 상대해주지 않았다. 그러는 것도 무리는 아니었다. 설사 거지의 얼굴이 미네코와 닮았다 한들 진짜 미네코가 복도에서 기다리고 있다. 설마 백작의 딸이 거지 분장을 했으리라고 누가 상상하겠는가. 게다가 미네코인 척하는 거지는 서로 옷을 바꿔 입은 적이 없다고 했다. 얼굴이 닮은 것을 이용해 거지가 말도 안 되는 트집을 잡는 거라고 끝까지 우겼기 때문에 오히려 미네코가 한층 정신 나간 거지처럼 보였다.

불쌍한 미네코가 열심히 설명을 해보았지만 결국 서생과 문지기의 손에 잡혀 대문 밖으로 내동댕이쳐졌다.

규중심처閨中深處에서 곱게 자란 아가씨는 순간 아무 생각도 나지 않았다. 그저 화가 났다. 격앙된 나머지 하고 싶은 말을 충분히 하지 못했다. 한동안 어쩔 줄 몰라 하며 대문 앞을 서성이던 미네코에게 좋은 생각이 떠올랐다. 자비심 많은 백작을 찾아가는 것이다. 그렇다. 아버지라면 설마 딸을 못 알아보진 않을 것이다. 아버지를 만나러 가자. 그러는 게 좋겠다고 마음을 정하고 거기서 멀지 않은 수상 관저를 향해 터벅터벅 걸어갔다.

지나가는 사람들이 자꾸 뒤를 돌아보았다. 어딘지 모르게 아름다운 거지였기 때문이다. 그러나 미네코로서는 꿈에도 생각지 못한 굴욕의 여정이었다. 그냥 땅에 주저앉아 울고 싶었지만 가까스로 힘을 내서 걸어갔다.

두세 정쯤 걷다보니 요란한 경찰 호루라기 소리가 들려 길을 비켜섰는데 눈에 익은 백작의 자동차가 보였다. 누가 탄 걸까 의아해하는 사이에 차는 멀리 가버렸다. 미네코는 알아채지 못했지만 차 안에는 백작의 딸을 사칭하는 거지가 타고 있었다. 행선지는 그녀와 마찬가지로 수상 관저였다. 민첩한 거지는 자신이 먼저 가서 진짜 미네코가 아버지를 만나지 못하게 막으려는 것이었다. 잠시 후 거지꼴을 한 미네코가 관저 문 앞에 도착하자 명령을 받은 문지기가 만반의 준비를 하고 기다리고 있었다.

그는 안으로 들어가려는 거지 아가씨를 밀치며 호통을 쳤다.

"예상대로구나. 썩 꺼져라. 너에 대해서는 이미 다 알고 있다. 안으로 한 발자국도 들어가지 못한다."

쓰러진 미네코는 일어설 힘도 없었다. 그녀는 그대로 바닥에 얼굴을 묻고 너무 분해 계속 울기만 했다.

우연히 생각난 『왕자와 거지』 장난이 이렇게까지 소설 줄거리 그대로 진행될지는 예상치 못했다. 어쩌면 이것이 필연적인 운명이었는지도 모른다. 이 세상에 그녀와 그 거지만큼 판박이처럼 닮은 사람이 존재한다고 누가 믿겠는가. 맞대결을 하더라도 두 사람이 같은 주장을 하면 현재 백작 딸의 지위를 가진 사람이 승리하는 건 당연했다. 그래서 소설 속의 왕자조차도 그토록 고생하지 않았는가. 그런 생각을 하다 보니 점점 더 희망이 꺾이는 듯해서 미네코는 계속 울 수밖에 없었다.

마취제

이야기의 속도를 좀 높여야겠다. 이 이야기를 계속 하면 끝이 없기 때문이다.

미네코는 그 후 어떻게 되었을까. 흰박쥐단의 음모는 계획대로 착착 진행되었다. 그녀는 잠깐 분장을 한 것이 화稿가 되어 결국 거지로 전락할 운명에 처했다. 백작의 딸이 거지로 추락한 가슴 아픈 사연을 구구절절 늘어놓는다면 이색적인 이야기가 한 편 나올 테지만 지금은 그럴 시간이 없다.

다음 날 미네코의 약혼자인 순이치가 오사카 호텔에서 기괴한 죽음을 맞이하였다. 물론 흰박쥐단이 마수를 뻗은 것이다. 미네코가 바뀐 사실을 알아차릴 수 있는 사람은 약혼자 순이치밖에 없기 때문이다. 그들은 우선 방해가 되는 인물을 제거해야 안전하게 최종 목표인 오카와라 백작에 대한 음모를 착수할 수 있다고 생각한 것이다.

두 사건이 연달아 일어나고 열흘쯤 지나 순이치의 장례도 끝났을 무렵, 오카와라 수상 관저에서 기괴하기 짝이 없는 일이 일어났다.

어느 저녁, 총리대신은 매우 긴 각료회의를 마친 후 각료들을 배웅하고 나자 갑자기 피로가 몰려오는 듯했다. 그는 방으로 들어가서 의자에 앉아 축 늘어져 있었다. 양자 슌이치의 횡사로 백작의 생활은 슬프고 공허해졌다. 총리대신으로서 격무에 시달리는 중에도 조금만 틈이 생기면 어느새 공허감에 빠져 있는 자신을 발견했다.

게다가 이상하게 꺼림칙한 일이 하나 더 있었다. 아까 각료회의를 시작하기 전에 노무라野村 비서관이 자신의 일신에 관해 중대한 이야기를 한 것이다. 그 말을 들었을 때 그는 비서관의 정신이 이상해진 줄 알았다. 아니면 백일몽이라도 꾼 것 아닌가 의심스러웠다. 무슨 말도 안 되는 소리를 하냐고 질책할 뻔했다. 하지만 노무라의 태도나 언행을 보면 그냥 하는 말이 아닌 것 같았다. 백작은 노무라를 오래 겪어 알 수 있었다.

그는 실제 사건이라면 전혀 두려워하지 않는 정치가였지만, 이 악몽 같이 이상한 감정을 어떻게 처리할지 곤혹스러웠다. 말도 안 된다고 일소에 부치면 되는 일이긴 했다. 하지만 노무라 비서관이 정신이 나갔을 리는 없다. 그렇다면 그 사람이 알려준 대로 괴상한 연극에 동참해야 하는 걸까.

백작은 생각에 잠겼다. 마침 그때 그의 머릿속에 있던 인물이 방으로 들어왔다.

"홍차를 가져 왔어요."

미네코가 얌전히 말했다.

백작은 흠칫 놀란 듯이 딸을 바라보았다.

"미네코구나. 미네코 틀림없지?"

"무슨 말씀하시는 거예요, 아버지."

그녀는 방울 굴러가는 듯한 웃음소리를 냈다.

백작은 딸의 손에서 홍차 잔을 받아 입에 가져가면서 물었다.

"아버지 마시라고 가져온 거지?"

그가 굵은 저음으로 다짐하듯 묻자 이번에는 미네코의 얼굴이
창백해졌다. 그녀는 잠시 당황한 모습을 보였지만 바로 냉정을
되찾았다.

"왜 자꾸 이상한 말씀을 하세요, 아버지. 오늘은 꽤 피곤하신가
봐요."

백작은 여전히 미네코를 바라보며 입술 끝에 엷은 미소를
띠우고 홍차 잔에 입을 가져갔다.

홍차 잔이 그의 두꺼운 입술 앞으로 조금씩 기울어졌다. 꿀꺽
꿀꺽 목젖이 위아래로 움직였다. 백작은 순식간에 홍차 잔을
비웠다.

미네코는 뭔가 불안한 듯 방 안을 두리번거리며 백작 앞에
있는 의자에 앉았다. 얼굴이 새파랗게 질려 있었다. 아무리
억제하려 해도 몸이 부들부들 떨리는 것은 어쩔 수 없는 모양이
었다.

그때 노무라 비서관이 들어왔다. 그는 백작이 이미 홍차를
마신 것을 보고 미네코와 눈짓을 주고받더니 짐짓 아무렇지
않은 척 백작 앞으로 갔다.

"내무대신으로부터 전갈이 왔습니다. 급히 뵈었으면 하시는

데요."

그는 편지 한 통을 내밀었다. 백작은 봉투를 열고 편지를 읽기 시작했다. 아직 두세 줄도 읽지 않았는데 수심이 가득한 표정을 짓더니 편지를 든 손을 힘없이 떨구었다.

"왜 그러십니까? 각하, 몸이 안 좋으십니까?"

"아버지, 아버지."

비서관과 미네코가 동시에 달려가 백작의 거구를 떠받치려 했지만 백작은 이미 비정상적인 잠에 빠져 의식이 없었다.

비서관이 그걸 보고 입구로 달려가 관저 안의 사람들을 부를 줄 알았다. 하지만 그는 오히려 안에서 문을 잠갔다.

어느새 백작은 의자에서 굴러떨어져 바닥에 쓰러져 있었다.

"잘 끝났네."

미네코가 연극에 나오는 악녀같이 말했다.

"네 실력에 감탄했어. 이제 4번을 해치운 거네."

노무라 비서관이 말했다. 4번이란 흰박쥐단 인명부의 네 번째 사람을 의미했다.

이 무슨 기괴하기 짝이 없는 일이란 말인가. 놈은 총리대신을 쓰러뜨리기 위해 먼저 딸을 바꿔치기한 다음 양자 슌이치를 죽이고 어느새 노무라 비서관까지 바꿔놓았다. 진짜 노무라 비서관은 백작이 다년간 보살펴준 청렴결백한 사람이었다. 그는 범죄단에 가담할 사람이 아니었다. 지금 이 방에 있는 비서관은 틀림없이 노무라와 똑같이 생긴 다른 사람일 것이다.

"여기 좀 도와줘."

가짜 비서관이 가짜 미네코를 재촉했다. 그들은 잠든 백작을 구석에 있는 벽장으로 정신없이 끌고 갔다. 비서관이 열쇠로 벽장문을 열었다. 백작의 몸이 그 안에 들어갔다.

"이제부터는 나 혼자 할 수 있어. 너는 창밖을 지켜보고 있어."

비서관은 그 말을 남기고 컴컴한 벽장 속으로 사라졌다. 벽장에는 미리 반입해놓은 관 같은 상자가 있다. 그 안에는 흰박쥐단에서 파견된 가짜 오카와라 백작이 숨어 있을 것이다. 가짜 백작이 상자에서 나온다. 가짜 비서관과 둘이서 진짜 백작을 상자에 넣는다. 뚜껑을 닫고 열쇠를 잠근다. 그러면 쉽사리 총리대신의 교체가 완결되는 것이다. 진짜 백작을 가둬놓은 상자는 그대로 벽장 안에 두었다가 기회를 봐서 가지고 나갈 계획인 모양이었다.

마침내 어둠 속에서 덜그럭거리던 가짜 비서관이 밖으로 나왔다. 그리고 신기하게도 그를 뒤따라 방금 마취제에 곯아떨어진 백작이 나타났다. 그는 지금 막 잠에서 깨어나서 나온 것처럼 하나부터 열까지 오카와라 총리대신과 똑같았다.

"어머, 아버지."

미네코가 놀란 듯 큰 소리를 내며 그에게 다가갔다.

"응, 미네코구나."

가짜 백작은 등장하자마자 연극을 했다.

"그럼 각하, 내무대신님께 온 편지에는 뭐라고 답하시겠습니까?"

가짜 비서관이 격식을 갖춘 말투로 물었다. 삼인일조였다.

"편지 답신은 됐고, 경시총감에게 전화를 걸게. 이미 퇴청했으면 관저로 연락하고, 총감이 심취해 있는 민간탐정 아케치 고고로를 데리고 곧장 여기로 오라고 해. 아, 기다려. 중대한 사건이니 실력 좋은 부하 대여섯 명도 동반하라고 말하게. 상대는 꽤 만만치 않은 놈이라는 말도 하고."

총리대신이 그런 이상한 명령을 내리다니 일찍이 전례가 없는 일이었다. 그러나 상대는 가짜 총감과 가짜 아마추어 탐정이다. 한패로부터 전화를 받으면 분명 달려올 것이다.

그런데 백작은 무엇 때문에 총감과 아케치를 부른 것일까. 두 사람은 그렇다 쳐도 뛰어난 경찰도 몇 명 데리고 오라니 아무래도 이상했다. 대체 여기서 무슨 일을 벌일 셈인가. 미네코는 의아하게 여길 수밖에 없었다. 그런 일은 예정된 각본에 없었기 때문이다.

노무라 비서관은 아무 의심도 품고 있지 않은 듯했다. 그는 문을 열고 전화실에 갔으나 금세 돌아와서 보고를 했다.

"총감님은 곧 오실 겁니다."

드러난 음모

30분쯤 지나자 백작과 비서관이 기다리고 있는 다른 응접실로 경시총감 일행이 우르르 들어왔다.

테이블을 가운데 두고 백작, 노무라 비서관, 아카마쓰 총감,

아케치 고고로가 둘러 앉아 있었고, 같이 온 경찰관들은 현관 밖에서 기다렸다.

입구로 간 아케치 고고로는 복도를 둘러보며 아무도 없는지 확인하고 나서 문을 잠갔다. 자리로 돌아오면서 그는 백작과 비서관을 쳐다보며 말했다.

"미네코 씨는요?"

"걱정되시나 보죠? 요시에 씨는 아주 건강하게 저쪽 방에 있습니다."

노무라 비서관이 히죽거리며 대답했다. 맙소사, 왜 미네코를 요시에라고 부를까. 요시에라면 이 이야기의 전반부에 등장했던 아오키 아이노스케의 아내 이름 아닌가. 게다가 그녀는 '외팔 미인' 사건으로 이미 세상에 없는 사람이다.

"몹시 급한 용건이라니 그게 뭐요, 백작?"

경시총감이 평소와는 달리 무례하기 짝이 없는 말투로 백작에게 물었다. 물론 백작이 바뀐 대역이라는 것은 사전에 노무라 비서관에게 들었다.

"그게, 실은 보통 아닌 범죄자가 이 저택에 있네. 그놈을 포박해주었으면 해서."

백작이 차분하게 말했다.

"범죄자? 도둑인가 보군. 하지만 그런 자를 체포하는데 총감이 직접 나서다니 이상하잖아. 이보게, 백작. 자중하지 않으면 둔갑한 가죽을 벗겨버릴 거야."

"설마 도둑 때문에 자네를 불렀겠나. 정치범이야. 아니, 정치범이라는 말로는 부족하지. 공산당이나 혁명보다도 훨씬 무서운 범죄니까."

"이보게, 백작. 협박하는 거야? 장난도 좀 적당히 쳐야지. 일부러 사람 불러다 놓고 이게 뭐야."

경시총감이 웃었다.

"아니, 농담하는 게 아냐. 어쨌든 자네가 데려온 부하들을 이 방에 부르겠네."

"이봐, 정말인가?"

아카마쓰 총감은 구원을 요청하듯 노무라 비서관을 바라보았다.

"정말이야. 우리끼리 의논할 일이 좀 있어. 그것도 조직 내부의 일이지. 경관들을 부르는 게 좋겠네."

"그럼 서생에게 명령해주게."

총감이 겨우 무슨 말인지 알아들었다. 노무라 비서관은 바로 벨을 눌렀다.

잠시 후 완력이 강해 보이는 경관 다섯 명이 들어왔다.

"오카와라 총리님. 그럼 그 범죄에 관해 말씀해주시죠."

아카마쓰 총감이 경관들 앞이라 다시 존댓말을 썼다.

"범죄란 좀 전에 말씀드린 대로 매우 중요한 정치범이 연루된 일입니다. 정부를 전복하고 전국에 소요사태를 일으키려는 무서운 음모죠."

총감은 그 말에 의아한 표정을 지었다. 백작이 흰박쥐단 이야기를 하는 것 같았기 때문이다.

"그러면 범인이 이 관저에 잠복하고 있다는 말씀입니까? 대체 어디 있습니까?"

"여기입니다. 이 방에 있습니다."

총감과 아케치는 두리번거리며 방 안을 둘러보았다. 하지만 사람이 숨을 만한 장소가 없었다.

"아카마쓰 씨. 경관들에게 체포 준비를 시키십시오. 그리고 범인을 포박하라고 명령을 내리세요."

백작이 고압적으로 말했다.

"누구를 말입니까?"

"오노무라 조이치斧村錠一와 아오키 아이노스케 두 사람을요."

옆에서 노무라 비서관이 고함쳤다.

그 말을 듣고 아카마쓰 총감과 아케치 고고로가 자리에서 벌떡 일어나 창백해진 얼굴로 주위를 둘러보았다. 두 사람은 무의식적으로 방어태세를 갖추고 소리쳤다.

"도대체 누구 말입니까? 그런 자가 여기에 있습니까?"

두 사람에게 대항하듯 노무라 비서관도 일어섰다. 그리고 구석에 일렬로 서 있는 경관들에게 오라고 손짓하며 소리쳤다.

"자네들, 경시총감과 아케치 고고로를 체포해. 이놈들은 총감도 아니고 아케치 고고로도 아니야. 오노무라와 아오키란 흰박쥐단 일원이지. 뭘 망설이는 거야. 빨리 체포해."

하지만 경관들은 역시 망설일 수밖에 없었다. 정말 가짜란 말인가. 전부터 윗사람으로 모셔온 사람인데 흰박쥐단 일원이라는 것이 도저히 믿겨지지 않았다.

"아하하하, 자네 제정신 아닌가 보네. 오카와라. 이 열병에 걸린 자를 내쫓으시오. 저런 말을 지껄이는데 아무렇지도 않습니까?"

총감이 외쳤다.

"나도 노무라 군과 같은 의견입니다. 경관들, 오카와라의 명령이다. 이 두 사람을 포박하라."

"잠깐만 기다려 봐요. 내가 아카마쓰가 아니라고 하셨습니까? 재미있군요. 어째서 내가 아카마쓰가 아닌지 이유를 대보십시오."

"너는 오노무라 조이치기 때문이다."

노무라 비서관이 대답했다.

"오노무라 조이치? 전혀 모르는 이름인데. 그런데 만약 그런 자가 있다고 해도 오노무라와 아카마쓰의 얼굴이 어떻게 같을 수 있지? 그자가 경시청 총감실에 들어오는 게 가능하냐고. 언제 오노무라가 아카마쓰로 바뀌었다는 거야? 여우나 너구리도 아니고 얼굴이 똑같은 사람이 어떻게 이 세상에 두 명이 있을 수 있냐고. 정신 나간 소리 작작해."

아카마쓰 총감은 방금 난폭하게 한 말은 일단 제쳐두고 몹시 화난 시늉을 했다. 최후의 수단이었다. 만약 정체가 드러났다 해도 이 점만은 아무한테도 설명할 수 없었다. 따라서 끝까지 우기면 상대가 어찌할 도리가 없으므로 우습게 본 것이다.

"이봐, 오노무라. 자네는 나를 누구라고 생각하나."

"나는 오노무라가 아니야. 하지만 자네는 노무라 군이 틀림없지 않는가."

"진짜 노무라 비서관에게 너희들의 음모가 간파당한 것 같지 않나?"

아카마쓰 총감은 벽에 부딪쳤다. 대체 무슨 일이 일어난 건가. 노무라 비서관은 분명 가짜로 바뀌었을 텐데. 게다가 가짜로 그 역할을 하는 사람은 가장 신뢰할 만한 조직원 중 한 명인 다케다竹田라는 공산주의자일 텐데. 그 녀석이 왜 이런 멍청한 배신을 하겠는가. 오카와라 총리대신도 마찬가지다. 가짜 딸과 가짜 비서관이 마취제를 마시게 하고 분명히 가짜로 바꿔치기하는 것이 계획 아니었나. 대체 왜 이런 예기치 못한 상황이 생긴 것인가.

그럼 노무라 비서관은 과연 가짜 맞는가. 방금 말하는 걸 봐서는 가짜가 아닌 것 같았다. 진짜도 아니고 대역인 다케다도 아니라면 이 남자는 대체 누구인가.

"자네는 누군가? 누구냐고."

상황을 종잡을 수 없어진 아카마쓰 총감이 소리 쳤다.

악마의 제조공장

"나는 아케치 고고로다."

노무라 비서관은 그렇게 말하며 감쪽같았던 가발을 벗고 눈썹을 뗐다. 그리고 입에 물고 있던 솜을 뱉더니 얼굴을 문질렀다.

"어떤가. 자네들 공장의 인간개조술과 내 변장술 중 어느
쪽이 편리할까. 하하하하하."

놀라웠다. 그런 말을 하며 웃는 사람은 틀림없이 명탐정 아케
치 고고로였다. 볼의 주름부터 입술 곡선, 눈 크기, 목소리 톤에
이르기까지 방금 전까지 거기 있던 노무라 비서관의 모습은
온 데 간 데 없었다.

"나는 자네들 소굴에 잡혀 있었지. 하지만 흰박쥐단의 음모는
모두 다 알고 있어. 아오키 요시에가 오카와라 백작의 딸인
척하고 백작에게 마취제를 마시게 하리라는 것도 알고 있었지.
그래서 그 여자가 가진 마취제를 무해한 가루약으로 바꿔치기하
고 백작에게 일부러 잠이 든 척해달라고 부탁했어. 그리고 벽장
안의 상자 속에 있는 가짜와 백작을 바꿔치기하는 척했지. 어둠
을 이용할 수 있었기 때문에 바꿔치기하지는 않았어. 그러니까
그 상자에는 아직도 자네들 동료가 갇혀 있는 셈이지."

그 자리에 있던 사람들은 명탐정의 극적인 출현에 소스라치게
놀랐다.

아카마쓰 총감은 자기도 모르게 옆에 있는 가짜 아케치 고고로
를 쳐다보았다. 똑같았다. 두 명의 아케치 고고로가 서로 쏘아보
고 있었다. 하지만 누구보다도 놀란 사람은 가짜 아케치 고고로
행세를 하던 아오키 아이노스케였다. 그가 만약 뼛속까지 악당
이었다면 진짜 아케치에게 너야말로 가짜라고 우겼을지도 모른
다. 하지만 독자 여러분도 아시다시피 아오키는 극단적인 엽기

자일 뿐 근원은 매우 소심했다. 그는 끝까지 참지 못하고 가장 먼저 이 방에서 도망치려 했다.

아오키가 도망치려 하자 악당 오노무라 조이치도 혼자 버틸 용기가 없었는지 그의 뒤를 따라 입구로 뛰어갔다.

"왜 멍청히 있는 거야. 자네들, 저 녀석을 체포해."

아케치가 소리를 쳤지만 상황이 너무 놀라웠다. 꿈에서 또 꿈을 꾸는 심정이었는지 경관들은 놈들을 쫓지 못했다. 아무도 제지하지 않는 틈을 타서 두 사람은 입구로 뛰어갔다. 그리고 복도로 나가려고 문을 열었지만 무엇을 보았는지 두 사람은 흠칫 멈춰 섰다.

"총감 각하, 부디 그만하시죠. 무례는 더 이상 허용되지 않습니다."

복도에서 비꼬는 듯한 굵은 음성이 들렸다. 문 앞에는 모두 잘 아는 나미코시 경부가 버티고 있었다. 그의 손에는 권총 총구가 기분 나쁘게 빛나고 있었다. 아케치 고고로는 만일을 위해 절친한 친구에게 은밀히 부탁해놓았던 것이다.

흰박쥐단 일당인 오노무라, 아오키, 다케다(아직 상자 안에 숨어 있는 오카와라 대역) 세 명을 아무 어려움 없이 체포한 경찰들은 그들을 포승줄로 묶어 다른 방으로 끌고 갔다.

오만하기로는 누구에게도 지지 않는 정치가 오카와라 백작조차도 이런 기묘한 일은 난생처음 겪었다. 악몽 속에서조차 흔히 볼 수 없는 해괴망측한 일이었다. 그는 악당들이 포박당하는 것을 눈으로 보면서도 여전히 현실에서 일어난 사건이라는 것을 믿을 수 없었다. 신기한 꿈을 꾸는 듯한 기분이라 당연히 걱정해야 할 딸 미네코조차 떠올리지 못할 정도였다.

"있을 수 없는 일이죠. 이 무서운 감정은 개인적 차원의 공포가 아닙니다. 인류의 공포이고, 세계의 공포입니다."

아케치의 말을 가로막고 백작이 질문했다.

"믿을 수 없어. 그건 신이 허락지 않는 일이야. 놈들도 자네와 마찬가지로 일종의 변장술을 쓴 거 아닌가?"

"아닙니다. 그들은 근본적으로 생김새를 바꾼 것입니다. 이를테면 아오키 부부 같은 사람들은 제 변장술을 흉내 낼 수 없습니다. 저는 적어도 십 년간 끊임없이 연구하고 연습한 결과 자유자재로 얼굴 주름까지 바꾸는 기술을 습득한 겁니다. 그들과 같은 초보자는 불가능합니다. 그들은 저처럼 마음대로 변신할 수 없죠. 결정적인 것입니다. 한번 생김새를 바꾸면 영구적으로 그 모습이어야 합니다."

"이건 꿈이야. 자네도 나도 꿈을 꾸고 있는 거야."

"아뇨, 꿈이 아닙니다. 저는 그들의 제조과정을 어느 정도 설명할 수 있습니다. 그보다도 한번 그들의 공장을 보여드리고 싶습니다. 이런 비유는 실례일지 모르지만 각하는 아마 간세이[54] 시대 이전에 비행기를 제작한 오카야마岡山 출신 표구사 고키치幸吉에 대해 들어보신 적이 있으시겠지요. 그는 새를 흉내 내 종이를 겹겹이 붙여 날개를 만들었습니다. 그걸 가지고 지붕에

54_ 寛政. 일본의 연호. 1789~1801년.

서 뛰어내렸죠. 물론 사람들은 그가 괴상한 짓을 한다고 박장대소했습니다. 마치부교[55]는 그에게 추방형을 내리기도 했습니다. 비행기만이 아닙니다. 라디오도 텔레비전도 예전 유토피아 작가들이 상상했을 때는 모두 비웃었습니다. 일고의 가치도 없는 미치광이의 꿈이라고 비난했습니다."

아케치가 여기까지 말했을 때 관저 어딘가에서 천을 찢는 것 같은 여자 비명소리가 들렸다. 백작도, 아케치도, 같이 있던 나미코시 경부도 깜짝 놀라 귀를 기울였다.

"가보세. 나미코시 군."

아케치는 경부와 함께 방에서 뛰어나갔다. 복도를 달려오는 서생의 모습이 보였다.

"큰일 났습니다. 아가씨의 방에서."

서생의 말을 끝까지 듣지 않고 모두들 서생이 가리키는 미네코의 방으로 달려갔다. 날카롭게 욕설을 퍼붓는 소리. 픽하고 뭔가 부딪치는 소리. 심상치 않아 보였다.

아케치가 별안간 문을 열었다. 방 가운데에는 작은 강아지처럼 두 살덩이가 서로 엉켜 있었다. 한 명은 백작의 딸 미네코. 또 한 명은 처음 보는 거지였다. 하지만 희한하게도 비명을 지르는 쪽은 미네코가 아니라 음침한 거지였다.

나미코시 경부는 그 모습을 보고 얼른 방 안으로 뛰어들어가서 거지의 측면을 힘껏 쳤다. 가녀린 거지는 버티지 못하고 픽

....
55_ 町奉行. 에도 막부의 관직명.

234

쓰러졌다.

"포박해."

경부는 경관에게 명령했다.

"기다리게, 나미코시 군. 난폭하게 굴면 안 돼. 자네가 지금 친 사람이 누구라고 생각하나? 백작 따님이네."

아케치가 주의를 주어도 경부는 아직 사태가 파악되지 않는 모양이었다.

"말도 안 돼. 내가 아가씨를 쳤다고? 거지를 친 거지. 아가씨에게 실례를 범하고 있어서."

"자네는 지금 저 여자를 아가씨라고 한 거지?"

아케치가 가리키고 있는 사람은 아무리 봐도 백작의 딸이었다. 그녀는 새파랗게 질린 채 서 있었다.

"저 여자라니 무슨 말이야? 아가씨잖아."

"자네는 흰박쥐단의 마술을 잊었나? 저 여자는 아오키 아이노스케의 아내 요시에야. ……저 봐, 도망치잖아. 그게 바로 증거지."

미네코로 변한 요시에는 창밖으로 뛰어내리려던 차에 한 경관에게 붙잡혔다.

얼굴을 보면 미네코가 분명했으나 더러운 거지에게 아가씨라고 하니 아버지인 오카와라 백작조차도 쉽게 믿을 수 없었다.

"악마의 제조공장에서 이 세상에 보낸 가짜 인물이 여섯 명입니다. 보시다시피 그중 세 명의 정체가 밝혀졌습니다. 남은 세 명은 아오키 아이노스케의 친구인 과학잡지사 사장 시나가와 시로와 이와부치 방적 사장 미야자키 쓰네에몬, 백작의 비서관 노무라 고이치인데, 가짜 노무라 비서관은 나미코시 군이 손수 경시청 지하실에 가둬놓았습니다. 가짜 미야자키 쓰네에몬은 경시청의 다른 팀이 체포하러 갔기 때문에 지금쯤은 이미 붙잡혔을 겁니다. 남은 가짜 시나가와는 흰박쥐단의 두목이라 할 만한 인물입니다. 그놈을 체포해야 하는데 놈들의 소굴에 갇혀 있는 진짜 경시총감, 미야자키 씨, 노무라 비서관이 걱정입니다. 한시라도 빨리 세 사람을 구하러 가야 합니다."

아케치가 설명했다.

"물론 즉각 수배해야지. 그리고 동시에 이 놀랄 만한 음모가 신문기자들에게 새어나가 세간에 퍼지는 일은 무슨 수를 쓰더라도 막아야 해. 그런데 놈들의 소굴에 갈 인원은?"

오카와라 백작은 극도로 긴장한 얼굴로 말했다.

"거기 있는 사람은 여섯입니다. 그중 반은 범죄 의지가 전혀 없으니 정확히 셋입니다. 거의 저항력이 없습니다. 놈들과 같은 인원이거나 아니면 두세 명 여유 있게 가면 될 듯합니다."

협의한 결과 형사부 수사과장과 나미코시 경부, 실력 좋은 형사 여섯 명, 아케치 고고로, 총 아홉 명이 놈들을 체포하러 가기로 했다.

경시청을 출발한 세 대의 자동차는 아케치의 지시에 따라 교외인 이케부쿠로로 질주했다.

차가 멈춘 곳은 독자 여러분도 기억하시는 그 집이다. 아오키 아이노스케가 유령남을 미행해서 잔혹한 살인 광경을 엿보았던 기묘한 집 말이다.

여전히 인기척이 없는 빈집 같은 오래된 양옥집이었다. 입구의 문을 밀어보니 쉽사리 열렸다. 이곳이 괴도들의 은신처인 것이다. 하지만 은신처치고는 너무 개방적이고 경계가 소홀했다.

그들은 어둡고 먼지투성이인 실내로 우르르 들어갔다.

몇 개의 방을 지나 뒷문 가까이에 방이 하나가 보였는데, 그곳에 지하실로 가는 계단이 있었다.

아케치가 선두에 섰다. 낮이라도 암흑 같았기 때문에 준비해 간 회중전등을 비추며 내려갔다. 다 내려가니 창고 같은 작은 벽돌집이 있었다. 서양식 와인 저장고 같았다. 빈 술통, 숯가마니, 파손된 의자 등 여러 가지 잡동사니 가재도구가 아무렇게나 방치되어 있었다. 이 집에 이런 지하실이 있는 것은 별반 이상하지 않았다.

"드디어 놈들의 은신처 입구에 온 것입니다. 무기를 준비하십시오."

아케치가 속삭이듯 말했다. 무기란 흉악범 체포를 위해 특별히 준비한 권총을 의미했다.

"하지만 자네, 지하실은 이게 전부 아닌가. 달리 빠져나갈 길이 없는 듯한데 은신처의 입구라니 무슨 말인가?"

수사과장이 의아한 듯 물었다.

"그것이 이 은신처가 안전한 이유입니다. 지하실 안에 따로 방이 있으리라고는 아무도 생각하지 않기 때문이죠. 이건 고정

된 벽이 아닙니다."

아케치는 작은 소리로 설명하며 정면에 있는 벽의 벽돌 하나를 빼고 그 구멍으로 손을 집어넣어 만지작거렸다. 그랬더니 놀랍게도 벽의 일부가 문처럼 살며시 열리더니 거대한 구멍이 생겼다.

구멍 속에서 어렴풋이 빛이 새어나왔다.

아케치를 선두로 모두 손에 권총을 든 채 어둡고 좁은 길을 걸어 계속 안쪽으로 들어갔다. 막다른 길이었지만 또 문이 있었다. 아케치는 다른 이들에게 잠시 기다리라고 한 채 혼자 그 문을 열고 들어갔다.

넓은 방에는 인형이 주르륵 서 있었다. 전에 아오키 아이노스케가 눈가리개를 하고 온 그 방이었다.

"아오키 군 아닌가. 어찌 된 일이야. 뭔가 급한 일이라도 생겼나?"

방 저쪽에서 한 남자가 달려오는 소리가 들렸다. 시나가와 시로였다. 말할 필요도 없이 가짜다. 그는 유령남이었다.

아케치는 유령남이 무슨 말을 하는지 바로 파악하지는 못했지만 금세 그가 매우 우스꽝스러운 착각을 하고 있다는 것을 알아차렸다.

유령남은 그를 '아오키 군'이라고 불렀다. 아오키 아이노스케라는 의미이다. 거기에는 촛불이 몇 개 켜져 있었기 때문에 사람 얼굴을 착각할 정도로 어둡지는 않았다. 결코 착각이 아니었다. 당연히 아오키라고 부를 만했다.

왜냐하면 아오키 아이노스케는 자신의 원래 모습을 잃고 아케치 고고로로 개조한 상태이기 때문이다. 아케치를 아오키로 착각한 것도 전혀 무리가 아니었다. 게다가 유령남은 가짜 아케치인 아오키가 체포되었다는 사실을 알 수 없다. 또한 진짜 아케치가 이 빈집에서 도망친 것도 아직 눈치채지 못했기 때문에 방금 밖에서 들어온 사람이 가짜 아케치, 즉 아오키 아이노스케라고 믿는 것도 당연했다.

그 사실을 깨달은 아케치는 어색함을 참고 순간적으로 기지를 발휘했다. 그는 놈들이 종종 사용하는 트릭을 역이용하여 아오키 행세를 했다.

"큰일입니다. 경찰이 이 은신처를 안 것 같아요. 아니, 안 것 같은 게 아닙니다. 적의 첩자가 모습을 바꿔 여기에 들어왔어요."

아케치는 당황한 듯 말했다.

"뭐? 경찰의 첩자가?"

가짜 시나가와는 갑자기 안색을 바꿨다.

"그놈은 어디 있는데?"

"여기 있습니다."

"여기라니?"

"이 방이요."

"뭐야, 농담을 해도 유분수지. 이 방에는 자네와 나 외에는 아무도 없네. 저 인형 속에 그놈이 있으면 몰라도."

유령남은 불안한 듯 떼 지어 있는 인형을 둘러보았다.

밀랍인형들은 검은 눈을 크게 뜨고 살아 있는 사람처럼 이쪽을 빤히 쳐다보고 있었다. 그 가운데 진짜 사람이 섞여 있다 해도 전혀 알아보지 못할 것 같았다.

"인형으로는 변하지 않았죠. 좀 더 감쪽같은 변장이면 몰라도."

아케치는 히죽 웃으며 말했다.

"좀 더 감쪽같은 변장? 대체 자네는 무슨 말을 하는 건가?"

가짜 시나가와는 이루 말할 수 없는 공포를 느꼈다. 뭔가 정체를 알 수 없는 아주 섬뜩한 일이 일어날지 모른다고 예감했다. 그는 겁에 질린 눈으로 상대를 응시했다.

"하하하……, 아시겠습니까?"

아케치가 서서히 정체를 드러냈다.

"그러니까 자네는 그 첩자가 이 방에 있다는 거네. 그런데 이 방에 있는 사람은 단 두 명, 나와 자네뿐이고. 그렇다면……."

가짜 시나가와는 말을 더듬었다.

"겨우 알아차린 모양이네요."

"말도 안 돼. 자네 정신 나간 것 아니야?"

그는 새파랗게 질려 소리쳤다

"그놈은 안쪽 방에 감금되어 있어. 방금 방 안을 돌아다니는 것을 확인하고 오는 길이란 말이야. 그놈이 밖에서 들어올 리가 없어. 자네는 아오키야. 다른 사람이 아니야."

"그런데 아오키가 아닌 증거라면, 여기를 보십시오. 나는 당신을 체포하려 합니다."

아케치는 그렇게 말하며 상대의 등을 툭툭 쳤다. 시나가와는 그것이 손가락이 아니라 좀 더 단단한 것, 이를테면 권총의 총구같이 느껴져 흠칫 놀랐다.

"여러분, 들어오셔도 됩니다."

아케치가 큰 소리로 부르자 대기하고 있던 경관들이 우르르 들어왔다. 흰박쥐단의 두목은 쉽사리 포승줄에 묶였다.

남은 두 명의 단원도 소란스러운 소리를 듣고 달려 왔지만 이유도 모른 채 다짜고짜 포박되었다. 그중 한 명은 일찍이 아사쿠사 공원에 몇 번 나타났던 잘생긴 청년이었다.

모두 세 명의 포로를 끌고 집 안쪽으로 들어갔다. 가다보면 중간에 문단속을 철저히 해놓은 작은 방이 있었는데, 귀를 기울여보니 안에서 걸어 다니는 소리가 들렸다.

가짜 시나가와는 그 소리를 듣고 이상한 표정을 지었다. 그는 그 방 안에 진짜 아케치가 있다고 믿었던 것이다.

"저 소리?"

아케치는 낄낄거리며 설명했다.

"그건 너희들이 실험용으로 키우는 토끼 소리야. 내 신발을 신은 토끼가 뛰어다니는 거지."

놈들의 소굴에는 정체모를 외과병원이 있었는데 거기서 실험용 토끼를 사육하고 있었다. 아케치가 그중 한 마리에 구두를 신겨 자신을 대리하도록 한 것이다.

놈은 기가 질려 말문이 막힌 듯했다.

"이번에는 너희들 차례다. 내가 만든 감옥에 들어가 잠시 조용히 있어라."

아케치는 형사들에게 지시하여 세 범죄자들을 작은 방에 가두고 밖에서 열쇠로 잠갔다. 만일의 사태를 대비하여 입구를 지키는 형사도 남겨놓았다.

인간개조술

터널 같은 복도 모퉁이를 돌자 철창으로 구획이 나눠진 열 평 남짓한 방이 나왔다.

방 안에는 병원처럼 침대가 줄지어 나란히 놓여 있고, 침대에는 얼굴에 붕대를 두른 세 사람이 누워 있었다. 침대 머리맡에는 전기치료기나 메스, 약병 선반, 그리고 용도를 알 수 없이 번쩍번쩍 빛나는 오싹한 기구들이 빼곡했다.

그리고 방 안을 바쁘게 왔다 갔다 하는 세 남자가 있었다. 그중 한 명은 부스스한 백발에 흰 수염이 얼굴을 덮은 노인이었다. 로이드안경 너머로 왠지 불안하게 눈을 반짝이고 있어 정신 나간 사람처럼 보였는데, 외과의사처럼 흰 수술복을 입고 있었다. 감옥병원 원장 같은 모양새였다. 나머지 두 명도 마찬가지로 수술복을 입고 있었다. 젊은 청년들인 것으로 보아 조수인 듯했다.

아케치는 가짜 시나가와에게 빼앗은 열쇠로 철창을 열고 기묘한 병원으로 사람들을 안내했다. 경관의 모습에 놀란 두 조수가 방 한구석으로 도망쳐 웅크렸다. 백발노인은 눈도 깜짝하지 않은 채 사람들 앞을 가로막고 무섭게 호통을 쳤다.

"너희는 뭐하는 자들이냐. 어딜 함부로 들어와. 중요한 일에 방해가 된다는 건 알고 있느냐."

"아닙니다, 오카와大川 박사. 방해하려고 온 건 아닙니다. 우리는 선생님의 놀랄 만한 업적을 보러 왔습니다. 고견을 들으러 온 것입니다."

아케치는 공손히 허리를 굽히며 말했다.

"흠, 그런가. 그렇다면 싫은 소리는 하지 않겠지만 자네들은 의학에 뜻이 있어 내 학설을 들으러 온 건가?"

"아뇨, 의사는 아닙니다. 이분들은 경시청에서 오신 관리들입니다. 즉 업무상 선생님의 발명이 어떤 것인지 여쭤보고 싶다고 하셔서요."

"아, 관리인가? 관리가 내 일을 보러 오는 건 당연하지. 왜 안 오나 이상하게 생각했을 정도야. 좋아, 잘 모르는 사람들도 이해하기 쉽게 설명해주지."

실로 괴이한 문답이었다. 다들 무슨 말인가 눈만 깜빡였다. 하지만 아케치가 조용히 설명해주자 그들도 상황을 이해하게 되었다.

오카와 박사는 십여 년 전까지만 해도 꽤 유명한 대학교수였다. 하지만 교단을 떠나 기묘한 연구에 몰두한다는 소문이 돌더니 언제부터인가 세상에서 잊혀졌다. 어디에서 무엇을 하는지 아무도 몰랐다.

박사는 인간의 용모를 마음대로 바꾸는 방법을 연구했다. 이른바 '인간개조술'이라는 것이었다. 의학과 미용술을 혼합한 특이한 연구였는데, 아무도 그런 비정상적이고 불길해 보이는 연구를 거들떠보려 하지 않았다. 그때 박사를 알아보고 그 기술을 신뢰하는 사람이 생겼다. 그는 박사를 도와 '인간개조술'을 완성시켜 사람들을 크게 속여먹으려는 어처구니없는 구상을 한 것이다.

그는 빈곤의 구렁텅이에 빠진 박사에게 생활비와 연구비를 공급했다. 박사는 십년 가까운 세월 동안 끈질기게 연구했다.

그런데 행인지 불행인지 일 년 전쯤 오카와 박사의 기괴한 연구가 성공을 거두었다. 자유자재로 한 인간을 완전히 다른 인간으로 개조할 수도, 어떤 인간과 한 치도 다르지 않은 인간을 만들어낼 수도 있게 되었다.

하지만 오카와 박사는 연구를 완성시키자마자 너무 탈진해서 인지, 아니면 그런 악마적인 행위로 신의 분노를 산 까닭인지 정신이 이상해지고 말았다. 미친 것이다. 하지만 신기하게도 인간개조술만은 잊어버리지 않았다. 그는 자신이 완성한 발명을 실행하는 기계가 된 것이다.

박사에게 자금을 공급한 남자에게는 박사가 미친 것이 오히려 다행이었다. 그는 재빨리 사들인 낡은 양옥에 지하실을 확장해 악마의 제조공장을 만들었다. 기괴한 감옥병원을 세운 것이다.

오카와 박사는 지하 감옥에 갇혔다. 감옥에는 인간개조술을 시행할 수 있는 온갖 도구가 준비되어 있었으며, 실험을 위해 살아 있는 인간까지 공급되었다. 미친 박사는 희희낙락하며 수술을 했다. 그는 자신의 기술이 어떤 용도로 쓰일지 생각하지 않고 기술을 위한 기술에 함몰되어 감옥병원 원장의 지위에 안주했다.

박사에게 자금을 공급하고 박사의 발명을 이용한 남자가 가짜 시나가와 시로, 즉 흰박쥐단 두목이라는 것은 말할 필요도 없다. 그는 자신과 자신의 몸을 첫 실험재료로 제공해 과학잡지사 사장 시나가와 시로로 변신하는 수술을 받았다. 그 후 그는 이 이야기의 전반에 상세히 기술한 대로 때로는 영화나 신문에서 사진으로 얼굴을 드러냈고, 때로는 소매치기를 했으며, 때로는 남의 아내를 빼앗는 등 여러 기괴한 시험을 하였다. 그리고 오카와 박사의 시술이 완전히 세상 사람들을 속일 수 있는지 시험해본 결과 슬슬 안심할 수 있다는 판단이 들자 여기에는 그 목적을 밝히기 힘든 거대한 음모에 착수한 것이다.

악행의 가담자는 아주 쉽게 찾을 수 있었다. 어떤 위험도 없이 하룻밤에 천하의 대부호가 되고, 한 나라의 재상이 되는 것을 거부할 사람은 없었다.

그 자리에서 아케치가 이런 상세한 이야기까지 한 것은 아니다. 단지 사람들에게 오카와 박사가 단단히 미친 발명가라는 것을 간단히 설명했을 뿐이다. 그는 뒤이어 다음과 같은 말도 했다.

"오카와 박사가 완성한 것은 악마의 기술입니다. 잠시라도 세상에 보여서는 안 될 지옥의 비밀이죠. 이 수술실은 곧 파괴되고 박사는 진짜 감옥에 끌려갈 겁니다. 내일부터는 보고 싶어도 볼 수 없는 신기한 기술인 셈이죠. 이 기회에 악마의 정체도 들여다보고 마술사의 학설도 들어둘까요."

아무도 반대하는 사람은 없었다. 사람들은 미친 백발박사가 이끄는 대로 죽 늘어서 있는 침대 머리맡으로 다가갔다.

박사는 여러 시술도구와 약품을 보여주면서 자신의 신비한 '인간개조술'을 힘주어 설명했다. 기술력 외에는 광인이나 다름없는 노인이었다. 지옥의 사전에서나 나올 것 같은 이상한 방언을 섞어 쓰는 바람에 무슨 뜻인지 알 수 없는 부분도 있었지만, 그 개요는 다음과 같았다.

"경찰 관리라니 변장술이라는 걸 말해주지. 가발을 쓰거나 수염을 붙이거나 안경을 쓰는 건 진부한 방법이야. 만약 가발도 수염도 안경도 사용하지 않고 정말로 맨 얼굴을 바꿀 수 있다면 어떨까. 애들 장난 같은 변장술 따위는 필요 없어지겠지. 내 방법은 타고난 얼굴을 완전히 다른 사람처럼 개조하는 거야. 본래 의미의 변장술인 거지.

남자건 여자건 상관없어. 몹시 추한 얼굴로 태어난 사람은 자기 얼굴을 부끄럽게 여길 수밖에 없겠지. 사랑에 패하고, 사람들에게 멸시당하면서 결국은 세상을 저주하게 돼. 지금까지는 그런 사람을 구제하는 방법이라곤 그저 여러 가지 화장법이 있었을 뿐이야. 화장은 덧칠을 해서 가리는 것이라 절대 원래 얼굴이 아름다워질 수는 없지. 눈을 크게 할 수도 없고 코를 높일 수도 없으며 입을 줄일 수도 없거든. 하지만 내 개조술은 이 불가능한 일들을 가능케 해줘. 다시 말해 내 방법이야말로 진정한 화장술인 거야."

오카와 박사의 연설은 이런 식이었다.

인간 용모의 기조를 이루는 것은 골격과 살이다. 우선 골격부터 바꾸지 않고 용모를 개조한다는 것은 거짓이다. 뼈를 깎고, 뼈를 연결하는 것이 오늘날 외과 의학에서는 불가능한 일이 아니다. 알기 쉽게 예를 든다면 치근막염이나 축농증 수술처럼 얼굴뼈를 깎는 수술이 일상다반사로 이루어지지 않는가. 다만 용모를 바꾸기 위해 뼈를 깎고 연결하는 수술을 감행할 대담한 외과의가 없을 뿐이다. 오카와 박사가 그걸 한 것이다.

살을 변형시키는 것은 더 쉽다. 영양공급을 조절해 적당히 살을 찌우거나 빼는 것도 하나의 방법이지만 더 쉬운 방법도 있다. 현재 코를 높이는 융비술隆鼻術에 사용하고 있는 파라핀 주사다. 볼을 볼록하게 만들기 위해 면 뭉치를 입에 무는 대신 그 부위에 파라핀을 주사하면 된다. 볼이든 턱이든 다 마찬가지이다.

하지만 기존 융비술로도 알 수 있듯이 파라핀 주사는 쉽게 변형된다. 시간이 오래되면 파라핀이 피부 안에서 떡처럼 굳어 형태가 변한다. 또한 온도가 높아지면 흐물흐물해져 손가락으로 눌러도 움푹 들어가거나 녹아 흘러내린다.

오카와 박사의 방법은 종횡으로 짜인 피부조직 내에 매우 가느다란 파라핀 선을 각각 따로 여러 차례 주입하는 것이다. 그러면 파라핀이 육질처럼 되어 영구히 같은 형상으로 보존할 수 있다. 따라서 떡같이 굳거나 녹아 흘러내리는 일은 결코 없다.

살을 빼는 것은 구강 안으로 지방제거 수술을 해서 감쪽같이 변형시킬 수 있다. 그렇게 하면 골격과 살을 자유자재로 변형시킬 수 있어 그 사람의 용모는 확연히 변한다. 물론 그것만으로는 충분치 않다. 다음으로 두발 모양과 색깔을 바꾸는 것이 필요하다. 머리 모양을 바꾸기 위해서는 모발을 심거나 뽑는 기술을 응용해야 한다. 곱슬머리를 펴기 위해서는 특수 전기장치가 필요하고, 흰머리를 만들기 위해서는 염모제로 모발의 색소를 빼는 시술을 한다.

눈썹과 수염도 마찬가지로 심거나 뽑거나 변색하는 방법이 있다.

눈꺼풀을 변형하거나 쌍꺼풀을 만드는 수술은 실제로 안과의사도 하고 있지만 오카와 박사는 그 수술을 더 확장해서 속눈썹을 심고, 눈꼬리를 확대하거나 축소하여 자유자재로 동그랗거나 가는 눈으로 변형시킬 수 있었다.

코는 앞에서 설명했듯이 개량 융비술과 연골절제를 통해 마음대로 변형시켰고 입도 눈과 마찬가지로 확대와 축소가 가능했다. 오카와 박사는 이런 수술에 전기메스와 보비 유니트를 사용했다.

구강 내부, 특히 치아의 변형은 용모개조에 가장 중요했다. 치아를 빼거나 심어서 치열을 변형시키는 수술은 실제로 치과의사들도 곧잘 하는데 오카와 박사는 그 기술을 훨씬 넓고 깊게 연구했다.

피부 광택의 경우는 어느 정도까지는 전기적인 방법이나 약품시술로 바꿀 수 있지만 그 이상은 역시 외용 화장품에 기대야 했다.

요컨대 오카와 박사의 '인간개조술'은 개별 원리로는 그다지 창의적이지 않다. 그러나 지금까지는 아무도 손대지 않았던 종합의술을 창시한 셈이다. 성형외과와 안과, 치과, 이비인후과, 미안술美顔術, 화장술 등의 최신 기술을 한 차례 더 고안하고 조직화하여 용모개조 기술을 종합적으로 완성시켰다. 이처럼 기존 의술을 총망라해서 단지 용모개조를 위해 종합적으로 이용한 것은 아직 전례 없는 일이었다. 게다가 각각 떨어져 있으면 두각을 나타내지 못하는 각종 의술을 하나의 목적을 위해 집중시킬 때 이토록 훌륭한 성과를 낼 것이라고 누가 상상할 수 있었을까.

실재하는 인간을 모델로 그와 똑같은 용모를 창조하기 위해서는 무엇보다도 그 재료로 모델과 비슷한 신장, 골격, 용모를 가진 사람을 찾아야 했다. 오카와 박사는 지문 연구가가 지문의 형태를 분류하듯 인간의 두부 및 안면 형태를 백여 개의 표준형으로 분류했다. 모조인간을 만들기 위해서는 모델과 재료가 동일 표준형에 속할 필요가 있다. 이를테면 가짜 아케치 고고로를 만들기 위해서는 아케치와 가장 닮은 용모와 풍채를 가진 인물(아오키 아이노스케가 적합했다)을 찾아내고, 박사가 스스로 모델에게 접근해 마치 화가가 모델을 바라보듯 관찰했다.

그리고 병원으로 돌아와 몇 종류의 모델 사진을 앞에 두고 수술에 착수했다. 소위 인간 묘사술이었다.

다시 말해 오카와 박사는 위의 내용을 다소 비정상적인, 그러니까 기기하고 광기 어린 표현을 쓰며 이야기했다. 그 이야기를 들은 사람들이 형언할 수 없는 악몽에 시달리는 듯한 느낌을 받은 것은 말할 필요도 없었다.

대단원

"그러면 여기 있는 세 사람도 선생님의 수술을 받았겠군요."

아케치가 물었다.

세 사람이란 아카마쓰 총감과 미야자키 쓰네에몬, 노무라 비서관이다. 가짜를 세상에 내보낸 이상 진짜는 완전히 다른 인간으로 개조하지 않으면 위험하다. 놈들이 그 생각을 못했을 리 없다.

"그렇지. 그런데 아직 착수 전이야. 피부색과 광택을 바꾸기 위해 약을 발랐지. 탄로가 나면 큰일이니 수면제를 주사한 상태야."

박사가 대답했다.

"얼굴 붕대를 풀어보아도 될까요?"

"그건 안 돼. 지금 붕대를 풀면 도로아미타불이야. 약제의 효력이 사라지지. 풀면 안 돼."

아케치가 바라는 바는 약제의 효력이 사라지는 것이었다. 박사가 무슨 말을 하더라도 붕대를 풀어야 했다.

아케치는 형사들에게 눈짓을 해서 방해하지 못하게 박사를 붙잡고 있으라고 하고는 마음껏 붕대를 풀었다.

"뭐야, 안 된다고 했는데 뭐 하는 거야. 그만두지 못할까."

백발의 박사는 형사들에게 붙들린 손을 뿌리치려고 발을 구르며 노발대발 고함쳤다.

"조용히 해. 안 그러면 따끔한 맛을 보여주겠다."

형사도 고함으로 맞받아쳤다.

"네 이놈, 더 이상 못 참겠다."

박사는 짐승처럼 으르렁거리며 형사에게 덤벼들었다.

엄청난 격투가 시작되었다. 미치광이는 만만치 않았다. 형사가 두 명이나 달라붙었는데도 진정되지 않았다.

하지만 날뛰는 사이 박사의 발이 미끄러졌다. 넘어지면서 침대 쇠 난간에 뒤통수를 호되게 부딪쳤다.

박사는 신음하며 쓰러졌다. 그는 일어날 힘도 없는 듯했다. 그래서 형사들이 다가가 몸을 일으켜 세우자 겨우 얼굴을 들어 보이며 난데없이 웃는 것이었다. 반미치광이가 완전히 미쳐버린 모양이었다.

한편 붕대를 푼 세 사람은 수면제의 효력이 약해진 듯 떠들썩한 격투 소리를 듣고 의식을 회복했다. 그들의 얼굴에는 아직 아무 변화도 나타나지 않았다. 원래 모습 그대로의 총감과 부호, 비서관이었다.

바로 그때였다.

"놈들이 도망친다. 빨리 와줘."

갑자기 크게 외치는 소리가 들렸다.

놈들을 가둬둔 작은방 쪽이다. 지키고 있던 형사의 외침이었다.

모두 깜짝 놀라 작은방으로 달려가려는데 뜻밖에도 놈들은 이 방으로 달려왔다. 밖으로 도망쳐봐야 살 수 없다고 생각한 것일까.

형사들이 그들을 향해 우르르 달려갔다.

나중에 알고 보니 작은방의 문은 안에서도 열쇠로 잠글 수 있게 되어 있는 데다가 놈들이 여벌 열쇠를 가지고 있었다. 그들은 서로 포승줄을 풀어주고 열쇠로 문을 연 후 감시하던 형사를 밀치고 도망친 것이다.

그렇다 해도 그들은 왜 밖으로 도망치지 않고 안으로 달려온 것일까.

아, 맞다. 그들에게는 최후의 카드가 남은 것이다.

이것 봐라. 무시무시한 형상을 한 가짜 시나가와가 필사적으로 지하 소굴 한편을 가로막고 서서 검은 원통형 물건을 번쩍 들어 올리는 것 아닌가.

꼬리에 불씨가 붙은 것처럼 훌훌 타고 있었다.

"여기서 도망쳐. 그렇지 않으면 모두 죽는다."

놈이 경직된 입술로 고함쳤다.

사람들이 깜짝 놀랐다. 개중에는 이미 입구로 달려 나간 사람도 있었다.

"아닙니다. 도망칠 필요 없습니다. 이봐, 내가 그 장난감에 대해 이미 알고 있다는 생각은 안 해봤나? 잘 타고 있네. 하지만 불씨의 끝만 타고 있지. 화약은 물에 잠기면 소용없는 거 모르나 보군."

아케치가 비아냥거렸다. 그는 도망치기 전에 이미 이 위험물을 알아채고 안전하게 처리해놓았던 것이다.

"이걸 보라고. 불꽃 색깔이 점점 이상해지잖아. 연기가 안 나는 것 같지 않아? 보라고. 벌써 불은 다 꺼졌지."

놈의 얼굴이 붉으락푸르락하며 몹시 분해했다.

"이 악마의 소굴을 폭발시키는 건 좋은 생각이야. 사실 이런 불쾌한 장소는 산산조각 내버리는 게 가장 좋지. 하지만 당장 그럴 필요는 없어. 괜히 애꿎은 사람까지 말려드는 건 참을 수 없거든."

흰박쥐단 일당은 모조리 체포되었다. 박사의 조수 역할을 한 두 청년도 예외는 아니었다.

완전히 미쳐버린 오카와 박사는 악마의 감옥병원에서 정신병원 철창 안으로 옮겨졌다.

놈들의 소굴은 어느 날 밤에 불이 나는 바람에 '인간개조술' 기구와 약품을 포함해 모든 것이 재로 돌아갔다. 악마의 음모가 흔적도 없이 모두 사라진 것이다.

이 한 편의 이야기가 아무런 증거도 없는 황당무계한 꿈같다고 하더라도 할 말이 없다.

용모를 자유자재로 바꾸는 기술.

맨 얼굴의 변장술.

그런 것이 실제로 세상에서 행해진다면 인간 생활이 얼마나 엄청난 동란動亂에 휘말리겠는가.

꿈같은 이야기로 만족한다.

꿈같은 이야기로 만족한다.

또 하나의 결말

-(전편의 말미와 연결)

노 과학자 인체개조를 설파하다

"손님인가, 이쪽으로 오시오."

그렇게 말한 사람은 수술복 같은 흰옷을 입은 백발노인이었다. 어두워서 잘 보이지는 않았지만 흰 수염이 얼굴을 덮고 있어 마치 이빨을 드러낸 개처럼 보이는 괴상한 노인이었다.

아이노스케는 마치 최면술에 걸린 듯 비틀거리며 안쪽 방으로 들어갔다. 역시 어두웠는데 보아하니 화학실험실과 외과수술실을 겸한 방 같았다. 에나멜이 발라진 큰 침대가 있었고, 번쩍번쩍 빛나는 메스가 줄지어 놓여 있는 유리선반이 보였다. 한구석에는 복잡한 전기장치가 있었고, 테이블에는 시험관과 플라스크가 어수선하게 널려 있었다. 약품 선반에는 각양각색의 유리병이 있었다.

"보세요."

흰옷을 입은 노인은 현미경이 놓인 책상 앞에 앉아 건너편 의자를 가리켰다. 아이노스케는 말없이 거기 앉았다.

"용모를 바꾸고 싶은가 보군."

"네? 용모를 바꾼다고요?"

아이노스케가 깜짝 놀란 듯 반문하자 노인은 히죽 웃었다.

"그래. 당신은 자신을 지우고 싶은 거 아닌가? 아니, 비밀을 털어놓을 필요는 없어. 나는 당신의 신상에 관해서는 듣고 싶지 않거든. 아무것도 묻지 않고 희망대로 해주는 것이 장사지. 당신한테는 이미 막대한 선금을 받았어. 나는 묵묵히 당신의 용모만 바꿔주면 돼."

아이노스케는 대책 없는 광인의 나라에 잘못 섞여 들어온 심정이었다. 그 역시 미친 척하고 생각해보니 노인이 하는 말을 대충 이해할 수 있을 것 같았다. 하지만 그런 어처구니없는 일이 정말로 가능하긴 하단 말인가.

"타고난 생김새를 바꿀 수 있다면 누구라도 생김새를 바꾸겠죠. 하지만 당신은 어떤 의미로 그렇게 말씀하시는 건지요?"

"그러니까 자네라는 인간이 세상에서 없어지는 거야. 죽는 거지. 그리고 완전히 다른 한 인간이 세상에 태어나는 거야. 그 대가가 만 엔이야. 어때, 나쁘지 않지?"

"그런 게 정말 가능합니까?"

"그럼. 가능하지. 성가시긴 하지만 설명을 좀 해주지. 여기에 온 다른 손님들도 내 설명을 듣기 전까지는 모두 수술을 승낙하지 않았어. 자네도 그렇겠지."

"수술이요?"

아이노스케는 깜짝 놀라며 안색을 바꿨다.

"하하하하하하, 무서운가 보네. 그러는 것도 무리는 아니지. 처음에는 모두들 사형대에 오르는 얼굴을 하더라고. 좋아, 비전문가도 알기 쉽게 설명해주지."

노인은 천천히 자세를 바꾸며 말했다.

"자네는 도둑이나 탐정이 사용하는 변장술을 알 거야. 가발을 쓰거나 수염을 붙이거나 안경을 쓰는 건 진부한 방법이지. 만약 가발도 수염도 안경도 사용하지 않고 정말로 맨 얼굴을 바꿀 수 있다면 어떨까. 애들 장난 같은 변장술 따위는 필요 없어지겠지. 내 방법은 타고난 얼굴을 완전히 다른 사람처럼 개조하는 거야. 본래 의미의 변장술인 거지.

남자건 여자건 상관없어. 몹시 추한 얼굴로 태어난 사람은 자기 얼굴을 부끄럽게 여길 수밖에 없겠지. 사랑에 패하고, 사람들에게 멸시당하면서 결국은 세상을 저주하게 돼. 지금까지는 그런 사람을 구제하는 방법이라고 해야 그저 여러 가지 화장법이 있었을 뿐이야. 화장은 덧칠을 해서 가리는 것이라 절대 원래 얼굴이 아름다워질 수는 없지. 눈을 크게 할 수도 없고 코를 높일 수도 없으며 입을 줄일 수도 없거든. 하지만 내 개조술은 이 불가능한 일들을 가능케 해줘. 다시 말해 내 방법이야말로 진정한 화장술인 거야."

노인의 강의는 이런 식으로 길게 이어졌다. 요점만 정리하면 그 내용은 다음과 같다.

인간 용모의 기조를 이루는 것은 골격과 살이다. 우선 골격부터 바꾸지 않고 용모를 개조한다는 것은 거짓이다. 뼈를 깎고, 뼈를 연결하는 것이 오늘날 외과 의학에서는 불가능한 일이 아니다. 알기 쉽게 예를 든다면 치근막염이나 축농증 수술처럼 얼굴뼈를 깎는 수술이 일상다반사로 이루어지지 않는가. 다만 용모를 바꾸기 위해 뼈를 깎고 연결하는 수술을 감행할 대담한 외과의가 없을 뿐이다. 이 노인이 그걸 한 것이다.

살을 변형시키는 것은 더 쉽다. 영양공급을 조절해 적당히 살을 찌우거나 빼는 것도 하나의 방법이지만 더 쉬운 방법도 있다. 현재 코를 높이는 융비술에 사용하고 있는 파라핀 주사다. 볼을 볼록하게 만들기 위해 면 뭉치를 입에 무는 대신 그 부위에 파라핀을 주사하면 된다. 볼이든 턱이든 다 마찬가지이다.

하지만 기존 융비술로도 알 수 있듯이 파라핀 주사는 쉽게 변형된다. 시간이 오래되면 파라핀이 피부 안에서 떡처럼 굳어 형태가 변한다. 또한 온도가 높아지면 흐물흐물해져 손가락으로 눌러도 움푹 들어가거나 녹아 흘러내린다.

노인의 방법은 종횡으로 짜인 피부조직 내에 매우 가느다란 파라핀 선을 각각 따로 여러 차례 주입하는 것이다. 그러면 파라핀이 육질처럼 되어 영구히 같은 형상으로 보존할 수 있다. 따라서 떡같이 굳거나 녹아 흘러내리는 일은 결코 없다.

살을 빼는 것은 구강 안으로 지방제거 수술을 해서 감쪽같이 변형시킬 수 있다. 그렇게 하면 골격과 살을 자유자재로 변형시킬 수 있어 그 사람의 용모는 확연히 변한다. 물론 그것만으로는 충분치 않다. 다음으로 두발 모양과 색깔을 바꾸는 것이 필요하다. 머리 모양을 바꾸기 위해서는 모발을 심거나 뽑는 기술을 응용해야 한다. 곱슬머리를 펴기 위해서는 특수 전기장치가 필요하고, 흰머리를 만들기 위해서는 염모제로 모발의 색소를 빼는 시술을 한다.

눈썹과 수염도 마찬가지로 심거나 뽑거나 변색하는 방법이 있다.

눈꺼풀을 변형하거나 쌍꺼풀을 만드는 수술은 실제로 안과의 사도 하고 있지만 노인은 그 수술을 더 확장해서 속눈썹을 심고, 눈꼬리를 확대하거나 축소하여 자유자재로 동그랗거나 가는 눈으로 변형시킬 수 있었다.

코는 앞에서 설명했듯이 개량 융비술과 연골절제를 통해 마음대로 변형시켰고 입도 눈과 마찬가지로 확대와 축소가 가능했다.

구강 내부, 특히 치아의 변형은 용모개조에 가장 중요했다. 치아를 빼거나 심어서 치열을 변형시키는 수술은 실제로 치과의 사들도 곧잘 하는데 노인은 그 기술을 훨씬 넓고 깊게 연구했다.

피부 광택의 경우는 어느 정도까지는 전기적인 방법이나 약품시술로 바꿀 수 있지만 그 이상은 역시 외용 화장품에 기대야 했다.

요컨대 노인의 '인간개조술'은 개별 원리로는 그다지 창의적이지 않다. 그러나 지금까지는 아무도 손대지 않았던 종합의술을 창시한 셈이다. 성형외과와 안과, 치과, 이비인후과, 미안술, 화장술 등의 최신 기술을 한 차례 더 고안하고 조직화하여 용모개조 기술을 종합적으로 완성시켰다. 이처럼 기존 의술을 총망라해서 단지 용모개조를 위해 종합적으로 이용한 것은 아직 전례가 없는 일이었다. 게다가 각각 떨어져 있으면 두각을 나타내지 못하는 각종 의술이지만 하나의 목적을 위해 집중시킬 때 이토록 훌륭한 성과를 낼 것이라고 누가 상상할 수 있었을까.

실재하는 인간을 모델로 그와 똑같은 용모를 창조하기 위해서는 무엇보다도 모델과 비슷한 신장, 골격, 용모를 가진 사람을 찾아야 한다. 노인은 지문 연구가가 지문의 형태를 분류하듯 인간의 두부 및 안면 형태를 백여 개의 표준형으로 분류했다. 모조인간을 만들기 위해서는 모델과 재료가 동일 표준형에 속할 필요가 있다. 한 인물의 가짜를 만들려면 우선 그 인물과 동일 표준형의 다른 사람을 찾아낸다. 그리고 노인이 직접 모델에게 접근해 마치 화가가 모델을 바라보듯 관찰한 후 실험실로 돌아와 모델 사진을 여러 장 앞에 두고 가짜를 만드는 수술에 착수한다. 소위 인간묘사술이었다.

노인은 위의 내용을 다소 비정상적인, 그러니까 기괴하고 광기 어린 표현을 쓰며 강연했다. 그걸 들은 아오키 아이노스케가 형언할 수 없는 악몽에 시달리는 느낌을 받은 것은 말할 필요도 없었다.

엽기의 말로를 보여준 연출자, 최후의 고백을 하다

아이노스케는 노인의 장광설을 듣는 동안 당연히 짚이는 바가 있었다. 이야기가 끝날 때까지 기다리기 힘들어 그에 대해 묻지 않을 수 없었다.

"알겠습니다. 그러니까 시나가와 시로가 두 명이 있다는 거네요. 제2의 시나가와 시로를 만들어낸 사람이 당신이었습니까?"

"이름을 말하는 건 금물이야. 나는 자네 이름도 알고 싶지 않아. 이름이건 신분이건 아무것도 묻지 않고 의뢰에 응하는 것이 내 영업방침이거든. 나는 물론 시나가와 시로 같은 사람은 모르지."

"아, 그러신가요? 그러시군요. 그래야겠네요."

아이노스케는 어이가 없다는 듯 몇 번이나 말했다.

"그럼 시나가와의 사진을 보여드리면 아시겠군요. 하지만 아쉽게도 지금 그 사람 사진을 갖고 있지 않은데요……."

"그래? 사진이 있으면 어떤 수술을 했는지 기억이 날 텐데."

노인은 아이노스케의 눈을 가까이 들여다보며 말했다.

"사진에는 못 미치네만, 원한다면 자네에게 보여줄 게 하나 있지. 내 얼굴을 잘 봐. 알았지?"

노인은 키득키득 웃었다. 가슴이 섬뜩해지는 웃음이었다.

아이노스케는 까무러칠 것 같았다. 경천동지할 기괴한 일의 전조 같아서 심장이 마구 뛰었다.

노인은 눈꼬리에 주름이 자글자글해지도록 낄낄 웃으면서

긴 수염을 손으로 잡고 좌우로 세게 흔들었다. 그러자 수염 전체가 고무처럼 늘어났다. 아니다, 늘어난 게 아니었다. 떨어진 것이다. 가죽을 벗기듯 수염뿌리가 턱에서 떨어져 나왔다.

얼굴에서 수염을 제거하고 난 다음 부스스한 머리카락에 손을 집어넣어 왼쪽부터 휘휘 돌리자 백발 아래에서 검고 건강한 머리카락이 나타났다.

아이노스케는 벌떡 일어나서 도망치려 했다. 머리카락과 수염 속의 얼굴을 보고 싶지 않았기 때문이다. 하지만 보고 말았다. 이제 도망칠 힘도 없었다. 비틀거리며 도로 의자에 앉았다.

노인의 얼굴 아래로 새롭게 태어난 다른 얼굴이 실실 웃고 있었다. 웃는 입이 한없이 커지는 것 같았다.

"하하하하하하, 어떻습니까. 시나가와 시로가 이런 얼굴 아니었습니까?"

노인의 목소리가 시나가와 시로의 목소리로 바뀌었다. 얼굴도 시나가와와 한 치도 다르지 않았다. 제3의 시나가와 시로가 홀연히 나타난 것이다.

"당신, 뭐야? 아니, 자네는?"

더 이상 말을 할 수 없었다. 아이노스케는 무서운 악몽을 꾼 듯 몸부림쳤다.

"이봐, 아오키 군. 어때? 엽기의 말로는 이런 거 아닐까?"

제3의 시나가와 시로가 시나가와 시로의 목소리로 시나가와 시로처럼 허물없는 말투로 이야기했다.

"엽기의 말로라니?"

"그래, 이게 더 이상 나아갈 수 없는 엽기의 말로지. 어때, 이제 통달했나?

"통달이라니?"

"자네의 지병인 권태가 치유되었냐고."

"권태라니?"

"흐흐흐흐흐, 자네는 권태를 잊었잖아. 권태병 환자인 자네가 권태를 잊다니 그거야말로 기적 아닌가. 기적의 요금이 만 엔이라니 싸잖아."

"뭐? 만 엔?"

"아까 청년에게 자네가 건네준 만 엔. 인간개조술이라는 건 거짓부렁이지. 있잖아, 노 가면 같은 얼굴을 가진 청년. 그를 고용해 노인의 개조술을 그럴싸하게 꾸민 거야."

"그런 거였어? 그러면 자네는……."

"나는 틀림없이 시나가와 시로야. 과학잡지사 사장 시나가와 시로 겸 소매치기 시나가와 시로, 자네의 부인을 홀린 시나가와 시로, 잘린 목에 입을 맞춘 시나가와 시로. 하하하하하하하, 어때? 정말 만 엔이면 싸지 않나?"

아이노스케는 바보처럼 입을 떡 벌린 채 아무 말도 하지 않았다.

"이실직고가 필요한가? 아무래도 필요한 듯하네. 알겠나? 자네는 권태병 환자야. 온갖 엽기를 다 체험하니 종국에는 진짜 범죄만 남은 거지. 살인만 남은 거야. 하지만 자네는 그런 것까지 할 용기는 없었잖아. 없어서 다행이었지. 그렇지 않으면 지금쯤

형무소나 사형대에 있겠지. 그 불가능한 미션을 멋지게 해보인 거야. 자네를 위해서, 또한 나를 위해서. 자네는 잠시 권태를 싹 잊을 수 있고, 나는 나대로 자네 같은 영리한 친구를 속이는 즐거움을 충분히 맛볼 수 있었으니까."

아이노스케의 눈은 아직 공허해 보였다. 그는 도저히 믿어지지 않는 일을 믿으려니 아주 고통스러운 모양이었다.

"모두 트릭이야. 무슨 말이냐면, 우선 구단의 소매치기. 그건 나였어. 일부러 자네한테 접근해서 나를 부르게끔 했지. 자네가 사람을 잘못 본 것처럼 꾸민 거야. 돌담 속에 있던 지갑들은 훔친 것이 아니야. 중고품 가게에 부탁해서 산 낡은 지갑일 뿐이지.

도쿄의 호텔에서 자네와 점심식사를 한 그 날 교토에서 활동사진에 찍혔다는 것도 거짓말이지. 그거야 친한 영화감독에게 부탁해서 그런 편지를 써달라고 한 거거든. 일부러 교토에 가서 인파에 섞여 촬영을 한 것은 다른 날이었어. 그것도 그 감독의 호의로 가능했지. 생각해보면 나도 참 호기심 많은 별난 사람이야.

고지마치에서 몰래 엿본 건 내 최대 역작이었어. 처음에 자네가 혼자서 엿보았을 때에 말이 되어 기어 다니던 건 나야. 내가 노출광인 거지. 훌륭한 연극이었어. 그것도 모르고 자네가 나를 꾀어내서 둘이 함께 엿보았을 때는 내 대역을 썼지. 상대 여자가 같은 사람이어서 같은 분위기를 내는 건 아무 문제없었어. 얼굴은 달랐지만 전체적인 모습이 나랑 아주 닮은 남자를 고용한 거야. 다시 떠올려봐. 그 남자의 움직임이 능숙해서 자네는 결코 얼굴을 볼 수 없었을 거야. 자네는 몸의 일부나 뒷모습만 봤을 테지만 옷차림도 상대 여자도 똑같으니까 착각을 한 거지. 게다가 내가 엿보면서 나와 똑같은 자와 얼굴을 마주한 척하며 일부러 몸을 떨었으니 자네가 속아 넘어간 거지.

그 후 신문 사진에 두 명의 시나가와 시로가 얼굴을 나란히 한 건 말이야. 그것도 간단한 일이었어. 신문사 사진기자를 매수해서 인파 속 원판에 내 얼굴을 합성한 사진동판을 만들어달라고 했거든. 인파 속에 누가 있든 뉴스의 가치는 변하지 않으니까. 신문사의 누구에게도 영향을 주지 않는 일이었지. 그러니까 사진기자도 내 매수에 응했던 거야.

이케부쿠로의 집, 그게 클라이맥스였어. 그냥 빈집이었을 뿐이야. 그 집을 내가 잠시 빌려서 여기저기 손본 거지. 자네가 죽인 남자? 그것도 바로 나지. 드디어 자네가 염원하던 살인을 하게 해준 거잖아. 자네에게 최고의 스릴을 맛보게 해줄 생각이었거든. 하하하하하, 망연자실해졌군. 믿을 수 없나 보지? 그 권총에는 총알이 없었어. 내 와이셔츠 가슴에 가짜 피를 넣은 고무주머니를 숨기고 있었거든. 자네가 발포하면 그 고무주머니가 터져서 피가 분출하게끔 해놓은 거지. 그런 애들 장난 같은 속임수가 성공한 건 전부 분위기 탓이야. 일루전을 만들어낸 내 기막힌 솜씨. 잘난 척 좀 해도 되겠지?"

그건 정말 경탄할 만한 유희였다. 아오키 아이노스케의 엽기벽은 물론이거니와 시나가와 시로의 집요하고 심각한 장난이 오히려 더 병적이라 할 수 있었다. 그는 엽기를 연출하며 광인의 집요함을 유감없이 발휘한 것이다. 확실히 만 엔은 싼값이었다. 엽기의 사도는 그와 같은 이성적인 연출자를 얼마나 갈망했을까.

"그때 잘린 목에 입을 맞춘 거? 하하하하하, 물론 속임수지. 절단된 목이 아니라 테이블 밑에 몸을 숨기고 머리만 올려놓은 것처럼 꾸민 거야. 피 칠갑을 해서."

"기다려 봐. 잠깐만, 시나가와 군. 자네가 하는 말이 진짜라고 해도 이해가 안 가는 게 있네."

아이노스케는 꿈에서 깬 듯 경악하며 소리쳤다.

"자네는 일부러 언급하지 않았지만, 가장 중요한 것이 빠졌네. 무슨 말인지 알겠지?"

아이노스케의 창백해진 얼굴이 경련을 일으켰다. 얼이 빠졌던 그가 정신을 차린 것이다. 정신을 차리지 않으면 안 될 정도로 중요한 문제가 생각났기 때문이었다.

"알겠네. 자네 부인 말하는 거겠지. 내가 부인을 어떻게 했는가 그 말 아닌가. 나고야의 쓰루마이 공원의 어둠 속에서 속삭이던 것, 그리고 자네 부인이 내게 보낸 러브레터."

시나가와 시로의 이야기가 멈췄는데도 아이노스케는 아무 말도 할 수 없었다. 말이 나오지 않아 다만 필사적으로 상대를 노려보기만 했다.

"물론 트릭이야. 자네 부인의 정절은 보장해."

"증거가 필요하네."

아이노스케는 이마에 땀이 송글송글 맺힌 채 오직 증거만을 요구했다.

"증거? 좋아. 우선 러브레터부터 말하지. 간단한 거야. 물론 가짜지. 내가 자네 부인의 필체를 흉내 내서 썼어. 역시 애들 장난 같은 속임수야. 그리고 쓰루마이 공원에서 밀회하던 남자는 말이지, 자네가 불렀을 때 사람 잘못 봤다고 대답했지만 그것도 사실 나야. 나 같은 인간이 세상에 두 명이 있을 리가 없잖아. 하지만 안심하게. 상대 여자는 자네 부인이 아니야. 뒷모습과 목소리만 닮은 다른 여자야. 그 여자를 찾느라 내가 꽤 고생했어. 어떤 카페의 여급이었지."

"증거를 보여주게."

아이노스케는 아직 믿지 않는 모양이었다.

"좋아. 증거는 확실히 준비되어 있지. 기다려 보게. 바로 보여 줄 테니."

시나가와는 테이블에 있던 벨을 눌렀다. 어딘가에서 부저소리가 났다. 방 한쪽에 있는 문이 조용히 열렸다. 그리고 문 밖에는 키가 크고 날씬한 여자의 뒷모습이 보였다.

"아, 요시에……."

아이노스케는 의자에서 벌떡 일어나서 그쪽으로 달려가려 했다.

"자네, 잘 보게. 요시에 씨가 아니야. ……자, 보라고."

여자가 천천히 아이노스케 쪽으로 고개를 돌리더니 얌전히 방으로 들어왔다. 뒷모습은 요시에와 똑같았지만 얼굴은 전혀 달랐다. 아이노스케의 사랑하는 아내와는 전혀 닮지 않았다. 그렇지만 그 여자 역시 미인이었다.

아이노스케는 긴장이 풀려 쓰러지듯 의자에 털썩 앉았다.

그러는 동안 여자가 가까이 다가왔다. 여자는 자못 정숙하게 인사를 하더니 사랑스러운 보조개를 보이며 보기 좋게 루주를 바른 입술로 생긋 미소를 지었다.

작가의 말

트릭이 언급된 부분이 있으니
주의하시기 바랍니다.

1. 「탐정소설 10년」에서

확실하지는 않지만 아마 1월호부터였던 듯하다. 당시 요코미조 세이시[1] 군이 『문예구락부』 편집자가 된 지 얼마 안 되었을 때였는데 그가 몇 번이고 의뢰를 하는지라 차마 거절하지 못하고 쓰기 시작했다. 처음에는 참바라[2]처럼 쓰지 않을 생각이었지만 평소처럼 정해진 줄거리도 없이 쓰다 보니 점점 힘에 부쳤고 5~6회쯤에 가서는 탈진하고 말았다. 내가 괴로워하는 것을 본

....

1_　橫溝正史[1902~1981]. 일본 본격추리소설의 대표 작가. 에도가와 란포의 권유로 『신청년』을 발행하는 하쿠분칸博文館에 입사하여 편집자로 일했다. 1927년 『신청년』 편집장을 맡은 이래 『문예구락부』와 『탐정소설』 등에서 편집장을 역임하였고, 1932년 퇴사 후 전업 작가의 길을 걸었다. 명탐정 긴다이치 고스케金田—耕助가 등장하는 『혼진 살인사건本陣殺人事件』으로 1948년 제1회 일본탐정작가클럽상 장편상을 수상했으며, 대표작은 『옥문도獄門島』 (1947), 『팔묘촌八つ墓村』(1949), 『이누가미 일족犬神家の一族』(1950) 등이 있다.

2_　칼이 서로 부딪치는 소리에서 비롯된 말로 칼싸움이나 난투극이 주를 이루는 극이나 영화를 가리킨다.

요코미조 군이 아예 제목도 바꾸고『거미남』풍으로 쓰면 어떠냐고 했다. 나도 그편이 더 나을 것 같아 냉큼 그의 의견을 받아들여 모험추격물로 바꾸었다. 하지만 그것도 생각대로 되지 않아 결국 지리멸렬하게 끝났다. 단행본으로도 냈는데 의외로 잘 팔리는 것이 이상했다. 어쩌면 내가 고단샤 잡지에 글을 쓰기 시작한 이후 내 책을 읽어주는 독자가 늘었는지도 모르겠다는 생각을 했다. (1932년 5월)

2. 도겐샤판 『에도가와 란포 전집』 후기에서

하쿠분칸의 『문예구락부』 1930년 1월호에서 12월호까지 연재했다. 내 작품 중 줄거리를 똑똑히 기억하는 것이 있고, 거의 잊어버린 것이 있다. 『엽기의 말로』는 잊어버린 작품 중 한 편이다. 교정을 위해 30년 만에 통독해보니 이런 것을 쓴 적이 있었나 싶었고, 마치 나중에 쓴 글 같아서 희한하다는 생각을 했다. 그런 까닭에 이 해설문은 좀 길어질 것 같다.

이 소설은 내 장편들 중에서도 기형아처럼 희한한 작품이다. 전편과 후편으로 나뉘어져 있는 데다가 두 개가 완전히 풍이 다른 이야기이다. 아마도 당시 『문예구락부』 편집장이 요코미조 세이시 군이었던 것 같은데, 요코미조 군에게 연재를 의뢰받았는지는 잘 기억나지 않지만, 중간에 제목을 바꿀 때에는 분명 요코미조 군과 상담을 하고 그의 권유로 작품의 풍조를 바꾼 기억이 난다.

전편 「엽기의 말로」는 「어둠 속에서 꿈틀대다闇に蠢く」나 「호

반정 살인湖畔亭事件」과 같은 마음가짐으로 시작했지만 제재가 충분히 숙성되지 않은 탓에 어딘가 지지부진했으며, 거의 효과도 나지 않은 채 점차 결말에 가까워지고 말았다. 얼굴이 똑같은 사람이 두 명 있는 것은 사실 과학잡지사 사장이 엽기의 말로를 보여주려고 손이 많이 가는 장난을 한 것에 불과했고, 마지막에 그걸 이실직고한다는 결말이었다. 내 단편 「붉은 방」과 비슷한 착상이었는데, 에드거 앨런 포의 「윌리엄 윌슨William Wilson」 테마를 역으로 트릭화한 탐정소설을 쓰려 했던 것이다.

하지만 생각만큼 잘 써지지 않아 얼른 사실을 털어놓아야지 그대로 계속 끌고 가기에는 너무 지루했다. 게다가 구성이 엉성했기 때문에 이미 결말이 그럴 것이라는 것을 독자들에게 간파당한 듯했다. 나는 진퇴양난에 빠졌다. 무엇보다 1년간 연재하기로 약속했는데 6개월 만에 끝날 것 같아 폐가 되는 줄 알면서도 괴로운 나머지 편집장인 요코미조 군에게 전화를 걸어 상담했다.

요코미조 군은 작가이기도 해서 막다른 곳에 몰린 내 심정을 잘 알았다. 그래서인지 그는 다음과 같은 제안을 했다. 어쨌든 6개월 만에 끝나면 안 되니까 심기일전해서 제목도 바꾸고 좀 더 눈길을 끄는 소설, 그러니까 고단샤 잡지에 썼던 것처럼 뤼팽식의 모험물을 쓰는 게 어떻겠냐는 것이었다. 그렇게 하면 작품의 풍이 완전히 바뀌긴 하겠지만 계속 쓸 수는 있을 것 같아 결국 요코미조 군의 제안에 따르기로 했다. 제목도 「흰박쥐白蝙蝠」로 바꾸고, 처음 생각했던 '장난'이라는 결말을 '인간개조술'이란 착상으로 바꿔 황당무계한 동화 같은 작품을 쓰고 말았다.

나는 이 소설을 교정하며 30년 만에 내가 쓴 것을 읽어본 셈인데, 특히 후반은 완전히 잊고 있었던지라 내가 이렇게 일찍부터 '인간개조술'을 생각한 건가 고소苦笑를 금치 못했다. '인간개조술'은 '일인이역'과 '투명인간 갈망'의 가장 극단적인 형태인 셈이다. 나를 평하는 사람들이 '란포의 작품은 대부분 일인이역이거나 그 변형에 불과하다'고 말하는 것도 당연했다. 나는 원래부터 '투명인간 갈망'이 이상할 정도로 강한 사람이다. 여러 가지 일인이역 트릭을 생각한 것도 '엿보기' 심리를 다룬 작품이 많은 것도 그 때문이다.

'투명인간 갈망' 중 '인간개조술'만큼 이상적인 것이 없다. 나는 이 기법에 심하게 끌려 『엽기의 말로』에서 이미 쓴 것을 잊어버리고 그 뒤에도 두 번씩이나 같은 기법에 관해 자세히 설명했다. 그 하나가 1937년에 『고단구락부』에 연재했던 『유령탑』이다. 구로이와 루이코가 번안한 소설의 내용을 변형시켜 내 식의 문체로 쓴 작품인데, 그 마지막에 '용모개조술' 장면이 나온다. 나는 그것을 원작보다 더 과학적으로 썼다. 『엽기의 말로』와 마찬가지로 성형수술 기법을 쓴 것이다. 또 하나는 1950년 『보석寶石』에 실었던 「탐정소설에 묘사된 비정상적 범죄 동기」 중 '도피' 범죄의 예로서 『대통령의 미스터리President's Mystery』의 줄거리를 자세히 소개할 때였다(『속 환영성幻影城』에 수록). 내가 이 미국 연작소설에 끌렸던 이유는 역시 성형수술에

의한 '인간개조술' 때문이었다. 그 부분을 앤서니 애벗[3]이 매우 과학적으로 썼기 때문에 나는 점차 그 기법의 가능성을 믿게 되었다. 지금보다 20년 전에 이미 애벗은 콘택트렌즈를 사용한 안구변형술에 대해 기술했는데 당시 나는 그런 건 생각조차 하지 못했다.

그런 까닭에 이 『엽기의 말로』에 이미 내가 좋아하는 '인간개조술'이 나온 것, 그리고 실패하긴 했지만 전반에 에드거 앨런 포의 「윌리엄 윌슨」 테마를 역으로 쓰려고 한 것을 30년 후에 보니 오히려 흥미로웠다. (1962년 4월)

....

3_ Anthony Abbot[1893~1952]. 미국의 저널리스트이며 작가인 찰스 아워슬러 Charles Fulton Oursler의 필명 중 하나. 『대통령의 미스터리』는 루스벨트 대통령이 직접 제시한 줄거리를 여섯 명의 탐정 소설가들이 연작으로 써서 한 권의 장편으로 묶었다. 집필 작가는 루퍼트 휴즈, 사무엘 홉킨스 애덤스, 앤서니 애벗, 리타 바이만, S. S. 밴다인, 존 어스킨.

옮긴이의 말

아케치 고고로 사건수첩 제4권 『엽기의 말로』는 평론가 오우치 시게오大內茂男가 "에도가와 란포의 장편들 중에서도 가장 희한한 작품" 이라고 「화려한 유토피아」에서 말한 것처럼 다소 당황스러운 작품일지도 모릅니다. 소설을 읽으신 분들은 느끼셨겠지만 마치 다른 두 소설을 붙여놓은 것처럼 전편과 후편의 작풍이 많이 다릅니다. 전편 「엽기의 말로」가 스릴러풍이라면 후편 「흰박쥐」는 모험활극이라 할 수 있는데 에도가와 란포가 작가의 말에서 밝혔듯이 여기에는 사연이 있습니다.

에도가와 란포는 『문예구락부』의 편집장이 된 요코미조 세이시의 간청으로 오직 아이디어만 가지고 소설을 집필하기 시작한 것입니다. 하지만 준비가 충분하지 않은 탓에 이야기 전개는 뜻대로 되지 않았고 결국 소재가 고갈되어 6개월 만에 연재를 중단할 위기에 처했습니다. 따라서 요코미조 세이시의 제안대로 『거미남』의 성공으로 흥행 보증수표가 된 아케치 고고로를 등장시킨 모험활극으로 방향을 전환할 수밖에 없었습니다. 『엽기의 말로』는 에도가와 란포가 1929년 8월부터 『고단구락부』에 연재하던 『거미남』이 끝나기도 전인 1930년 1월부터 『문예구락부』에 연재하기 시작했고, 『거미남』이 끝나자마자 7월부터는 『고단구락부』에 『마술사』를, 9월부터는 『킹』과 <호치신문>에

각각 『황금가면』과 『흡혈귀』를 연재했다는 걸 생각해보면 어쩌면 물리적으로도 무리한 계획이었는지도 모릅니다.

사실 『엽기의 말로』는 서로 앞뒤가 맞지 않는 서술(노무라 비서관의 대역을 맡았다는 다케다라는 인물이 몇 페이지 뒤에는 아직 상자 안에 숨어 있는 오카와라 대역으로 변해버리는 것이 대표적 예일 것입니다)이 빈번히 눈에 띨 정도로 완성도 면에서는 문제가 많습니다. 게다가 파탄난 이야기 구성만큼이나 그때까지 견고하게 구축해왔던 아케치 고고로라는 캐릭터도 허술해져 명탐정 아케치물로도 그다지 만족스럽지 않은 작품이 되고 말았습니다. 하지만 『엽기의 말로』에 대해 여러 평자들이 이구동성 "실패작이지만 재미는 있다"고 단서를 붙이는 데에는 이유가 있는 듯합니다.

오우치 시게로가 "전반은 스릴 만점의 몹시 흥미로운 이야기이므로 이 작품의 전반에 기초해 후반을 다른 형태로 현상공모를 해보면 훨씬 재미있는 소설이 탄생할 것"이라고 말할 정도로 전편이 매우 흥미진진하기 때문입니다. 흥미롭게도 실제로 란포가 처음에 구상한 대로 전개되는 판본도 존재합니다. 1946년 12월 닛세이쇼보日正書房에서 출간된 『엽기의 말로』입니다. 이는 전후 조악한 종이에 인쇄된 센가시仙花紙본으로 재간된 판본들 중 하나인데, 아케치 고고로가 등장하는 후편 「흰박쥐」를 삭제하고 대신 다른 결말을 추가하였습니다. 사실 이 결말을 란포가 직접 쓴 것인지는 의견이 분분합니다. 1962년 도겐샤판 후기에서 밝힌 것처럼 이 작품을 쓴 지 30년 만에 처음으로 다시 읽어본 것이라면 다른 사람이 쓴 것이라 할 수 있지만, 요코미조 세이시에게 보낸 1946년 10월 19일자 서간에 "(닛세이쇼보에서) 미리 선금을 받았기 때문에 원고를 무리하게 썼다. 약 200매 정도이다"라는 내용이 있는 것을 근거로 이 원고가 결말을 다시 쓴 『엽기의 말로』라고 추정하기도 합니다. 고분샤판 전집에서 이 새로운 결말을 '또 하나의 결말'이라는 소제목을 달아 수록하고 있는 것도 흥미진진한 전편에 대한 미련을 놓치고 싶지 않았기 때문인지도 모릅니다.

이렇듯 「또 하나의 결말」이 매력적인 것은 아오키 아이노스케라는 인물이 끝까지 이야기의 중심에 놓이기 때문입니다. 무엇하나 부족함 없는 인물이 권태로운 나머지 엽기에 매료되는 것은 란포 초기 단편에 단골로 등장하던 소위 '고등유민'의 전형적인 행태인데다가, 일인이역 트릭을 정면으로 다루고 있어 외양이 똑같은 타인의 존재에 대한 위협과 전율을 그린다는 것은 더 할 수 없이 란포적입니다. 아오키 아이노스케를 중심에 놓은 『엽기의 말로』가 무엇보다 매력적인 것은 온다 리쿠의 말대로 드넓은 도쿄를 배경으로 끝없는 펼쳐지는 미행극이기 때문입니다. 구단 야스쿠니 신사의 초혼제, 혼조의 변두리 활동사진관, 데이코쿠 호텔, 연말의 복잡한 긴자, 고지마치의 한적한 주택가, 간다의 잡지사, 료운가쿠가 사라진 아사쿠사, 이케부쿠로 교외의 썰렁한 벌판…… 얼굴이 시나가와와 한 치도 다르지 않은 유령남을 찾아다니는 미행극은 그가 벌이는 엽기 행각이기도 하지만 도쿄라는 도시를 완벽한 탐정소설의 공간으로 만들어가는 순간이기도 합니다.

번역하는 입장에서도 이 소설은 참 흥미로운 점이 많았습니다. 그 중에서도 제목인 '獵奇の果'를 어떻게 번역할지는 끝까지 고민이었습니다. 물론 많은 판본들이 '果'에 'はて'(끝을 의미)라는 루비를 달아놓았지만 보통 끝을 의미하는 'はて'는 '果て'로 표기하는데, 굳이 열매를 의미하는 '果'로 표기한 것을 보면 무슨 의도가 있어 보였기 때문입니다. 그리고 평론가 나카시마 가와타로中島河太郎에 의하면 '엽기'란 『신청년』 1924년 8월 증간호에 게재된 사토 하루오佐藤春夫의 「탐정소설소론」에 나오는 말이라고 합니다. 그래서 이를 본 란포가 즐거워하며 자신의 소설 제목으로 차용했을 것이라고 추정하는데, 사토 하루오의 말을 직접 인용을 해보면 그 내용은 다음과 같습니다.

"요컨대 탐정소설이란 역시 풍부한 로맨티시즘이라는 나무에서 뻗은 가지이며 엽기와 탐이眈異의 과실果實이고, 다면적인 시詩라는 보석의 한 단면을 비추는 기이한 빛줄기이다. 이는 인간에 공통된 악에 대한 기묘한 찬미이자 무서운 것을 보았을 때의 기이한 심리에 뿌리를 둔 것으로 어떤 면에서는 명쾌함을 사랑하는 건전한 정신과 결부되어 성립한다고 해도 과언이 아니다."

이런 것들을 종합해볼 때 결국 '果'라고 표기하고 'はて'라는 루비를 단 것은 중의적인 표현 아닐까 생각하게 되었으며, '果'에는 일종의 과거의 행위에서 생겨난 결과, 즉 인과응보의 뜻도 있다는 것을 감안하여 '엽기의 말로'로 번역하기로 했습니다.

마지막으로, 한 번 더 말씀드리지만 란포의 소설에는 현재의 시점에서 보면 부적절한 표현이 다수 포함되어 있습니다. 하지만 이는 작가 개인의 세계관과 당시의 시대상을 반영한 것이므로 가감 없이 보여주는 편이 오히려 의미 있다고 생각해서 그대로 번역했습니다. 다만 일부러 순화하지도 않은 만큼 일부러 강조하지도 않았다는 점 꼭 말씀드리고 싶습니다.

2019년 4월
이종은

작가 연보

1894년
- 10월 21일 미에三重현 나가名賀군 나바리초名張町에서 아버지 히라이 시게오平井繁男와 어머니 기쿠きく의 장남으로 태어남. 본명은 히라이 다로平井太郎.

1897년(3세)
- 아버지의 전근으로 나고야名古屋 소노이초園井町로 이사. 평생 이사가 잦았으며 그 회수가 총 46회에 달함.

1901년(7세)
- 4월 나고야 시라가와 진조소학교白川尋常小学校 입학.

1903년(9세)
- 이와야 사자나미巖谷小波의 동화에 심취. 어머니가 읽어준 기쿠치 유호菊池幽芳의 번안 추리소설『비밀 중의 비밀秘密中の秘密』을 학예회에서 구연하려다 실패. 환등기에 매혹되었으며 이후 렌즈와 거울에 빠짐.

1905년(11세)
- 4월 나고야 시립 제3고등소학교名古屋市立第3高等小学校에 입학. 친구와 등사판 잡지 제작.

1907년(13세)
- 4월 아이치 현립 제5중학愛知県立第5中学에 입학. 여름방학 때 피서지인 아타미熱海에서 구로이와 루이코黒岩涙香가 번안한 『유령탑幽霊塔』을 읽고 감탄. 나쓰메 소세키夏目漱石, 고타 로한幸田露伴, 이즈미 교카泉鏡花의 작품을 읽기 시작.

1908년(14세)
- 활자를 구입하여 잡지를 제작. 아버지가 히라이 상회平井商店를 창업.

1910년(16세)
- 친구와 만주 밀항을 위해 기숙사를 탈출, 정학처분을 받음.

1912년(18세)

• 3월 중학교 졸업.

• 6월 히라이 상회의 파산으로 고등학교 진학 포기. 일가가 한국의 마산으로 이주.

• 9월 홀로 귀국하여 와세다대학早稲田大学 예과 2년에 편입.

1913년(19세)

• 3월 <제국소년신문帝国少年新聞>을 기획하여 소설 집필 시도.

• 9월 와세다대학 정치경제학과에 입학.

1914년(20세)

• 친구들과 회람잡지『흰 무지개白虹』를 제작. 가을에 에드거 앨런 포, 코난 도일 등 해외 탐정소설에 흥미를 가짐.

1915년(21세)

• 아르바이트를 하며 해외 추리소설 탐독. 코난 도일 번역을 위해 고대 로마 이래 암호를 연구. 가을에 탐정소설 초안 기록을 수제본 『기담奇譚』으로 엮음. 습작으로「화승총火縄銃」집필.

1916년(22세)

• 8월 와세다대학을 졸업. 미국에 가서 탐정작가가 되려는 꿈을 단념하고 오사카의 무역회사 가토양행加藤洋行에 취직.

1917년(23세)

• 5월 이즈伊豆의 온천장을 방랑. 다니자키 준이치로谷崎潤一郎의『금빛 죽음金色の死』에 감동, 이후 사토 하루오佐藤春夫와 우노 고지宇野浩二의 작품들을 가까이함.「화성의 운하火星の運河」를 집필.

1918년(24세)

• 미에현 도바조선소鳥羽造船所 기관지 편집을 맡음. 도스토옙스키에 경도.

1919년(25세)

• 2월 도쿄에 상경. 동생들과 혼고本郷 단고자카団子坂에 헌책방 산닌쇼보三人書房를 개업했으나 1년 만에 폐업. 사립탐정, 만화잡지『도쿄퍽東京バック』편집장, 중화소바 노점상 등 여러 직업을 전전. 겨울에 조선소 근무 중 알게 된 사카테지마坂手島 출신의 무라야마 류村山隆와 결혼.

1920년(26세)

* 2월 도쿄시 사회국에 입사. 만화잡지에 만화를 기고.
* 5월 조선소 시절 동료와 지적소설간행회知的小說刊行会를 창설, 동인잡지 『그로테스크グロテスク』를 기획하였으나 좌절. 한자를 달리 표기한 江戸川藍를 필명으로 사용. 「영수증 한 장」의 바탕이 되는 「석괴의 비밀石塊の秘密」 착수.
* 10월 오사카로 이주. 오사카 <시사신문사時事新聞社> 기자로 재직.

1921년(27세)

* 2월 장남 류타로隆太郎 탄생.
* 4월 상경하여 일본공인구락부日本工人倶楽部 기관지 편집장으로 취업.

1922년(28세)

* 7월 오사카 아버지 집에서 기거. 「2전짜리 동전二銭銅貨」과 「영수증 한 장一枚の切符」을 집필. 『신청년新青年』에 기고.

1923년(29세)

* 4월 『신청년』에 고사카이 후보쿠小酒井不木 추천사와 함께 「2전짜리 동전」 게재. 7월호에는 「영수증 한 장」 게재.
* 7월 오사카 <마이니치신문사毎日新聞社> 광고부에 취직.

1924년(30세)

* 6월 『신청년』에 「두 폐인二廢人」 게재.
* 10월 『신청년』에 「쌍생아双生児」 게재.
* 11월 전업 작가가 되기로 결심하고 오사카 <마이니치신문사> 퇴사.

1925년(31세)

* 1월 『신청년』 신년증대호에 「D자카 살인사건D坂の殺人事件」을 게재.
* 2월 『신청년』에 「심리시험心理試験」 게재 이후 편집장 모리시타 우손森下雨村이 기획 연속단편을 제안, 이후 「흑수단黒手組」(3월호), 「붉은 방赤い部屋」(4월호), 「유령幽霊」(5월호), 「천장 위의 산책자屋根裏の散歩者」(8월 여름증대호) 등을 발표.
* 4월 오사카에서 요코미조 세이시横溝正史와 탐정취미회探偵趣味会를 발족.
* 7월 슌요도春陽堂에서 단편집 『심리시험』 발간.
* 9월 아버지 히라이 시게로 사망. 『탐정취미探偵趣味』 창간호 발간.
* 10월 『구라쿠苦楽』에 「인간의자人間椅子」 발표.

- 11월 JOAK(현 NHK) 라디오에서 「탐정취미에 관하여」를 방송. 대중문예작가21일회大衆文芸作家二十一日会에 참가, 『대중문예大衆文芸』 창간.

1926년(32세)
- 1월 『선데이 마이니치サンデー毎日』에 「호반정 살인湖畔亭事件」, 『구라쿠』에 「어둠 속에서 꿈틀대다闇に蠢く」 연재 시작.
- 2월 <아사히신문朝日新聞>에 「난쟁이一寸法師」 연재 시작.
- 7월 『신소설』에 「모노그램モノグラム」 게재.
- 10월 『신청년』에 「파노라마섬 기담パノラマ島奇談」 연재 시작. 『대중문예』에 「거울지옥鏡地獄」 게재.

1927년(33세)
- 3월 나오키 산주고의 연합영화예술협회 제작의 <난쟁이> 개봉. 시모도츠카下戸塚에 하숙집 치쿠요칸築陽館 개업.
- 6월 자신의 작풍에 절망해 절필을 선언하고 일본해 연안을 방랑.
- 10월 헤이본샤平凡社판 현대대중문학전집 제3권 『에도가와 란포집』 발간, 16만 부 이상이라는 판매기록 수립. 교토, 나고야를 방랑.
- 11월 『대중문예』 동인들과 함께 대중문예합작조합인 단기샤戭崎社 결성.

1928년(34세)
- 8월 『신청년』에 「음울한 짐승陰獣」 연재 시작, 인기를 얻음.

1929년(35세)
- 4월 고사카이 후보쿠 사망 후 『고사카이 후보쿠 전집』 간행에 매진.
- 6월 『신청년』에 「압화와 여행하는 남자押絵と旅する男」 게재.
- 8월 『고단구락부講談倶楽部』에 「거미남蜘蛛男」 연재 시작. 국내외 동성애문헌 수집에 착수.

1930년(36세)
- 1월 『문예구락부文芸倶楽部』, 「엽기의 말로猟奇の果」 연재 시작.
- 7월 『고단구락부』에 「마술사魔術師」 연재 시작.
- 9월 『킹キング』에 「황금가면黄金仮面」 연재 시작. <호치신문報知新聞>에 「흡혈귀吸血鬼」 연재 시작.

- 10월 고단샤講談社에서 『거미남』 출간, 인기리에 판매.

1931년(37세)
- 5월 헤이본샤판 『에도가와 란포 전집』 전 13권으로 발간 시작.
- 8월 에스페란토어 역본 『황금가면』 발간.

1932년(38세)
- 3월 집필을 중단한 후 각지를 여행.
- 11월 오카도 부헤이岡戸武平가 대필한 『꿈틀거리는 촉수蠢く触手』를 신초샤新潮社에서 발간.
- 12월 이치가와 고다유市川小太夫가 「음울한 짐승」을 연극으로 상연.

1933년(39세)
- 1월 오츠키 겐지大槻憲二의 정신분석연구회精神分析研究会에 참가.
- 11월 『신청년』에 「악령悪霊」 연재 시작(3회로 중단).
- 12월 『킹キング』에 「요충妖虫」 연재 시작.

1934년(40세)
- 1월 『히노데日の出』에 「검은 도마뱀黒蜥蜴」 연재 시작. 『고단구락부』에 「인간표범人間豹」 연재 시작.
- 9월 『중앙공론中央公論』에 「석류柘榴」 발표.

1935년(41세)
- 1월 『란포 걸작선집』 전 12권 헤이본샤에서 발간 시작.

1936년(42세)
- 1월 『소년구락부少年倶楽部』에 「괴인이십면상怪人二十面相」 연재 시작.
- 4월 『탐정문학探偵文学』 4월호 에도가와 란포 특집호 발간.
- 5월 평론집 『괴물의 말鬼の言葉』 순주샤春秋社에서 발간.

1937년(43세)
- 9월 『히노데』에 「악마의 문장悪魔の紋章」 연재 시작.

1939년(45세)
- 1월 『고단구락부』에 「암흑성暗黒城」 연재 시작. 『후지富士』에 「지옥의 어릿광대地獄の道化師」 연재 시작.
- 3월 순요도 일본문학소설문고로 발간된 『거울지옥』 중 「벌레蟲」가 반전反戦 성향이 있다는 이유로 삭제 명령. 은둔생활 결심.

1941년(47세)

- 군부에 협조하지 않았다는 이유로 작품 출판이 금지됨. 신문기사 등 자료를 모아 『하리마제연보貼雜年譜』 제작 시작.

1942년 (48세)

- 1월 『소년구락부』에 고마츠 류노스케小松龍之介라는 필명으로 「지혜의 이치타로知惠の一太郎」 연재 시작.

1943년 (49세)

- 11월 『히노데』에 과학 스파이 소설 「위대한 꿈偉大なる夢」 연재 시작.

1945년 (51세)

- 4월 가족과 후쿠시마福島로 소개疎開.

1946년 (52세)

- 4월 탐정작가 친목회인 토요회土曜숲 창설.
- 10월 「심리시험」을 원작으로 한 영화 <팔레트 나이프의 살인 バレットナイフの殺人> 상영.

1947년 (53세)

- 6월 탐정작가클럽 창설, 초대회장으로 취임, 회보 발행. 각지에서 탐정소설에 관해 강연.

1948년 (54세)

- 8월 쇼치쿠松竹 영화사 제작 <난쟁이> 개봉.

1949년 (55세)

- 1월 『소년少年』에 「청동의 마인青銅の魔人」 연재 시작.

1950년 (56세)

- 3월 <호치신문>에 「단애斷崖」 연재 시작. 「흡혈귀」를 원작으로 한 다이에이大映 영화사 제작 <에지의 미녀永柱の美女> 상영.

1951년 (57세)

- 5월 이와야쇼텐岩谷書店에서 평론집 『환영성幻影城』 발간.

1952년 (58세)

- 7월 탐정작가클럽 명예회장으로 추대.
- 11월 미군기관지 『성조기Stars and Stripes』에 아케치 고고로가 일본의 홈즈로 소개.

1954년 (60세)

- 6월 오사카 <산케이신문>에 「흉기凶器」 게재. NHK라디오 연속드라

마 「괴인이십면상」 방송.
- 10월 에도가와 란포상 제정. 이와야쇼텐에서 『탐정소설 30년』 발간. 슌요도에서 『에도가와 란포 전집』 전 16권 발간 시작.
- 11월 쇼치쿠 영화사 제작 <괴인이십면상> 개봉.

1955년(61세)
- 1월 「도깨비 환희化人幻戲」, 「그림자남影男」, 「십자로十字路」 집필. 쇼치쿠 영화사 제작 <청동의 마인> 개봉.
- 2월 신토호新東宝 영화사 제작 <난쟁이> 상영.
- 4월 『오루 요미모노ォール読者』에 「달과 수첩月と手袋」 게재.

1956년(62세)
- 3월 닛카츠日活 영화사 제작 <죽음의 십자로死の十字路> 개봉. J. 해리스 번역, 영문 단편집 발간.

1957년(63세)
- 8월 <파노라마섬 기담> 토호東宝극장에서 개봉.

1961년(67세)
- 10월 도겐샤桃源社판 『에도가와 란포 전집』 전 18권 발간 시작.

1963년(69세)
- 1월 사단법인 일본추리작가협회 창설, 초대회장 취임.

1965년(71세)
- 7월 28일 뇌출혈로 사망.

아케치 고고로 사건수첩 4

엽기의 말로

초판 1쇄 발행 | 2019년 6월 13일

지은이   에도가와 란포
옮긴이   이종은
펴낸이   조기조
펴낸곳   도서출판 b | 등록 2003년 2월 24일 제2006-000054호
주소   08772 서울특별시 관악구 난곡로 288 남진빌딩 302호
전화   02-6293-7070(대)
팩시밀리   02-6293-8080 | 홈페이지   b-book.co.kr
이메일   bbooks@naver.com

ISBN 979-11-87036-70-8   (세트)
ISBN 979-11-87036-74-6   04830

값 | 12,000원